Huosu
Chuji

火速出击

周环玉 ◆著

时代出版传媒股份有限公司
安徽文艺出版社

图书在版编目（ＣＩＰ）数据

火速出击/周环玉著. 一合肥：安徽文艺出版社,2018.12（2022.5重印）
ISBN 978-7-5396-6408-8

Ⅰ. ①火… Ⅱ. ①周… Ⅲ. ①长篇小说－中国－当代
Ⅳ. ①I247.5

中国版本图书馆 CIP 数据核字(2018)第 150062 号

出 版 人：朱寒冬
责任编辑：姚 衍　　　　　　　　　　装帧设计：徐 睿
··
出版发行：时代出版传媒股份有限公司　www.press-mart.com
　　　　　安徽文艺出版社　www.awpub.com
地　　址：合肥市翡翠路 1118 号　邮政编码：230071
营 销 部：(0551)63533889
印　　制：北京一鑫印务有限责任公司　　（010）61424266
··
开本：880×1230　1/32　印张：10.5　字数：270 千字
版次：2018 年 12 月第 1 版　2022 年 5 月第 2 次印刷
定价：39.50 元
··

目　录

第一章

一九四三年春,新四军第七师兼皖江军区部队进行了改编。在三至四月间,部队采用集中与分散、内线和外线相结合的战法,粉碎了日伪军两次从东、西、南三个方向,分九路向新四军第七师巢无中心根据地——严家桥、牌楼一带进行的"铁壁合围"式的围剿,同年秋,驻扎在白湖东侧黄姑闸的日军一一六师,团三十二联队也在谋划一项秘密计划。

黄姑闸是皖中地区东西方向的重要交通枢纽,以东是新四军第七师巢无中心根据地,以西是大别山国民党军桂系部队。由此从战略意义上说,黄姑闸显得尤为重要,成为皖中抗日战场的重要地带,也是日军一一六师一直坚守的一个重要的据点。

一直到中午,东边的机枪声才停,伊藤的小队在马连庄的屠村结束了,西村多想这样的任务会由他来执行。他自从进驻黄姑闸,都一直在忙着布防、修筑工事、检查各处火力点和机枪掩体,几天不开枪,他都觉得摸枪的感觉有些陌生了。

他坐在一处高地上,用一块白布擦着手里的军刀,他的眼睛死死地盯着刀尖,他喜欢看着刀尖上的血往下滴,喜欢军刀插入人的胸口时那一瞬间的快感。他又看了看下面修筑工事的那几个中国劳工,他会遵照联队长给他的命令,在工事修筑完毕后,立即处死他们,这是联队长一贯的做法,凡是参加过修筑工事的劳工一律处死,这是为了确保工事的安全。

直到傍晚时分,从半山腰再向上三十米处的第二道防线才构筑完成。西村还不放心,又在山顶的炮楼里增设了六处机枪火力点,与下面的两道防线形成了上、中、下集中式火力,这是西村这几天以来做的第一件让自己非常满意的事情。对于这里,西村太熟悉了,这里现在和几年前他来这里考察时看到的样子几乎没有什么不同,当初他在这下泊山北侧的半山腰的一户人家还住过大半个月。可是如今,这里已经成了他们的战场。

修筑工事的六名中国劳工被全副武装的日本士兵押到后山一处林子的深处,这里几乎从来没有人走过,高大茂密的林子几乎遮住了半边天,感觉阴沉沉的有些怪异,七月的天气却在这一刻透出一丝凉意,头顶枝叶缝隙间射来的光线忽隐忽现也有些晃眼。西村要在这里立刻处死这些修筑工事的劳工,一开始他命令他的士兵不准开枪,他要用带有荣誉的武士刀将这些劳工的头全部砍下来,后来他又让士兵用机枪扫射击毙。他之所以这样做,是因为怕晚上睡觉时有无头的鬼魂来要他的命。他在中国这几年,听了很多关于民间鬼怪的故事,听多了自然也就有些相信了,所以,他才不让这些劳工成为无头尸体。

六名劳工被集中在山沟里,山沟上面有一个日本士兵趴在一个小土包上紧握住一挺机枪,黑洞洞的枪口直对着他们。这个时候,只要西村一个手势,就会有一梭子弹从黑洞洞的枪口里喷射出来,然后子弹会在瞬间钻进他们的体内。

一切都很安静,六名劳工被捆绑在一起,每个人的眼睛里都喷射出一团愤怒的火焰,他们挺直了腰杆,高昂着头,可是一切都是徒劳的,西村站在一块石头旁,终于挥动了他手里的军刀,只听见突、突、突一阵机枪声,枪声在林子的深处回荡着,惊飞了树头的群鸟,枪声似乎在林子里旋转了一圈又回到了每个人的耳朵里,声音是那样急。六名劳工全部中弹倒地,他们的胸口被钻进去的子弹爆出了血红色的肉花,血沿着山沟的斜坡向下蔓延,好像一条无限延伸的红丝带。

西村的嘴角出现了一丝笑意,好像是获得了一场战斗的胜利。他轻轻地将军刀插入刀鞘里,带着小队向山上走去。山上几乎没有路,他们从一片林子绕到一个高坡上察看工事的构筑情况,从不同的角度观察炮楼里各个火力点的最佳射击位置,在联队长前来视察的时候,不能出现半点差错。

"报告,少佐,电报,还有您的一封信。"小林青木从山上跑下来,把一份电报和一封信递给西村。

这是西村从第十五师团调来黄姑闸的六天里,收到的第三封电报,每次电报的内容基本都是已经有新四军和国民党的人渗入黄姑闸,看来上面对这个地方非常重视。看完电报,西村再打开信封,渐渐地,他的脸上浮现出一丝笑容,信是妻子西村惠子从老家长崎邮过来的,按照信上说的日期,就在明天,惠子会带着女儿真子跟随慰问团到达盛家桥,然后她们再从盛家桥跟着运输队的车来这里和他相会,这自然是西村心里每天都想的事情。只是,一路打仗,离家也越来越远了,每次想到妻女的时候,他的心里都会有一种极度恐慌的感觉,很怕有一天自己死在战场上,如果真的死了,就会连妻女最后一面也见不到了。

短暂的高兴之后,西村转眼皱紧了眉头,这里随时又会成为新的战场,随时会炮火连天、横尸遍野,妻女的到来自然又增加了他的担心,他在心里默默地呼唤着妻女的名字,希望很快能够见到她们,西村算了一下日子,他自从参军到中国战场,已经有六年了,他登上运兵船出发的那一天,刚好是女儿真子十岁的生日。

这个晚上,西村坐在下泊山山顶,观看黄姑闸镇上的点点灯光,也看着夜巡的巡逻车不停地从关口出入,探照灯的灯光打到前方的河沟里,不停地搜索着。他不知道在这里还要守多久,就这样静静地坐着,他觉得这里最美的时刻是在清晨和夜晚,特别是当枪炮声停止的时候他才能看到黄姑闸最真实的一面,才会感觉自己不是来打仗的,而是来体验和享受这里的自然风光的。

他几乎一夜没有睡觉,妻女即将到来,他的心早已不在战场上,这让他又想起了家乡的海港和门前的樱花,他也想起了从长崎出发来中国的那一天早晨,在港口,女儿真子拉着他的手不停地叫爸爸。这一场景,几乎在每次战斗打响之前,他都要想一遍,甚至有时在战争的休整期间他也会重新想一遍,他怕自己如果死在战场上,就再也想不起来了。

天刚亮,西村被叫到指挥部,联队长早已经在门口等他。

"你妻子和女儿很快就要到了,放你两天假,好好陪陪她们,运输车估计还有一个时辰就到了,快去准备吧!"联队长很威武地站在那里,和西村说话时,脸上勉强有些笑容。他很欣赏西村的忠诚和对中国人毒辣的手段,他身边需要这样一个人。

"多谢联队长!"

"去准备吧!"

西村转身离开指挥部回到自己的住处,换了一身崭新的西装,这套西装是几个月前惠子让日本运兵船上一位老乡一路带过来的,今天他也是第一次穿上这身衣服出门。

在新桥村路口,西村等到了惠子和真子,几年不见,他发现惠子更加迷人了,真子长高了很多,也漂亮了。这一刻,西村突然很怀念在长崎的日子,那时,他和惠子经常坐在门前的樱花树下给真子唱歌,真子也总是跟着他们学唱,可自从离开家乡,那种快乐的日子就不再有了。

西村打发了随从,他带着惠子和真子从新桥村路口一直向镇上走去,他一路在向惠子介绍经过自己精心安排的哨卡和机枪掩体,可是惠子一路都开心不起来。她知道,丈夫随时都会在战场上拼杀,只要上战场,随时都会有生命危险。对于丈夫说的这些,她毫无兴趣,她只关心这场战争什么时候可以结束,她和真子千里迢迢从长崎坐运兵船来到这里,就是要亲眼看一看丈夫是不是完好无损,如果不来,她怕连最后一面都见不到。惠子一路听丈夫说着如何打胜仗的经过,一边眉头也越来越紧。

西村看出惠子的担心,不再往下说,想和真子说几句话,又忍住了,这几年和真子分开,一时间都不知道该从何说起。

一辆摩托车停在西村面前,下来一个士兵。

"报告,急电。"

"怎么了?"惠子紧张地问。

"电报上只说,三天后,这里的军队要全部撤离,看来要有大动作。"西村看了看电报后,带着惠子和真子匆匆向镇子走去。

镇里镇外,到处都是来来回回的卡车,车上都装满了从黄姑闸及附近的镇上抢夺的物资,都在飞扬尘土中被卡车一车一车地运出黄姑闸,车子从西村的身边急速驶过。接着,一队又一队士兵从驻地出来,向各个哨卡跑步前进,这是在做撤退前最后的防守。

路上的百姓四处躲避,也不时听见几声枪响,随后便有几个老百姓倒在了路边,一个三四岁的小孩坐在死去的家人身旁哭起来,这个小孩的眼睛无助地看着从身边跑过去的拿着刺刀的人,他不知道这些人就是杀害他亲人的凶手,小孩的哭声引起了一个日本士兵的注意,那个日本士兵刚举起枪准备扣动扳机,真子迅速跑过去抱起小孩,小孩这才逃过一劫。

"不要杀他。"真子回过头对那个日本士兵说。

那个日本士兵依然举着枪,枪口对着小孩的头部,这时,小孩停止了哭声,他很无知地看着拿着枪瞄准他的人。西村看着女儿的举动,很无奈地朝举枪的士兵挥挥手,那个士兵才放下枪转身走了。

"西村君,不要再杀无辜的人。"惠子自从踏入中国的土地,一路上看见很多和战争无关的人都倒在枪炮之下,她用似乎有些哀求的语气对丈夫说。

西村迟疑了一下,然后走到真子身边,从口袋里拿出一块糖放在小孩的手里。

"放下他,让他和他家人在一起,我们走。"西村对真子说。

应该是所有的士兵都得知要撤退的消息了,西村看着他们如此兴奋地挨家挨户地搜查,他知道,快要走了,应该让他们有一天时间自由地享受这种占有带来的快乐。他们是那样疯狂地开展"三光政策",前方的几间茅草房被点燃了,火焰熊熊燃起,一股浓烟蹿起来,好像一条中毒的蛇在死亡前挣扎着然后直冲入天空。几个日本士兵从一间房子里出来,临出门时,一个日本士兵转身将雪亮的刺刀插进了追出来的一个老人的胸口,刺刀被拔出来的一瞬间,老人胸口的血喷涌而出,那刺刀尖上残留的血正一滴一滴地滴到了老人身边的石板上,映着石板的颜色,滴下来的血慢慢地变成了黑色。

看着这一切,西村得意地笑了,他转过头看看惠子和真子,他的笑是那样野蛮和张狂。

情况似乎很紧急,西村来不及回去换衣服,他要立即赶到指挥部,他让一个士兵安顿惠子和真子,然后,自己坐上一辆摩托车向指挥部驶去。

对于黄姑闸,西村其实很有感情,这里的一砖一瓦、一草一木、老宅、大戏院,他再熟悉不过了。七年前,他跟随老师来到这里做过一项考古研究,这里的古木建筑、青石小巷都是他最喜欢的,在日本是见不到这些的。如果不是因为这场战争,他一定会带着惠子和真子在这里再住上一段时间。

按照上级的命令,西村带着小分队把弹药库里所有的炸药全部分散安放在各个出入口的重要位置和镇上各个重要的要塞,只等所有的物资全部转运出去,家属团和部队全部撤离,这些炸药就会将整个黄姑闸炸为灰烬,同时也会炸毁这条东西向的主要交通线路。

运送物资的卡车一辆接着一辆开出黄姑闸,部队也在紧张地结集接受各项新的任务,西村争取能够接到掩护部队家属团安全撤离的任务,其实西村从心里是不愿意接受这样的任务的,他来中国参战就是想在战场上为家族争得荣誉,日本的士兵如不能在战场上杀敌就会被人当作狗一样看不起。可是转念一想,家属团里有自己最爱的妻子和女儿,他的心里也就期望着接受这项任务了,最起码保护妻儿安全撤离,只有他最合适。

这次部队的撤离,是一次战略决策,西村从内部得到消息,部队撤离真正的原因是让驻守在大别山的国民党桂系部队趁机消灭新四军巢无根据地的部队。对于这样的计划,西村觉得在目前这个时候是再好不过的。

按照指挥部的计划,等明天一批重要物资运送完毕,家属团将撤离,西村有些舍不得这么快就要和妻儿分别,他看着已经熟睡的惠子,有些心烦意乱,正在这时,真子来到他的身边。

"怎么了,真子?"西村看着有些不高兴的女儿,走过去抬起手慈爱地抚摸着真子的头发。

"这次撤离,你会去哪里?"真子有些舍不得地问父亲。

"等命令,我会安排你和你母亲回国,别怕。"

"我不怕,我是希望战争尽快结束,希望你尽快回家。"

真子的话又一次刺痛了西村的心,他知道妻儿需要他,可是战争一天不结束,他一天也不会回家,当初来中国参战就是为了家族的荣誉,新的战争即将开始,他如果有半点回家的念头,和逃兵又有什么不同呢?

这样一个夜晚,如果没有战争是多么美好,天上布满了星星,月亮就在头顶,长崎的夏天也有这样的星星和月亮,只是这里的星星和月亮很快就要消失了。真子依偎在父亲的怀里,小时候在家也是这样,只是这里没有樱花树,没有长崎的海。

第二章

咚、咚、咚。门外响起三声急促的敲门声。

"谁?"铁锁迅速从枕头下摸出手枪,隐蔽到门后,压低了嗓子问。

"我,周国才。"

铁锁打开了门,周国才和两名战士扭身进了屋,铁锁很警觉地朝门外看了看,这才把门关好。

"黄姑闸的小鬼子很快就要撤离,我们得到情报,小鬼子已经在下泊山埋藏了毒气弹,我们这次来就是要尽快找到埋藏毒气弹的地图,这里的地形你熟悉,你还得和我们一起完成这次任务。"周国才一边小声地说,一边把耳朵贴近门缝听着外面的动静。

"什么时候出发?"铁锁问。

"现在就走,我们还有十几名战士在山里。"

就在黄姑闸的日军大批转运物资时,新四军第七师指挥部也获取了日军从黄姑闸撤退及有关毒气弹的情报,当即派出独立团侦察连连长周国才带一支小队前往黄姑闸附近侦察并获取埋藏毒气弹的地图。毒气弹一旦引爆,将会给整个黄姑闸及周边地区带来不堪设想的后果。周国才连夜带着机枪手大虎、狙击手山柱还有十几名精兵强将来到下泊山。

雨一直在下,丝毫没有要停下来的意思,豆大的雨点打在身上啪嗒啪嗒地响,也落在树枝乱叶上发出没有节奏的杂乱的声音。人在山里感觉到一种说不出的紧张,很难分辨出方向,也无法听到除了雨声之外的声音。山里没有一点风,就这样,雨连续下了大半夜。前方几乎一片黑暗,周国才和战士们的全身几乎都像刚从水里出来一样,从头到脚都是湿漉漉的,分明感觉到衣服里的水顺着裤筒往脚底下流,他们也没有斗笠和雨衣,就这样艰难地夜行在山林里。铁锁和周国才走在前面。

从团部出发之前,周国才的小队刚刚经历了一场与一小股日军的遭遇战。直到现在,他们已经一天没有吃食物了,装干粮的布袋已经见了底,此刻他们又难受又饿。尽管这样,他们也丝毫不敢放松对前方的侦察。铁锁轻轻地用手扒开挡在前面的杂草乱枝,被雨水模糊的眼睛依然努力地在黑暗中紧盯着前方。

这个夜里,除了下雨的声音,周围的一切都无法听到。距离天亮还早,在半山腰的一处草丛里,周国才带领战士们隐蔽着,从这里可以看到炮楼的灯光,前面的情况还不是很清楚,周国才派山柱前去侦察。为了不打草惊蛇,其他人静静地趴在被雨水冲洗过的草丛里等待着。

"连长,前面有两道沟体防线,估计有暗堡,雨太大,其他的看不清。"山柱冒雨撤回来,隐蔽在周国才的身边。

"别急,再等会。"周国才低声地说,用手抹了一把脸上的雨水,又拉了拉帽檐试图来遮挡额头上的雨水。

"连长,闻着什么没有?"发报员小梁轻轻地将身子移到周国才的身旁,紧贴着他的耳朵问。

"闻到旁边一股骚味。"

后面的战士一听周国才这样说,都小声地笑起来。

"别笑,盯紧点。"小梁知道大伙在取笑他,也就不再多说什么,老老实实地趴在周国才的身旁观察着周围的动静。

雨停了,身上有些难受,湿漉漉的衣服紧贴着皮肤,似乎有小虫子钻进衣服里在皮肤上乱爬。周国才和战士们也顾不上这些,在这样的特殊时刻,对前方的侦察是要他们全神贯注、集中精力的,他们没有任何多余的时间和精力再去思考或去做其他事情。雨一停,小鬼子应该会有动静了。果然不错,前面小鬼子的沟体防线里出现了手电筒灯光,看来真的被山柱说中了,沟体里应该有小鬼子的暗堡。

此时,天空稍微有些亮光,天很快就要亮了。

"小鬼子的布防很坚固,看来从这里很难搞到情报。"铁锁说。

"最好抓个'舌头'。"周国才盯着炮楼那边说。

"看这样子,不好搞,到处是小鬼子的火力点,还有暗堡。"铁锁的眼睛在炮楼的周边搜索着,希望找到突破点。

"连长,那边,有鬼子。"山柱指着北边的林子说。

"隐蔽。"周国才向后面挥挥手,示意战士们就地隐蔽。

"大虎,带几个人去看看。"周国才开始下命令。

"好嘞!"大虎拿起机枪,带着三个战士从旁边的树林里摸过去。

不一会儿,大虎回来报告。

"一共六个,好像是小鬼子的巡逻兵。"

"走,干掉他们。"

雨后的下泊山空气特别清新,树林茂密,天高云淡,周国才带着战士们从一条没有人走过的丛林小路向北边的林子出发。其实他等了一夜等得心里痒痒的,他恨不得就在昨天夜里给小鬼子的防线里扔几颗手榴弹,炸死几个小鬼子给家人和老乡们报仇雪恨,但是为了完成上级交给的任务,他们绝不能轻易暴露,所以他还是忍住了。还好,有几个小鬼子的巡逻兵出来送死。

呼、呼、呼。林子里传来三声枪声。

"隐蔽。"周国才听到枪声,立即命令战士们原地隐蔽,听这枪声,应该是从对面的林子里传来的,紧接着,又有稀稀疏疏的枪声传来,听得出是三八大盖的声音,小鬼子开始还击,枪声不算很密集,小鬼子应该还没有发现袭击他们的目标,只是在试探性地胡乱开着枪。接着,他们隐隐约约听见小鬼子哇哇呀呀的说话声,声音越来越大。

"连长,炮楼里有小鬼子出来了,应该是听到了枪声。"铁锁跟在周国才的身后。

"先隐蔽,子弹上膛。"

周国才和战士们隐蔽在旁边的草丛里,用一些树枝树叶盖在头顶做掩护,战士们把子弹也上了膛,本来不想这么快惊动小鬼子,可偏偏有人在对面的林子里朝小鬼子开枪,开枪的到底是什么人?如果是自己人,上级一定会通知他,看来小鬼子这次要遭殃了。周国才转过头朝战士们示意,并打着暗语,要做好隐蔽工作,不要轻易行动,一切行动听从指挥。

小鬼子的叫唤声越来越大,转眼间,有十几个日本兵从西边过来，直奔刚才开枪的地方。

枪声停了，一切安静下来，小鬼子好像没有发现刚才朝他们开枪的人；接着，又有两声三八大盖的枪声，这两声枪声应该是刚才过去的小鬼子发出的；再接着，一切又安静了。

山中起了雾，云雾好像一团团棉絮挂在树干上，上山的路已被大雾层层覆盖，辨不清方向，不宜前行，周国才只好带着大家往山下撤。山上这一带已经让日军有了警惕，不宜久留，必须立刻转移。快到山脚下的时候，他们才发现，山下的路已被日军封锁，日军增加了哨卡和兵力，来来往往的都是日军的巡逻车和步兵巡逻队，山下的河口已经禁止百姓通行，看来一时是过不去了，大家只好隐蔽在一个土坡后面，等待着时机。

"连长，这毒气弹会不会就埋在咱们屁股底下？"小梁坐在周国才身边，忍不住问道。

"你问我？我哪知道？"周国才躺在一个斜坡处，一边擦枪一边说。

"那这地图我们去哪里找啊？"小梁又凑过来。

"你又问我？"周国才转过头看着小梁，继续说，"我要知道，还费这劲在这里瞎转？"

大家都趁着等待的时间在休息，连日的行军让人感到极度疲惫和虚脱，小梁问的问题其实连周国才心里都没底，只有情报，但没有具体的位置和其他线索，这才是完成这次任务的最大困难。

"铁锁，又想啥呢？"周国才看着铁锁坐在那里闭着眼睛，一言不发，就捡起一块小石头扔过去。

"不想了，不想了。"铁锁站起来拍拍屁股上的泥土，把枪从腰间拔出来,在袖子上擦了擦枪管。

"连长,有情况。"负责警戒的山柱急促地跑过来。

"有鬼子,十几个,朝这边来了。"

"准备战斗。"周国才一下命令,所有人立即找到各自最佳的射击位置,找到最佳的掩体,将枪口瞄准前面林子的深处。

"一会给我瞄准了打,只要小鬼子一伸脑袋,必须一枪一个。"周国才说。

"放心吧,连长!"山柱隐蔽在一处草丛深处,一般人是很难看出这里会隐藏着一个人,这就是作为狙击手第一时间寻找到的最佳隐蔽位置。

所有人屏住呼吸,尽量压住心跳的声音,密切听着前方的任何动静,只见有一小队日本兵端着枪朝这边过来,周国才给大家做了一个手势,意思是说等小鬼子靠近了再打。

雾渐渐地散去,对面的日本兵也被看得越来越清楚。铁锁的食指放在扳机上,他瞄准了在自己正前方的那个日本兵,枪口随着那个日本兵的前进也在移动着,他在等待着周国才的开枪命令。那些日本兵好像也发现了在他们的前方有埋伏,突然停止了前进,全部隐蔽在对面的林子里,接着,有两枚炮弹从铁锁的视线上方飞过来,一声巨响,炮弹在他身边的不远处炸开,泥土和树枝被炸得向空中开了花,他只觉得脑袋里嗡嗡地响,像要裂开一样。

铁锁好像又看到了在两个月前妹妹被日本兵抓走的情形。那一天,一队日本兵来村里抢粮食,临走时,日本兵路过家门口,把妹妹抓走了。就在村口的小路上,妹妹被禽兽不如的日本兵糟蹋了。妹妹一丝不挂地躺在坑坑洼洼的土路上,衣服被日本兵撕烂了扔在了河沿,衣角的鲜血顺着河沿的青石板流到河水里。妹妹的下身也在不停地流着鲜红的血,胸口也有三处被小鬼子的子弹穿透的洞,洞口的肉被子弹打成"三朵鲜艳的红花"。地下的泥土被子弹穿透的洞里喷出来的血染成了红色,就好像傍晚时分天边的夕阳一样鲜艳。妹妹的嘴里还咬着小鬼子的一只耳朵,那块被咬下来的耳朵上,血还在一滴一滴地往下滴,滴到妹妹的嘴角,再从嘴角缓缓地流到耳根,顺着后脑勺流到了地上……

"趴下。"铁锁被跳过来的周国才扑倒在地,又有一枚炮弹在身边炸开。他这才有些清醒,看到日本兵已向这边发起了攻击,子弹嗖嗖嗖地飞过头顶打在身后的树干上砰砰作响,日本兵的火力猛烈得让人难以抬头。周国才一边在指挥着战斗,一边给日本兵扔去手榴弹,战士们也在狠狠地还击,枪声很密集,炮弹爆炸的热浪向四处扩散。铁锁对着前面的日本兵扣动扳机,子弹打在一个日本兵的脑袋上,接着,他又扣动了扳机。

"大虎,再不走,小鬼子会越来越多,咱们会吃亏,快撤。"周国才向排长大虎下了撤退的命令。然后,他和大虎带着战士们一边还击,一边向后山蟹子洼撤退。这里几乎没有路,全是草木荆棘,走这里是最安全的。战士们用随身携带的从小鬼子手里夺过来的日式军刀拨开面前的树枝和荆棘,荆棘划破了衣服,划破了手上的皮肤,有刺钻进皮肤里,令人感到一阵钻心的疼痛,只见战士们的手背上和腿上有血流下来。

枪声再一次停止了,一切都在沉默中进行着,被炮火烧焦的味道和弹药爆炸后的硝烟味也都渐渐地散去,周围似乎又恢复了原来的状态。西村带着小队和前来增援的士兵还在四处寻找他们的对手。虽然经过了刚才短暂的激战，但他还无法判断对方的具体情况，为了安全起见，再加上士兵们非常劳累，西村命令就地休整。

他在一块空地上躺下来，眼睛正好可以看到林子上方枝叶间闪烁的光芒，虽然很刺眼，但他反而觉得非常好看。这让他想起了在长崎老家的情形。他和惠子亲手在家门口种植了很多樱桃树、月桂树、李子树、胡桃树，还有几百株红玫瑰、康乃馨及其他许多芳香的花，常常在晚饭后，他和惠子、真子坐在树下或是花间，一起唱着真子最喜爱的日本民歌《樱花》。

可是那样的幸福时光常常让人非常怀念和难忘。昭和十二年冬天，西村为了积极响应日本天皇的号召，也为了给家族增添荣誉，放弃了去东京一所医院工作的机会，参军跟随部队从长崎坐运兵船来到中国战场。但没有想到，参加这样的战争远远不是他想的那样光荣。在中国这几年，他最有深刻的体会就是一个人在临死前的那份绝望带给他深深的痛苦和恐惧，当年和自己一起来中国参战的许多同学都一个个倒在身边再也没有起来，每当看到那一双双即将闭上的眼睛、血肉模糊得已无法辨认的脸、被子弹击中的胸口汩汩流出的鲜血，他都整夜无法安睡，经常在噩梦中惊醒。在这样一个战场，他的手上沾满了许许多多中国人的鲜血。他知道，早晚有一天，他要偿还这份血债的。即使这样，他也要效忠天皇，为了家族那一份荣誉，即使有一天他会战死。

"传令下去，继续搜索。"西村喊来了传令兵小林青木。

联队发来电报，已经有了确切的消息，在下泊山埋藏毒气弹的七人小组已全部失踪，联队命令西村要清除下泊山周边一切不安全的障碍，不惜一切代价保护好毒气弹，这让他心里很不安，他必须要找到刚才的对手并消灭他们。

　　增援的小队已撤回到镇上去了,西村除了在炮楼里留下一些伪军和守卫防线的士兵外,把能调动的士兵重新组成了一支小分队,开始向林子的深处搜索。

第三章

　　从下泊山向新桥村方向的道路已被日伪军彻底切断,日军在路上增加了几道岗哨并布置了重兵把守,路上不时有日军的巡逻车东西向来回侦察,路面的灰尘随着急速转动的车轮到处飞扬,灰尘似乎要吞噬整个黄姑闸,又好比雾一样笼罩着大地的上空,天似乎要塌下来。巡逻车上架着一挺机关枪,有一名日本士兵半趴在巡逻车顶部,有些肥胖的身子随着车子的颠簸左右不停地晃动着,他的右肩紧紧地抵住枪托,右手的食指扣住了扳机,在做随时扣动扳机的准备。

　　"这边看来过不去了,先去东边岗,再绕道回村。"周国才看到这个情形,下达了先向东边岗撤退的命令。小分队沿着山下的河沟一路向前快速转移,同时也密切关注山上炮楼里的伪军。他们如再纠缠下去,可能会引来山上的伪军和镇上的日军。为了安全起见,周国才只好先带着小分队撤退。

　　途中经过锣鼓墩的时候,只见路的两边都是被炮火烧焦的土和屋梁的木头及门板,这里的房屋大部分都被日军烧毁,有些房屋的屋顶还在冒着烟,那烟一卷一卷地直向空中钻去,随后又被刮来的风吹得四处散去。整个村子不见一个人,只能见到炮弹炸过之后留下的痕迹,在不久之前,这里刚刚经历了一场来自日军的轰炸。

几分钟后,西北方向传来一阵炮弹的爆炸声,接着炮火烧红了半边天空,爆炸声接连不断,一直持续了十几分钟。炮弹爆炸的地方就是小湖口,听说前一天一支国民党的连队偷袭了盛家桥的日军,最后被日军的增援部队围困在小湖口,经过日军连续的轰炸,这一场仗打下来,估计这支连队的士兵剩不了几个人。铁锁朝着小湖口的方向望去,嘴里喃喃自语,在为前方抗日的中国将士们祈祷。

"铁锁,快撤。"周国才在前面喊着,小分队继续向东边岗前进。

小分队的出现让西村的心里一直不得安定,他不能让新四军和国民党的人进入镇子里,在这紧要关头,一方面要做好撤退前的安保工作,另一方面要确保毒气弹的安全,这让西村的神经绷得很紧。整个下午,他一直带着部队在后山一带搜索,结果是一无所获,临下山时,他气得端起机枪一阵胡乱扫射。

西村回到住处的时候,天色已经暗了下来,接防的部队开着巡逻车向下泊山驶去。惠子早已为他准备了晚餐,还有她专程从长崎给他带来的清酒,惠子穿着印有樱花的和服坐在西村的对面给他倒酒,低垂着眉,脸色微红,嘴角处带有一丝让男人失魂的微笑。惠子纤细的手端着酒杯送到西村的面前,西村一把将她搂住,手指在她的腰间慢慢地滑动着,从腰间到股沟,再到大腿,他觉得和惠子刚结婚时的那种感觉又回来了。惠子没有说话,端着酒杯深情地看着西村,她知道一个女人对身在战争中的男人是多么重要,更何况,六年了,她的丈夫随时都有可能战死,现在她所庆幸的是在这一刻,她的丈夫还活着。

"外面又在杀人了,被杀的是无辜的中国小孩。"真子突然从外面进来,站在西村的面前。

"你不要管这些,来,陪爸爸一起吃饭。"真子突然进来,这让西村有些尴尬,毕竟女儿长大了,男女之间的事情她也是知道的。

真子坐在母亲的身边,她给父亲的酒杯里斟满了酒,也和父亲唠叨着外面的日本士兵是多么野蛮和无理,在回来之前,她亲眼看到一个日本士兵将刺刀刺进了一个不满十岁的孩子的心脏,顿时她的心感觉快要碎了,难道这就是父亲和她说的亲善亲民?真子和母亲坐在一起,看着眼前这个男人比几年前在长崎的时候成熟了很多,只是黑了,胡碴布满了下巴,皮肤比之前也粗糙了很多。国内开始动员全国人民投入这场战争中的时候,许多青年男子都不愿意离开家乡,妇女们眼看着自己的儿子或丈夫离去非常悲伤,正如日本最古老的诗歌选集《万叶集》中抒写的那样:"身为防人,拂晓出家门;牵手惜别理,哭泣阿妹心。夕雾笼苇叶,闻鸭啼;在此凄寒夜,思妹难将熄。"这样的境况在惠子和真子的身上何尝不是一样呢?

夜里,真子无法入睡,她看着九岁那年一家三口在长崎新地中华街的合影,那条街是由中国人设计、建设的,并一直保持了纯正的中国建筑风格,她喜欢跟着父亲去那里一家中国人开的餐厅吃四川菜,这张照片就是在那个餐厅门口照的。新地中华街比起横滨和神户的,规模算小得多了,但那里与中国文化息息相关的文化遗产随处可见,生活方式都保留着浓厚的中国文化气息。

她又想到了搭乘运兵船从上海上岸的时候,看到一支运送骨灰的队伍正在登船,那些骨灰都是在中国战场战死的同乡的。看到那个情形,她的喉咙瞬间就像被什么硬邦邦的东西顶住一样,难以发声。她每天都在担惊受怕,生怕收到父亲战死的消息,尤其是夜里最难熬。只有到了早晨的时候,她才会最轻松,因为前一天父亲是平安的。父亲是为了给整个家族增添荣誉才来这里打仗的,她知道父亲的不容易,她很想为父亲做点什么。

天刚亮,小林青木就传来联队长的命令,为了确保撤退时安全,镇里镇外要继续全面加强警戒。西村虽然有些舍不得惠子身上的体温,但他还是匆匆地出门了,他要带着小队进入附近的村子征劳工,山上的防线还要增加几个暗堡。小队刚到一条河口时,遭到不明身份的一支小队袭击,河并不宽,袭击他们的人就埋伏在河对岸一处破落的围墙后面。西村被这突如其来的袭击打乱了阵脚,他们不得不就地隐蔽在河口的土丘下面。这时,河对面的枪声停止了。随后,有几颗手榴弹从对岸飞过来,西村身边的一个士兵被炸飞了出去,一只被炸断的胳膊就落在西村的眼前,血慢慢地渗入他眼前的土里。

"巴嘎,前进。"西村手挥着军刀,带着小队向对岸进攻,好在河水只没到小腿,西村根据对岸的火力情况,判断袭击他们的人数并不多,他指挥着小队分左右两侧夹击。

袭击西村小队的是国民党军桂系部队一七六师五二八团一连张林山小队,他们在执行一次任务返回的途中,接到司令部下达的寻找日军在黄姑闸埋藏毒气弹的地图的命令,就一路从庐江方向赶过来,刚到黄姑闸地界的河口准备过河,就碰上了对岸的西村小队,连长张林山只好带着大伙隐蔽在一处破落的围墙后面。为了任务,他不能和对岸的日军硬拼,所以准备伺机撤离。

西村以为对岸袭击他的人是在山上遇到的对手,便命令小队开始疯狂地进攻。一时间,子弹像暴风雨中的雨点一样狂袭着张林山小队隐藏的方向。

眼看着日军快要登上岸了,张林山命令排长邱茂林带着两个人从下面绕到日军的侧面,用捆绑的手榴弹吸引日军的注意,邱茂林和两个队员各自准备了五六捆手榴弹,从下面悄悄地绕到日军的侧面,瞬间把所有的手榴弹扔了出去,顿时四面开花,正在向岸上进攻的几个日本士兵被炸成碎尸飞落到河里,西村和其他日本兵被这突如其来的火力袭击切断了进攻的去路,只好撤回了对岸。

"连长,刚才这手榴弹炸得才叫过瘾。"邱茂林和两个队员迅速回到张林山身边,看着日军撤回到对岸,他乐呵呵地对张林山说。

"这就过瘾了?回头还有你过瘾的,赶紧撤。"张林山说着,就带着大伙向西走。

"连长,其实我刚才还想再送几捆手榴弹给这些小鬼子,想多炸死几个。"邱茂林跟在张林山身后,还在想着扔手榴弹的事情。

"你也不睁大眼睛看看,就我们这几个人,再不走还走得了吗?你给老子记住了,你这条命是老子给的,你要是随随便便死在路上,老子做鬼也不会放过你。"张林山转过头说。

邱茂林一听张林山这样说,笑着摸摸头,不再说什么,一边走着,一边想着前两天部队在盛家桥执行任务途中与日军的遭遇战,要不是连长及时带人掩护他突围,恐怕他早已经死在小鬼子的乱枪之下。

西村本来以为这次可以消灭掉对岸的对手,没想到被侧面的连环手榴弹突然袭击,这让他没有丝毫防备,还死了九名帝国士兵,这让他非常恼火。他只好撤回来,等对岸没有动静了,他才派人去把战死的士兵的尸体抬了回来。

每一次看到在自己眼前倒下去的士兵,西村都会联想到自己会不会有一天也会这样倒下去。他记得那一天收到母亲从长崎寄过来的信,信中母亲又说到了他的哥哥,他明白母亲的意思,母亲是在提醒他,哥哥不在了,他一定要活着。

母亲的信让西村想起了一九二三年九月的一天,那时他和真子一样大。那一天,东边的上空,死亡的征兆十分明显。他和哥哥陪着父亲去神奈川拜访一个亲戚,随即大地震发生了,当时到处都是无家可归的难民,处于饥饿状态的他和哥哥试图去池塘里抓鱼充饥,可是地震使得大地成了红色的荒漠和火葬场。他清晰地记得那时的池塘、河流和运河上漂满了成千上万的尸体,他只好和哥哥带着父亲一路向北逃难。在随后的日子里,东京、神奈川、千叶、静冈等地极其混乱,警察趁机逮捕了许多社会主义者和一些政治活跃分子。他们当中的许多人都在监狱中遭到杀害,其中就有他的父亲和哥哥,他们是被一名警官绞死的。

从那以后,母亲在悲伤中几乎哭瞎了眼睛,他也成了家中唯一的男人,可是在那一年征兵中,他依然为了家族的荣誉参军来到中国,他也在许许多多的夜晚想回到母亲的身边。可是,这场罪恶的战争把他带入了绝境。

"巴嘎,巴嘎,掉头,去下泊山。"西村气急败坏地挥舞着指挥刀,命令小队立即赶往下泊山,他意识到前方袭击他们的人可能会去下泊山。

西村的猜测是没有错的,张林山小分队从刚才的战斗中撤出来后,一路沿着河口下面这条小路向下泊山前进,他们得到的情报只是说日军的毒气弹埋藏在下泊山,目前唯一的线索只能是先找到埋藏毒气弹的地图,如要找到这份地图,只能先到达下泊山后再作计划。

"连长,要不我去镇上走一趟,看能不能找到什么线索。"邱茂林说。

"先别急,到下泊山后,我们先找个地方隐蔽起来,这里的情况我们不是很了解,小心点。"张林山一边很警惕地注意着周围的动静,一边对邱茂林说。

"明白,连长,前面有个村庄,我先去打探一下。"

"快去快回,其他人就地隐蔽。"张林山蹲下身子,朝后面挥手示意,前面是一片开阔地,再贸然往前面走,如遇日军,一定会吃大亏。张林山在这一点上很精明,邱茂林去侦察的同时,还派出两名士兵跟上一边警戒,一边准备接应邱茂林。

前面的村庄正是锣鼓墩,邱茂林隐蔽在不远处的一块菜园地里,他发现这个村庄已被洗劫一空,到处都是被焚烧后的痕迹,整个村子已空无一人,他向张林山发去安全信号。

"连长,这个村子被小鬼子糟蹋了,老百姓一个都没见着。"邱茂林说。

"那也得小心,别中了埋伏。我们从侧面过去,那边草长得高,可以掩护,大伙机灵点。"说完,张林山就带着小分队从村子侧面的一条小路进村。

"连长,天色不早了,要不今晚我们先在这里休息吧!"邱茂林和张林山在村里巡视了一遍后,邱茂林提出了建议。

"就这么定了,通知其他人,就地休息,但不许生火做饭,不许抽烟,不许出村。"

"明白。"邱茂林转身去传达连长的命令。

"回来,有情况。"

"怎么了,连长?"邱茂林返回来,顺着连长指的方向看过去。

"前面应该就是下泊山了,那应该是小鬼子的炮楼,到这里大约也就二里地,通知下去,轮流休息,安排好警戒。"张林山命令下达后,坐在一棵大树下微闭眼睛稍作休息。

"报告连长,后面发现新四军。"负责后卫警戒的小四川跑过来报告。

小四川所发现的这支新四军部队正是周国才的小分队,他们在经过锣鼓墩向东边岗行军的途中,遇到一支路过的日伪军挡住了去路,只好临时撤回来计划暂时在锣鼓墩安营休息。可周国才万万没有想到,他的死对头张林山已先进入了这个村。

就在周国才带着小分队刚到村口的时候,他发现在村口已经有了埋伏,因为在他们离开的时候村口是没有掩体的,战斗经验告诉他,村口新布置的掩体后面,一定有埋伏。

"隐蔽。"周国才立即下达了就地隐蔽的命令,前面是一片开阔地,不能盲目进村。他看了看周围的情况,发现侧面的山坡下面有一片较为隐蔽的竹林。

"连长,你瞅着啥了?"发报员小梁又好奇地凑过来问周国才。

"女人。"周国才看都没看他一眼,只是轻轻地哼了一声。

"连长,啥? 女人? 让我也瞅瞅?"小梁用胳膊碰了一下周国才的腰,笑着说。

　　"你是真傻还是假傻？后面待着去。"周国才抬起脚在小梁的屁股上狠狠地踢了一下，小梁摸了摸屁股很不情愿地猫着身子往后退，大伙看见小梁这副模样，都在憋住不让自己笑出声来。

　　"走，从那边过去。"周国才带着小分队进入竹林。

　　就在这时候，张林山也带着几个士兵从村子后面摸进了这片竹林，在一处石崖边，两支小队迎面相撞。顿时，双方黑洞洞的枪口都瞄准着对方的脑袋。一时间，周边的空气似乎都凝固了，只听见枝头风吹树叶沙沙的响声。

　　"原来是你们，追我们都追到这里来了。"周国才的枪口直对着张林山的头部，他咬着牙说，没想到在这里竟然遇到他的死对头。

　　"真是阴魂不散，放下枪，免得走火，这里到处都是小鬼子。"张林山也不甘示弱，他紧握着手里的枪对着周国才的胸口。就这样，火药味越来越浓，在竹林中弥漫开，他们一直僵持着。

第四章

　　西村在下乡征劳工的路上遭到突然袭击,这让他很快意识到黄姑闸这个地方越来越不平静了,他不能判断出部队和家属团是否能够顺利撤离。这两天,黄姑闸很乱,经常到半夜时会听到开枪和女人、小孩哭喊的声音,也经常听到急促的脚步声和喧闹声,那都是在混乱中想逃离那里的老百姓。

　　西村面对惠子雪白的肌肤,已毫无兴致让自己的双手继续在她润滑的乳沟间游动。他已感觉不出当初的那种味道,也不能静心去享受惠子身上的体温。他不是不爱惠子,只是一想到临近撤退前为国捐躯的十几名帝国士兵,他的心里就会感到非常不安定和一种说不出的恐惧。他无力地趴在惠子的身上,满是胡碴的脸紧贴着惠子滚烫的乳房。

　　惠子以为丈夫因为劳累而需要休息,很体贴地给丈夫最舒服的感觉,她的双臂环抱着丈夫的脖子,希望这一刻能够消除这几年来丈夫所独自承受的孤独。西村闭着眼睛怎么也无法入睡,在撤退前,他必须要全力确保埋藏在下泊山毒气弹的安全,只可惜埋藏毒气弹的七名士兵已全部失踪,西村根据自己的猜测,感觉这七名士兵有可能早已阵亡了,幸亏他的脑子里还非常清晰地记得埋藏毒气弹的地形图,一旦自己在战场上战死,联队的引爆计划将被影响。

外面不断传来卡车轮子重重压过街道的声音,又一批物资已全部运转完毕,接下来,很快就要安排家属团撤离了。如果护送家属团撤离的任务不交给他,那么意味着他很快就要和惠子、真子分别,美好的时光总是很快就消失了,西村感觉到惠子已静静地睡去。他起身来到真子的房间,见女儿正在收拾撤离前的衣物。

见父亲过来,真子很高兴,转眼间又有些失落,她来到父亲身边搂着他的腰,这一分别又不知道何时才能相见,接下来她每天又要在担惊受怕中度过了。

西村看着真子逐渐成熟变成了一个大姑娘,他从内心感到骄傲,他不忍心把这样艰巨的任务和痛苦让真子来承受。可是,为了家族的荣誉,为了对天皇的忠诚,他觉得他的家族中的每一个人都有义务为此而献身,哪怕是自己十六岁的女儿真子。

一直到天快要亮的时候,西村才从真子的房间里走出来,惠子还在熟睡中,他不忍心叫醒惠子,想在即将分别前让她再多睡一会,他俯下身子在惠子的脸上轻轻地吻着。

外面很嘈杂,大量的兵力都在集结中,士兵的家属们也都聚集在学校的操场上,等候着回来集结的丈夫和父亲,今天是他们在这里的最后一天,按照联队的命令,家属团要在今天全部撤离黄姑闸,具体的撤离时间要在今天下午才能确定。西村坐上一辆敞篷式吉普车向下泊山方向驶去。

在锣鼓墩村中间,周国才和张林山两支小分队分别设了警戒线,相距不到二十米,各自用石头、被烧焦的屋梁柱和土块构成了掩体,双方黑洞洞的枪口依然对准着对方,如不是怕引起日军的注意,双方早已经交上了火。周国才隐蔽在一处掩体后面,仔细地侦察着对面的一举一动,尤其是对面领头的连长张林山,让周国才升起了满腔的怒火,要不是附近有日军,他一定会在这个地方干掉他。

"连长,打吧。"大虎在一旁等不及地嚷嚷着,他早已经把子弹上了膛。

"你不怕把小鬼子招来啊! 枪声一响,要不了一顿饭的工夫,小鬼子和伪军就会扑过来,只要对面不开枪,我们就等着,要想干掉他们,得另找地方。"周国才非常沉着冷静,他的眼睛在不停地寻找着张林山的位置。

"连长,当初这小兔崽子在山上打我们时,可没有一点手软。"大虎气愤地说。

周国才放下枪,靠在大虎身旁的土堆上,黑黝黝的脸上神情顿时显得很沉重,他点上一支烟,粗糙的手将烟送到嘴里重重地吸上一口。他语气很沉重地说:"那会儿太惨了。我一辈子都忘不了一九四一年的一月,部队从油坊嘴准备渡江到无为白茆洲,在我们身后有国民党军第四十师、第五十二师、第七十九师、第一〇八师、第一四四师共五个师向我们合围,战斗打得异常激烈,一路上到处都是我们牺牲的战友,给他们收尸都来不及,这反动派太毒了,简直比小鬼子还要毒辣,不想着怎么去打小鬼子,成天想着打自己人。我记得那天战斗一直打到傍晚,很多阵地都失守了,后来部队得到命令开始分散突围,直到十四日晚上,大的战斗才基本结束了,我们小队加上我只突围出来六个人,其他战友牺牲的牺牲,被捕的被捕,我们二纵队周桂生司令员就在那次突围中为了掩护我们牺牲了。大虎，你知道追着我们打的反动派部队是谁吗？就是张林山的那个连。后来，我们渡江到了无为，被编到七师，后来又被抽调到七师刚组建的独立团。没想到在这次任务中，在这里竟然碰到张林山这小子，要不是我们在小鬼子眼皮底下，我早就向他开火了。"

"连长，我先摸过去，给他一家伙。"大虎一听连长这样说，就有些着急地说着。

"先别急着打，你从他们的后面摸过去侦察一下，看这帮孙子来这里究竟要干什么。"周国才给大虎布置了任务。

"好嘞。"大虎带上铁锁悄悄地从侧面向张林山小队的后方摸过去。

战士们都在紧张地准备着随时射击，一个个把枪口瞄准着对面的士兵。在他们的心中，此刻正有一股熊熊大火在燃烧，只要连长一声令下，他们的子弹会像暴风雨一样袭击着那些反动派。谁都不会忘记一九四一年一月的日子，正是这帮反动派制造了血淋淋的皖南事变。

周国才想起那一年从油坊嘴渡江到无为白茆洲的情形，要不是铁锁和他的父亲找了一条船，他和几名战士恐怕早已经命归长江了，就在小船刚离开江边不远处，铁锁的父亲为了掩护大伙中弹倒入了长江，为了让战士们最快脱离危险区，铁锁都没有让大伙去救父亲，迅速将小船划入了江中心躲避敌人的子弹。

"连长，又咋了？"山柱抱了一捆手榴弹来到周国才的身边，分给他六颗手榴弹。

"我欠铁锁一条命，不知道什么时候才能还上。"周国才说完转过身,把手榴弹放在掩体上,继续盯着前方,眼睛里放着光。

"连长,这是我们给铁锁他爹报仇的好机会,你下命令吧!"山柱站起来,把枪抱在怀里,右手拉动着枪栓。

"对,连长,下命令吧!"其他战士也都站起来,举起枪,在等着周国才下命令。

"干什么?都干什么?看把他们吓的。"周国才一边说着,一边用手指指对面。

对面的国民党士兵看见新四军这个小分队突然都站起来举枪对着他们喊着要开枪,瞬间都紧张地加强了防备,张林山也跟着从屋里跑出来。

"都干什么?不要命了!没发现前面都是小鬼子?都什么时候了,还想着朝自己人开枪?"

"姓张的,你说谁呢?谁和你是自己人?当年你们追着我们打的时候,怎么不说是自己人?"周国才一听张林山这样说,气得蹦起来,指着张林山反击道,同时,他举起手枪对着张林山的脑袋。

"把枪放下。"张林山的小分队队员也都站起来,举起枪,朝周国才喊着。

"不许动,看谁敢动。"

两支小分队所有人几乎是面对面用枪顶住对方的脑袋,空气中散发着火药燃烧的味道,谁也没有退一步,就这样一直持续了十几分钟。有一个士兵在张林山的耳边低语了几句,张林山立即瞪着眼对周国才说:"有本事明着来,别在后面搞一些歪门邪道。"说完他带着两名士兵朝院子后面跑过去。

在张林山扎营的院子后面,负责警戒的士兵发现了新四军的人。当张林山赶到的时候,大虎和铁锁正准备在村子旁边的林子里隐蔽。

从这里距离黄姑闸不远,可以清楚地看见日军的炮楼。张林山心里很清楚,他们如果和新四军的小分队再这样相持下去,迟早会暴露自己的。对于前面林子里隐蔽的新四军的人,他也不打算和他们再纠缠下去,只叮嘱负责警戒的士兵提高警惕。然后,他就回村里了。

就这样,两支小分队一直僵持到深夜,天空中黑压压的不见月亮,双方很难看清对方的一举一动,大虎和铁锁也从村后面绕道回来,还没有和周国才说上话,铁锁就已经发现了异常。

"连长,有情况,你们看,对面警戒的反动派在向后面撤。"铁锁迅速找到一个靠前的掩体隐蔽着,对周国才和大虎说。

"别着急,等等再说,看他们耍什么花招。"周国才隐蔽在铁锁的身边,叮嘱着。

"连长,他们走了,往东边去了。"山柱回来报告。

"这帮兔崽子,下次见面可就没有这么好运了。走,轮流休息,加强警戒。"周国才带着大伙回到营地。

下泊山脚下的公路上,不时有灯光忽隐忽现,那是日军的巡逻车在来回执行巡逻任务,山顶炮楼上的探照灯也远远地射过光来,四周一片寂静,连虫子的声音都听不见了,周国才感觉身边的一切都睡着了,只有他和几个战士屏住呼吸趴在墙头负责警戒任务。

这个夜里,西村被派出来执行紧急警戒任务,他收到临时任务的时候,刚和惠子在床上结束了一场肉体之间的较量。他还没有稍作休息,就匆匆登上巡逻车出来了,听说伊藤在去往盛家桥的路上,被国民党军伏击中弹身亡,这让整个黄姑闸处于高度警戒状态,尤其在撤退前,联队长不允许出现任何麻烦,至于在下泊山埋藏毒气弹一事,目前只有他和联队长两人知晓,这几乎成了一项绝密计划。

西村的巡逻车经过柳树村的时候,刚好碰上几个士兵从盛家桥方向撤回来,巡逻车上的士兵例行检查,透过灯光,才知道他们是伊藤小队的士兵,还抬着一副担架,伊藤就躺在担架上,西村走过去很庄严地给伊藤行了一个军礼。

西村看着伊藤已经僵硬的身体,就联想到自己有一天也会有这样的下场。他看着伊藤被抬进停尸房,站在那里,满脑子都是惠子和真子,他突然有一种害怕战争的感觉。

昨天晚上,当他把埋藏毒气弹的地图要刻在真子身体上的时候,他好像已经准备殉国一样,那样的感觉好像是在安排一切后事。面对真子,他实在是无法说出这样的决定,他本来没想着让这么小的女儿来承担战争的罪恶。一想到这里,他便觉得自己就像中国人说的那样,连一个畜生都不如,还像模像样地和真子谈起什么日本的男人要随时为天皇献身,为了家族的荣誉而战,又说到在老家长崎时,总受到人们的嘲笑和讽刺,也当着真子的面说这份地图不能落入中国人之手。说到底,他就是想说服真子同意把地图刻在她的后背上。即使这样,他的心里也一点罪恶感都没有,他从来都认为自己是一个真正的男人。

西村没有把这件事告诉惠子,这似乎成了西村和真子之间的一个秘密,即使和惠子在床上赤身裸体地相拥而卧,他的心里也没有感到一丝不安。相反,在那张具有中国古典式的镶有花式木雕的木床上,他和惠子进行着激烈的肉体撞击,他不停地翻滚着,总觉得那张床太小了,不像在家里,没有那么高的床,还有踏脚板,在家里和惠子进行肉体搏击时,都是在木地板上完成的,那么大的地方,随意翻滚都碰不着任何东西。可是在中国,要在这么小的床上进行男女之间的肉体搏击,这让西村和惠子很不习惯。

西村还有警戒任务,就登上巡逻车先走了。在镇里镇外巡视一遍没有发现任何异常,各个岗哨也都加强火力警戒,他便回到住处。刚一进门,他就发现真子坐在客厅里等他。

"哦!真子,等我吗?"西村放下军刀,走到真子身边关切地问。

真子没有说话,这么热的天气,她竟然用床单把自己的身子裹得严严实实,见父亲回来了,她起身说道:

"早点休息,晚安。"说完就转身走了。

西村看得出来,真子的反应有些不正常,她一定是在怨恨他把地图刻在她的后背上。在真子转身的那一刻,西村明显看到裹着真子身体的床单上有血迹。

天快要亮了,东方的天际透出一线褐色的光,黑暗之后的黎明到来了,新的一天即将开始。西村站在门口,嘴角不经意地露出微笑,他又安全地过了一天,可是这黑夜过去白天到来,意味着妻儿也即将告别,西村赶紧关上门走进房间,见惠子睡得正香,睡的姿势很优美,笔挺的乳房随着呼吸起伏,就像两朵盛开的花一样等着他去采摘。

此时,外面又响起了枪声,这是日军在镇东头处死几个老百姓时发出的枪声。

第五章

　　为了尽快搞清日军在黄姑闸的具体动向,铁锁主动向周国才请示入镇搞些情报。执行任务前,他回了一趟家。

　　铁锁这次入镇,一方面是为取得日军撤退前具体动向的情报;一方面他有自己的打算,如果有机会,他要干掉西村为家人报仇,这是他计划好久的事情。这几日他在镇的外围一直和西村小队纠缠,又遇到国民党一支小分队,很难干掉西村,所以,他想利用这次去镇上执行任务的机会下手。

　　直到凌晨三点,铁锁都还没有睡觉,他的内心突然感到一种从来没有过的恐惧和不安。在漆黑的夜里,这间小小的屋子到处都让人感到透不过气。这种感觉不是因为去执行这样的任务感到害怕或紧张而形成的,而是他失去家人之后的一种无助和孤单而导致的。

　　今晚的窗外,一片乳白色,那是月亮照在大地上的亮光。在这安静的夜晚,只有这月光是最美好的。如果没有战争,没有饥寒交迫,这里的人们都会过着最普通的日出而作、日落而息的生活。可现实中却是战争连连不断,国民党和日军走了一批又来了一批,乡亲们被抓了一批又一批,这惶恐不安的日子什么时候才能到头啊。铁锁无数次在心里渴望着一种安宁的生活。

铁锁在想着入镇的办法,要是能把枪或手榴弹带进去,那是再好不过了。可是这两日日军在入镇的各个路口加强了岗哨,枪和手榴弹自然是不可能带进去的,只能想别的办法了。

天很快就要亮了,铁锁感到天亮之前的这段时间非常漫长,一分一秒地熬着,心里始终是不安、不平静。家人的仇到底什么时候才能报?这样的问题他在心里已经问了无数遍。

"谁?"窗外一个黑影闪过,铁锁的心一惊,他迅速隐蔽到门后面,小声地问。

"是我,素梅。"门外一个女子的声音小声地回应,紧接着,又是咚、咚、咚三声敲门声。

"快进来。"铁锁打开门,素梅迅速进屋。

"我是偷偷跑出来的,没和我爹说。"一进屋,还没等铁锁将门闩好,素梅就迫不及待地说。

"等天亮了,我们想办法混进去。"铁锁把素梅拉到里屋,为了安全,他没有点灯。

在这个异常安静的夜里,全村人都还在熟睡中,只有铁锁和素梅在这间黑暗的小屋里筹划着如何进入镇上,他们每次行动,都是秘密进行的,村里没有任何人知道他们在做什么,只发现他们经常不在村里,他们既不是新四军战士,也不是地下党,他们只是愿意为了人民的利益、为了抗战胜利出一份力的普通群众,他们愿意为了胜利而心甘情愿付出自己年轻的生命。

　　素梅看了看床边的两筐地瓜,走过去,把筐里的地瓜全部倒在地上,然后把柳条筐翻过来,果然看见筐子的底部有一把生了锈的菜刀。

　　"你这不要命了,还想不想完成任务?"素梅一下抽出菜刀扔到床下,有些严厉地对铁锁说。

　　铁锁倚靠着床头,看着素梅,他没有动,心里很矛盾,如果是为了很好地完成任务,在镇上当然不要有任何行动,最好是神不知地进去,再鬼不觉地出来,可是他又想着报仇,这种深深的痛苦在矛盾之中让他无法平静自己的内心。素梅知道铁锁现在在想什么,她没有去惊扰他,而是一个人默默地把地上的地瓜又捡回到筐子里。

　　"素梅,别担心我,我不会犯傻了,完成这次任务要紧。"过了好久,铁锁转过头小声地对素梅说。他黝黑的脸在窗外射进来的一束月光下忽隐忽现。

　　对于眼前这个比自己大五岁的女人,铁锁很爱她,也很敬佩她。虽然她看起来是一个很温顺的女子,但她的内心却是如此刚强。每次一起去执行任务,她都是如此冷静和沉稳,这让铁锁和她在一起感觉很踏实。其实铁锁知道,素梅也在找合适的机会给死去的母亲报仇。说起这件事来,素梅的确很命苦,十五年前的一个秋天,素梅跟随母亲从外地逃难到这里,经过村头的时候母亲饿昏了过去,刚好被路过的村长周金海救起,后来,周金海就把素梅她娘娶了。去年冬天,一天夜里,素梅她娘半夜起来寻找丢失的两头猪,刚走到村外的河边,就被路过的日本兵用刺刀穿透了心脏。此后,这事让素梅和周金海在心里都埋下了深深的仇恨。

　　铁锁和素梅相互依偎着蜷缩在角落的草堆里,素梅已经睡去。

铁锁感到头昏昏沉沉的,无力再去想一些乱七八糟的事情,他闭上眼睛,也不知不觉地睡去。

在梦中,铁锁梦见自己穿上了军装,手持一支钢枪带着素梅和战士们在下泊山半山腰阻击敌人。他趴在战壕里,身边都是没有见过的战友,他用力扣动着扳机,子弹却怎么也打不出来,眼睛也看不清前方,前面一片黑暗,只见一束束火光从敌人的枪炮里射出,火光从他的头顶穿过去。敌人很快就突破了第一道防线,炮弹犹如雨点一样从天而降,战壕被炸开了花,被炮弹炸飞得已经分不清哪里是土,哪里是人肉,就好像硕大的烟花瞬间爆开一样,然后散落在他的身上。这时,一颗炮弹落在他的身边,巨大的爆炸力将他和素梅从地面推上了天空,一直向上飘,飘得越来越远,下面好像是万丈深渊……

"素梅,素梅……"

"怎么了,铁锁,铁锁?"

铁锁被素梅的巴掌拍醒,他才知道刚才是一场梦,却有点舍不得梦醒得太早。因为在梦中他成了一名真正的新四军战士,能够上战场杀敌。

天开始亮了,铁锁挑起柳条筐向村口走去,素梅跟在后面。

路上也陆陆续续有人走动起来,估计都是去黄姑街上买东西的,铁锁和素梅混入人群中来到柳树村的日伪军关卡排队接受检查。伪军正在检查着往来的行人,突然有一辆日军卡车开过来,从车上下来十几名荷枪实弹的日本士兵,原来是为了加强关卡的守备。

"三福,怎么突然来了这么多小鬼子?"铁锁跟着排队的人群往前走着,凑到三福跟前,一边接受检查,一边问着。

"小声点,小声点,山上发现了新四军,上边有命令下来,加强守备。"每次铁锁过来,三福都是装模作样检查一番,然后就放铁锁进去了。因为在他的心里,总感觉铁锁对他不薄,又都是一个村的,自然也就让铁锁过去了。

铁锁和素梅刚走到镇上,驻在镇东边的日军向这边开过来,前边是伪军开道,后面是一队全副武装的日军。保安团队长喊话道:

"靠边,靠边,全镇戒严,任何人不得进出,不想找死的,全部靠边。"

"出事了,看来是出不去了。"铁锁拉着素梅跟着人群退到路边,还没有站稳,就听到镇东边响起了连续不断的爆炸声,整个黄姑闸似乎都在摇晃。所有人都惊叫起来,慌乱得四处逃窜。铁锁和素梅朝一个小巷子跑去,透过巷子口可以看见,刚才朝西边跑过去的日军听到爆炸声,又撤了回来朝东边跑去了。

"哪来的爆炸声?"铁锁拉住正朝这边跑过来的一个老头,问他。

"鬼子的弹药库被炸了,还不躲起来,找死啊!"还没有等铁锁再问什么,老头就跑了。

"看来鬼子要来个全镇大搜捕了,我们去找翠莲。"铁锁带着素梅朝巷子尽头的河北桥走去。

日军被炸的弹药库就是镇东边原来的粮库,本来这批弹药是要在今晚运往师部转运到前方战场,没想到在这个时候出了差错。西村刚从指挥部挨训出来,联队长骂他办事不力,取消了他的假期,他只好带着小队全镇抓人,今天是惠子和真子在这里的最后一天,要不是弹药库被炸了,他还能多陪她们一些时间。可眼下他只能满大街到处抓人,却不能回去和惠子一起吃饭,不能向真子继续讲他在中国见到的那些有趣的事情了。他的心里很愤怒,此刻的愤怒让他只有拿这些中国老百姓来出气。在镇东头的河渡口,西村命令几个日本兵把十几个老百姓捆在一起,然后他拿起机枪一阵扫射。顿时,十几个老百姓全部倒入了河中。

西村似乎很解气,他转身上岸,看见惠子和真子在远远地看着这一幕。他顿了顿,即刻走过去。

"您不该这么做。"惠子站在一旁低着头对西村说,她本来和真子是要出来透透气的,听说弹药库被炸了,丈夫要杀死老百姓解恨,她就赶过来想阻止丈夫,可还是来晚了。当她和真子赶到这里的时候,西村已经朝这些手无寸铁的老百姓开枪了。真子看到这一幕,明白了这几年的战争把父亲变得如此残忍和疯狂。

西村安慰了惠子和真子几句,便让小林青木送她们回去,他带着小队继续去搜寻可疑的人。惠子和真子走在大街上,感觉今天的气氛异常紧张,也许更可怕的战争就要到来,镇上到处都是他们的士兵在抓人和杀人,看见惠子和真子从这里走过,士兵们都回过头朝她们望去。这个时候,出现来自家乡的女人对于他们来说,是多么亲切和温暖,尤其是这样美丽的女人,还穿着印有樱花的和服。这些士兵看见真子的和服上印有蝴蝶结,就知道她还是一个未婚少女,V字领里露出的洁白的肌肤吸引着这些正要朝老百姓开枪的士兵,他们已经好久没有见到家乡的女人了。这个时候惠子和真子的到来,就好像在冬天的暴风雨夜里给他们点燃的一堆柴火,暖到了他们的内心。

小林青木走在惠子和真子的身后,看着那些朝这边投来羡慕的眼光的士兵,觉得很自豪。这样的美差让他来执行,他觉得是一份荣耀。他挺直了腰杆跟在后面,眼睛不时地看了看路过的士兵,他的嘴角露出得意的笑容。他也不时偷偷地从侧面看了看真子清秀的脸,这是他见到过的最美丽的脸。要不是有这场战争,如在日本遇见真子,他一定会向她表白自己的爱意,只可惜今天是真子在这里的最后一天。

一路上真子对护送她们的小林青木有些好感,这种好感只是在心里,她和小林青木的年龄差不多大,又都是来自长崎,自然不会讨厌他。小林青木也借机和真子说话,真子却没有兴趣。她觉得身上的皮肤极其不舒服,尤其是后背,就像一团火在燃烧一样吱吱地响,这让她联想到头两天晚上父亲在她后背上刻地图的情景。

那晚在真子的房间里,播放着《红楼梦》的曲子,这是西村特地送给她的礼物。曲子还没有听完,她就听到父亲和她说起有关地图的事情,本来这样的事情和她毫无关系,可西村偏偏将属于战争的事情和她的女儿联系起来,这让真子还不够成熟的心灵上蒙上了一层恐惧的阴影。她起初死活都不答应,但经不住父亲用家族的荣誉和老家外人对他们一家人的嘲讽为谈判的理由,她最终妥协了。她的肉体在那晚经历了一场刺心的痛苦历程,这种痛苦只有她和她父亲两个人知道。那晚,西村走后,真子卧在床角哭到了天亮。

到了住处,小林青木似乎有些不舍,他临走时还回头看了看真子。真子站在门口,对他微笑着挥挥手,似乎在做一次告别。

外面平静了,不再听到枪声,铁锁和素梅从翠莲家后门出来,沿着巷子往镇西边走去。这里聚集了很多要出镇的人等着开关卡放行。铁锁和素梅混入人群中间,然后悄悄地来到三福身边。

　　"三福。"铁锁小声地喊他。

　　"哦？铁锁哥来了,这就要回去?"三福一看铁锁和素梅来了,赶忙过来招呼。

　　"回去了,怎么还戒严呢?"铁锁故意装着无所谓地随口一问。

　　"这几日共军和国军闹得凶,连我们都受罪,西村没事就过来找兄弟们麻烦,这不刚走,再等等。"三福一肚子牢骚。

　　"拿着,抽空去喝点小酒。"趁人不注意时,铁锁拿出两块银圆塞给三福,然后笑眯眯地走回到人群中。

　　"什么情况?"素梅问。

　　"再等等,别急。"铁锁一边把素梅拉到一旁坐下,一边在环顾着周围日军布置的岗哨。

　　"这鬼子的弹药库也不知道是谁炸的。"

　　"不管是谁干的,也算是为黄姑镇的百姓立功了,他们才是真正的英雄。"铁锁说。

　　他每次经过这里时,胸口都有一股闷闷的烈火似乎要喷发出来,如果手里有枪,或有一颗手榴弹,他非要杀几个小鬼子不可,杀一个够本,杀两个就算为家人报仇了。可现在自己毕竟是手无寸铁之人,素梅也在身边,就这样贸然和小鬼子去拼命,那这条命也只能白白送掉,也会牵连素梅。如果自己就这样死了,家人的仇不但报不了,反而也让素梅送了命。一直等到太阳快要下山时才放行,铁锁和素梅跟着人群向新桥村的方向走去。

　　又有大批物资被运出黄姑闸,所有的部队都做好了撤退前最后的准备,士兵们都聚集在学校的操场上与家人告别,家属团的行李装了满满一卡车停在学校的门口等待着命令。为了尽最大可能保证安全,惠子和真子也和别人一样换成了中国普通老百姓的衣服。西村站在他们面前说着撤退的路上注意安全的话,很幸运,他接到了护送家属团撤退的任务,最起码这一路上他可以和妻儿在一起。西村握着惠子和真子的手,他的心里有很多的话想说。可是面对真子,西村话到嘴边好像喉咙里有什么东西堵住一样说不出。他发现,自从那晚他把地图刻在真子的后背上,真子和他之间已经明显有了很远的距离,西村也感觉到真子在有意远离他。

　　这时天空刚刚开始亮,远处的天际还留有一丝灰色的天际线。忽然间仿佛起了一阵响声似的,粉红色的云片被冲开了,天空顿时开展起来。一轮朱红色的太阳接着从天际慢慢地爬上来,它一摇动,就好像发出了大的响声。它终于爬上了水面。在它的下面有一片红光接着它。它升高,红光也跟着伸长。

　　小林青木年纪还小，和真子一样大，他没有老婆孩子，家人也没有来看望他，来中国只有半年时间。他跟在西村的身边，看着很多战友和家人都在分别，感觉很孤单，这种孤单只有在看到真子的时候才会消失。他也很庆幸跟着西村一起护送家属团撤离，这样他就可以一路上保护真子了。

　　越来越多的士兵和家属聚集在学校的操场上，装有家属团行李的卡车已经先出发了，家属团所有人已经按照命令正在接受人数清点。和别人相比，小林青木似乎有些幸运，和西村护送家属撤离也许会离战场远些，他在心里默念，为自己祈祷。士兵们都在一旁列队准备送行，惠子和真子也在家属团行列中，撤退的号令响了，西村带着一支小分队护送着家属团向黄姑闸的北边开始撤离。

　　家属团行动比较缓慢。主要是女人和小孩比较麻烦，其实西村不喜欢接受这样的任务，要不是惠子和真子，他一定要去战场作战，那才是最荣耀的事情。他将护送的士兵分成四个小组，第一小组走在最前面，与家属团大约相距一百米负责侦察，第二小组护送家属团前部安全，第三小组负责家属团中间安全，第四小组负责家属团尾部安全。西村在第三小组，因为惠子和真子在中间，所以他跟在惠子的身后，手握子弹上膛的枪。如果在这个时候遭到袭击，他会用自己的身体为惠子和真子挡住子弹。惠子不习惯穿中国女人的衣服，感觉好像把身体都裹住一样难受，她还是觉得穿和服比较舒服。按照联队的命令，穿中国女人的衣服，还要学中国女人走路的样子，主要是为了保护她们，这让惠子走起路来浑身不自在。

　　西村看见真子走得有些快了，知道她是故意在远离自己，但他必须留在惠子身边。惠子天生就胆小、脆弱，惠子需要他的照顾和保护,他几次喊真子,真子都装着没有听见,又因为家属团人员众多,西村只好憋着一肚子气跟在惠子身边。

惠子把西村拉到一边,从脖子上取下一个护身符戴到他的脖子上。这个护身符是有一次惠子陪同叔叔一家人去大浦天主教堂时,在门口遇见一个中国女人时那个女人送给她的。护身符是用金色镶边的,里面有一个观世音菩萨。她把这个护身符戴到西村的脖子上,希望他能够平安早日回家。

队伍从镇上出来,沿着下泊山脚下向北方向的土路一直向前进,计划是绕过前方的上行村再由油坊站转道去凤凰山,那里会有一支接应的部队护送家属团秘密到达上海,然后家属团坐船到达长崎。真子赶到队伍的前头,她不想跟在父亲的身边,她后悔那晚答应父亲把地图刻在她自己的后背上,她不想和这场战争有任何的关联,她只是一个还不到十七岁的少女,她还想着回到长崎后去长崎大学读书,要在长崎找一份护士工作,她不想看见父亲那张冷漠、变形的脸。尽管每次父亲都会对她微笑,但她现在感觉到那种微笑是多么虚伪。

"真子,你们真好,要回家了。"小林青木跟上来,对真子说,他的语气很轻,和女孩的声音差不多,很细,很温和。

真子没有说话,继续向前走,她穿着中国女孩最朴实的格子布上衣,如果不了解她,还真看不出来她是日本人。

"这衣服你穿着很合身。"小林青木继续说。

"你为什么来打仗?"真子问他。

"半年前我还在长崎县高中读书,放假时家乡征兵,父亲说参军是最荣耀的事情,我就来了。其实,我不喜欢打仗,喜欢在长崎的海边晒太阳,喜欢坐在海边听着小鱼游水的声音。"小林青木见真子和他开始说话了,很兴奋,脸上露出了孩子般的笑容,就像刚刚初升的太阳一样鲜彩。

"我讨厌你们拿着枪。"

"我也不喜欢。可是在这里随时都会遇到中国的部队,没有枪,会没命的。"小林青木一边小声地说,一边看了看四周,他突然惊觉起来。

"怎么了?"真子看他有些异常,也有些紧张地问。

"刚才听到了枪声,好像是在西边。"

"加速前进。"西村向后面喊起来,好像真的出事了。

所有人都快步向前奔走,因为队伍里基本都是小孩和女人,所以队伍行动还是有些缓慢。西边方向的枪声越来越清晰,这是小湖口方向传来的枪声,越来越近,越来越密集。家属团开始有些骚动,有几个小孩子也许是听到枪声吓哭了,女人和小孩开始有些乱了,有些人慌张起来,整个队伍笼罩在一片惊恐之中。

枪声似乎已经靠近苏团村的方向,很猛烈,紧接着,炮声响起。在通往河口的桥头,从另一条小路过来的是铁锁和周素梅,他们带领着蟹子洼的村民正在紧急撤退,刚到桥头时,遇到从另一路过来的一队人马,还有日本兵跟着,所有人都在原地站住不再前进,对面的一队人马也停止前进,前头的那几个日本兵立即端起枪瞄准着铁锁和素梅。这时,只要有人逃散或有人有轻微的举动,可能都会遭到日本兵的射击,铁锁挥手让大家原地不动,他将素梅拉到身后,眼睛紧盯着他们对面的日本兵。他发现,对面的队伍里好像都是普通的老百姓,除了十几个日本兵之外。

对面的队伍就是驻扎在黄姑闸日军的家属团,面对突如其来的情况,铁锁和素梅知道危险已经来临,他们随时都会遭到日本兵的枪杀。此刻他们没有办法前进或后退,对面的队伍也同样原地待命,两队人马相距也就二十来米,只要再向前几步就是通往河口的木桥。铁锁在猜想,对面的日本兵之所以没有这么快开枪,也许是怕迎面碰上的这么多的中国老百姓遭到围攻后冲上来,也许他们的目的是在对面的一队人马,而不是他们。正在这时,后面又跟上来十几个看似逃出来的劳工。铁锁看这形势很紧迫便立即告诉大家,要小心行事,不要轻举妄动,万一日本兵开枪,大家就全部拼命冲上去突围。

"怎么办?"素梅拉着铁锁的手,有些紧张地问。

"别怕,看小鬼子的样子,好像不会有什么大事,别怕。"铁锁紧握着素梅的手,屏住呼吸。

"铁锁,我们不怕死,我们冲过去。"身后有人在说话。

"别吵,安静,再等等。"

"铁锁……"

"没事,没事。"铁锁回头安慰着素梅,他右手顺势放在胸口的位置,小鬼子一旦有动静,他好立即拔枪。

周素梅尽管和铁锁执行过几次任务,也在日伪军的眼皮底下来回过好几回。可是面对这样的场面,她还是头一回,看着小鬼子黑洞洞的枪口,她浑身的汗毛都竖起来,手心在出汗。

小林青木跑过来向西村报告前面的情况,真子也回到惠子的身边,西村命令小林青木照顾好惠子和真子,拔出枪朝队伍的前面走去。

西村最担心的事情就是家属团在撤离的途中发生状况,听小林青木报告说前面遇到麻烦,他的心里有些发慌。此刻他想得最多的就是惠子和真子的安全,走到队伍的前面,发现是一队逃难的老百姓,他才放心。他看着对面为首的一个有些粗壮的中国男人,他想那人就是他们的领头。西村对于这个场景,已经不再陌生了,想这样去屠杀一群中国老百姓,他已经不止一次了。所以,他的心里已打定主意,要就地枪杀这些老百姓。

这个情形和三月十七日那一天很相似。三月十七日那天,十六师团派出西村所在的联队从南京出发到达无为,联合当地伪军两千余人,由襄安出动,配合黄姑闸和盛家桥的部队向巢南银屏山区新四军第七师领导机关发起攻击,在汤家沟一带遇到新四军皖南支队奋力阻击,在汤家沟的战役中,西村差点送了命,那天的遭遇战一直打到深夜,枪声没有停过,打得非常激烈。部队进攻时,由于天气比较恶劣,又下着雨,西村带着部队在经过一处洼地时因为看不清前方,一时判断失误走错了方向,被突然冲出来的一支新四军部队切段了退路,后来在撤出汤家沟的途中,也是在一座废弃的木桥桥头遇到一队逃难的老百姓,西村下令在桥头架起三挺机枪。就那么两分钟,那些老百姓都倒在了西村的机枪下,六十多人的队伍,突围出去的只有几个人。

倒在西村机枪下的老百姓就属于铁锁所在的前线抗日救援队。那天夜里,新四军师部率独立团正在突围,铁锁跟随前线抗日救援队正赶往汤家沟救援伤员,刚到汤家沟一座废弃的木桥桥头时迎面撞上一支日军部队,日军部队就是西村所在的部队。铁锁记得那天夜里,在小鬼子机枪的扫射中,身边的老乡们一个个倒下,只看见前面枪口里射出的一道道火光,听见突突突的机枪声和身边一阵阵的惨叫声。铁锁第一次见到那样凄惨的场面,他看到宝财为了掩护他撤退,被小鬼子的机枪打穿了脑袋,血喷到了他的脸上和他的眼睛上。突围出来的铁锁回到黄姑闸后和素梅一起组建了抗日自卫队,这才认识了周国才。铁锁很佩服周国才,尤其是周国才常常对他们讲起他一九三八年春参加蒋天然的部队时的情形。那时,蒋天然是独立营营长,他是加强排排长,他经常听到蒋天然营长说日本侵略者如何侵占我们的国土,以及我们国家未来的命运堪忧等等,还说到了共产主义思想理论和革命的道理。后来,周国才就把这些说给铁锁和素梅听,铁锁听后很受震动。从那时起,他的心里就有了一种为劳苦大众解脱困苦的理想。

"巴嘎,统统枪毙。"西村对这些手无寸铁的老百姓下了命令。

铁锁见日军中一个当官的正在下命令,他的右手已经做好了拔枪的准备,他准备带领大伙突围。

"都听我的,别乱动,我的枪一响,大伙就两边分散往林子里突围,突出去的晚上在下行村集合。"铁锁在叮嘱大伙。

"看来我们难逃一劫了。"周素梅紧紧地抓住铁锁的胳膊。

"一会我枪一响,你就跟在我后面跑,什么都不要管,只管跑。"铁锁说。

突然,对面的队伍里发生了骚动,铁锁看见那个日本军官向队伍的后面跑去,不一会,隐隐约约听见有说话的声音,是日语,听不懂他们在说什么。这时铁锁判断,对面穿老百姓衣服的队伍里应该都是日本人,只不过他们都是女人和孩子。难怪到现在日本兵都没有开枪,原来是在保护他们撤离。

"有没有医生?"看来情况很糟糕,一个日本士兵跑过来用不是很标准的中国话喊道。

"有没有医生? 快说!"见没有人说话,那个日本士兵拿起枪对准了铁锁,又喊道。

"我会一点点。"周素梅从铁锁的身后站出来,那个日本士兵喊着要医生,说明对面的队伍里有人要救治,周素梅前几年在家的时候学过一些医术。她知道,如果没有人站出来,那个日本士兵一定会开枪。

周素梅跟着那个日本士兵过去,这才发现原来是一个十六七岁的女孩被毒蛇咬到了脚背,正处于昏迷状态。这个女孩就是真子,只是她戴着口罩,周素梅看不见她的脸。但是周素梅很清晰地分辨出这个女孩和这场战争毫无关系,她要救这个和战争毫无关系的女孩。

"快点,医不好,你的枪毙。"西村蹲在真子的身边凶狠地对周素梅说。

周素梅没有理会西村的粗暴,她看着这个女孩脚背红肿得厉害,再拖下去就会有生命危险。她俯下身子用嘴将毒血一口一口地吸出来,然后快速地从腰间拿出一些消毒药粉撒在受伤处,又将自己左手臂的衣袖撕下来给这个女孩的脚包扎好,她才站起来。她对喊她的那个日本士兵说:

"应该没事了,很快就会醒过来的。"

这个日本士兵就是小林青木,他见西村朝他挥挥手,就转身对周素梅说:"你可以走了。"

周素梅来到铁锁的身边,气氛还是异常紧张。那些日本士兵的枪口依然瞄准着他们，只要他们的手指有一个动作，那些枪口里的子弹就会齐刷刷地飞过来。

"怎么样？小鬼子没为难你吧？"铁锁问。

"一个女孩被毒蛇咬了，应该没事。看来今天我们能够逃出这一劫，要不然刚才他们就不会放我过来。"

可是西村更恼火了，他认为真子被毒蛇咬伤是中国人害的。如不是中国人，真子也不会来到这里受伤。他怒气冲冲地举起东洋刀来到队伍的前面，正要下命令开枪，却见刚才救真子的那个中国女人昏倒了，是刚才给真子吸毒血时不幸中毒，这让西村对刚刚准备下开枪的命令迟疑了一下。惠子跟过来，站在西村的身边说："放过他们，他们救了真子。"

见惠子过来，也亲眼看见这个中国女人为了救真子而自己中毒昏过去，小林青木首先将举起来的枪慢慢地放下来，他很敬佩这个中国女人，她很勇敢，接着旁边的几个日本士兵也慢慢地将枪放下来。

对于惠子的请求，西村算是默许了，他暂时放过这些中国老百姓。惠子很感激丈夫，向丈夫深深地鞠一躬，然后她去照顾真子了。

素梅中毒昏迷，铁锁背上她快步往桥上跑过去，他要急需找到有人家的地方救治素梅，大伙见日本士兵没有开枪，也都跟着铁锁上了桥。同时，西村也命令家属团陆续过桥撤离，就在所有人刚走到桥对面时，从远处飞过来几枚炮弹，炮弹在人群中炸开了花，跟着地上被炸开了几个大坑，地上的土和许多人都被炮弹炸飞上了天。一时间，所有人像无头的苍蝇到处乱撞，哭声、喊声、尖叫声形成一片，到处都是被炸断的胳膊和大腿，血流得满地都是，两队人马也四处逃散。一时间,难以分清哪些是日军家属团的,哪些是中国的老百姓,紧接着,西北方向响起了机枪声。

情况非常紧急,西村难以照顾到妻儿,他命令两个士兵带领家属团向东北方向撤离,然后他带着小分队其他人员负责掩护,隐隐约约看见西北方向有一小股队伍一边在还击一边向这边撤退。

这股小队伍正是张林山的小分队,他们在执行任务时被一支日伪军追击,刚才的炮弹正是追击他们的伪军发射的。西村眼看着前面的中国小分队越来越近。正在这时,侧翼也响起了枪声,追击张林山的日伪军这才停止了追击。西村本来布好了埋伏,想给向这边逃窜的中国小分队沉重打击,没想到,被侧翼的另外一支中国小分队解救了。

第七章

由铁锁和周素梅负责护送的老百姓已经被周国才派来的几个战士接走了。铁锁和周素梅也在一个只有几户人家的小村子暂时安顿下来。村里有一个上了年纪的老人家,村里人都叫他邵木匠,家里已没有其他人。邵木匠告诉铁锁,他家里三个儿子在前两年都去参加了新四军,一直没有回来过,也不知道是死是活。老伴也在今年的春天病死了,现在只剩下他一个人守在这破落的屋子里。铁锁看了看屋里,很简陋,床还是用门板搭起来的,上面只铺了一些稻草,没有其他像样的东西了。

"醒了,谢天谢地!"邵木匠赶紧起身端来一碗水。

"来,给姑娘喝点水。"

铁锁接过水,看着醒来的素梅,脸上笑开了花。看着嘴唇干枯的心上人,铁锁又心疼了。

"别说话,先喝点水。"铁锁体贴地说。

"乡亲们都安全吗?"周素梅稍微欠了欠身,声音有些微弱地问。

"放心吧! 周连长派人来了,都安全呢! 这次我们幸亏遇到邵大叔,你才得救,将来我们要感谢邵大叔。"

"客气话就别说了。我也知道,打鬼子都不容易,还不是为了我们老百姓?只要是打鬼子的,我们老百姓都支持。"邵木匠坐在门口的土墩上抽着烟。每天这个时候,他都坐在这里等着儿子回来。

晚饭过后,周素梅基本没有什么大碍了,铁锁和周素梅向邵木匠告别,按照邵木匠指出的一条小路,向新桥村走去。

今天的一阵炮声和枪声让村里不得安宁,虽然落点离村子还很远,但村里人心惶惶,生怕小鬼子会打到这边来。村长周金海每家每户地跑,让大家收拾好东西,一旦小鬼子向这边打过来,也好撤退。他还派了两个村民去村外的河坝上放哨。尽管这样,他还不放心,走到家门口了都没有进去,他来到后村路口,伸长脖子看看放哨的两个村民有没有回来。

远处的天边蒙上了一层暮色,天空好像披上了一层薄薄的雾。本是夏天的傍晚,却夹着一点凉爽的微风。风吹过路口的甘蔗林,吹过哗哗作响的枝头,吹过闪过光亮的河水,河面扑腾一声一只惊鸟向西边飞去,水面残留的一点浪花在天空最后一道亮光闪过之后发出了晶莹的闪烁着动人的光芒,蝈蝈、蟋蟀和没有睡觉的青蛙也都在草丛里发出了响亮的声音。这种声音在这片静穆的土地上响起的时候,非常好听,不像枪声那么令人厌恶。

周金海远远地看见两个身影朝这边走来,他以为是放哨的两个村民回来了,扛着肥胖的有些笨重的身体朝他们迎过去,走近一看,才发现是铁锁和女儿周素梅回来了,他一把拽住周素梅的手,朝铁锁哼一声,就直往村里走。

"爹,你弄疼我了,放开我。"周素梅的手被父亲紧紧地拽住。

"回去,成天跟这小子到处跑,早晚吃亏的是你。"

"叔,叔,我们……"

"走,回去。"周金海也不管铁锁在后面喊他,很霸道地拉着女儿就走。这时,他走起路来也不是那么笨重了,他只想快快地领着女儿回家。这个世道太乱了,他就这么一个女儿,说来说去还不都是为了女儿。

"你先回家,回头我再去找你。"周素梅回过头小声地对铁锁说,面对父亲的蛮横无理,她也只能乖乖地顺从。对于周金海这样的霸道,铁锁早已经习惯了。但是他心里明白,他所做的事情是有意义的,是光明的,只要周素梅明白、懂他就好,至于其他人怎么看待他,他一点都不在乎。

铁锁在家一直等到天亮,都不见周素梅的影子,他知道周素梅又让她父亲关起来了。一看时间不早,他不能再等了,于是匆匆忙忙背起蛇皮袋就出门了。按照周国才的指示,他要在中午之前把这些粮食和药品给周国才送过去。本来这一夜他还指望着见上周素梅一面,有些话他还没有来得及和她说,这一走,又不知道什么时候才能够回来。他临到后村村口时,朝周素梅的门口看了看,只见大门紧闭,铁锁转身就上路了。

从村后的小路一直向前走,如要很快到达约定的地点,必须要绕过四甲村,这里这几天经常有伪军和日军联合巡逻队经过,搞不好会遇上麻烦。尽管小路的两边有一人多高的蒿草做掩护,但毕竟小路不长,再往前走,就是一片开阔地了,很容易暴露。如果要避开四甲村,绕道到张村再去和周国才接头,恐怕已到傍晚了。这样一来,太浪费时间,铁锁蹲在蒿草丛中,观察前方一条由南向北的公路。越过这条公路,就是四甲村。周围太安静了,村子里没有任何动静。往常这个时候,村里会陆陆续续有人走出来下地干活,这么安静一定会有问题,铁锁为了安全起见,一直蹲在蒿草丛里,伺机出去。

果然不出所料,隐隐约约有卡车的声音。铁锁利用蒿草作为掩护,探出头朝有声音的方向看过去,从柳树村那边开过来两辆日军的卡车,车顶上各架着一挺机枪。铁锁判断得没错,这两辆卡车就是日伪军的巡逻车。日伪军的巡逻车沿着前面那条并不宽的土路缓缓地向张村的方向驶去,经过四甲村的时候,巡逻车停下来,从车上下来七八个伪军和三四个日本士兵,进了四甲村。不一会儿,进村的小鬼子们又出来了,送他们出村的应该是四甲村的村长,看来小鬼子们已经把四甲村控制起来了,难怪见不到一个村民。

日伪军的巡逻车继续向前缓缓地出发,铁锁只好暂时隐蔽在这里等着日伪军的巡逻车返回后再出去。他找了一个舒适的地方躺下来,脑子里又开始想起了周素梅漂亮的瓜子脸,只不过她最近晒黑了点,一笑起来她的那一对小眼睛几乎看不见眼珠,鼻子也特别有趣,软乎乎的一团,像糯米捏成的。周素梅常常穿一件花布罩衫,罩衫的衣袖短了点,里面那件大红灯芯褂的袖子就经常露出了一圈,那样子常常惹得他笑她。每次想到这里,铁锁都会不自觉地笑起来。

周素梅的父亲不好对付,一个老古董,自从他任村长以来,对待村民凡事他都讲道理,可唯独对他一点情面也不讲,这点铁锁是很清楚的。这段时间,媒人几乎踏破了周素梅家的门槛,说媒的几乎排成了一个排。可是铁锁除了他这个人,什么也没有,家里不光穷,背景也不太好,所以周金海当然不愿意女儿和他交往,还好周素梅在这点上并没有听从她父亲的,这让铁锁还看到了一点希望,觉得没有白等周素梅这些年。

小鬼子的巡逻车开回来了,往柳树村的方向返回再回到黄姑闸上,听说小鬼子就要离开,镇上人心惶惶,人们很怕小鬼子在临走的时候要进行大屠杀。前些日子,铁锁听周国才说起过日军在下泊山埋藏毒气弹一事。这天杀的日本鬼子,早点滚回老家去,铁锁在心里咒骂。

当日伪军的巡逻车远去的时候,铁锁急急忙忙从蒿草丛里钻出来向蟹子洼赶去。

这是真子这次来到中国最受惊吓的一次,本来她是想看看父亲然后就和母亲一起跟着运兵船回到长崎,可就在撤退的路上遭到了炸弹的误炸。她亲眼看见她身边的两个京都女人被炸上了天,落下来的时候都看不见头在哪里,只见她们的脖子里的血直往外涌。要不是小林青木用身体护着她,恐怕她也早已经被炸弹炸得身首分离了。她想起了小林青木手臂上的伤口,是为了救她造成的,感觉小林青木很傻,连自己的命都不要。

经过昨天一夜的奔波,真子不知道往哪里去,她感觉自己已经迷了路。昨天那一场轰炸后,家属团所有人都跑散了,她也和父母失去联系。她只感觉当时脑子里一片空白,很害怕。她什么也不顾,一直往一个方向跑,等她缓过神来的时候,才发现自己一个人在林子里,已经走了一夜了,还没有走出去。真子突然有种快要死了的感觉,她才十六岁,还这么小,从来没有遇到过这样的情形,也没有单独走过夜路,尤其是在这样阴森可怕的林子里,她浑身颤抖,觉得四处都有奇怪的眼睛在盯着自己。

真子一边走着一边忍着小腿的剧痛,昨天夜里在林子里不知道被什么东西划破了小腿,流了很多血。一想到疼痛,她的心里就紧张,就会想起昨天被毒蛇咬伤自己的情形。真子只听母亲说后来她被一个中国女人救了,救自己的那个中国女人却中毒昏迷过去,她真想见见自己的救命恩人。

真子沿山路一直向前走,她不知道向前走有没有下山的路,反而觉得进入了密林深处,越往前走,越是一番美丽的景象,好像自己完全置身于画中一样,她突然想起了之前读过的中国古诗中"蝉噪林逾静,鸟鸣山更幽"的句子,她终于明白中国的古人为什么会写下这么有意境的句子了。

"谁?"突然,左侧的林子里有一个身影一闪就不见了,紧接着只听到一个男人的声音。

"谁?"那个男人的声音又响起了,有些急促。

真子被这突如其来的状况吓得赶紧蹲下身子直往旁边的草丛里钻,她的心怦怦地跳,好像要跳出来的样子。她慌忙用双手紧压住自己的胸口,不敢说话,竖起耳朵听着那边的动静。这个时候,真子很想父亲在身边,要是有父亲在,她就不会这么害怕,也不会有人来欺负她。

"老乡,老乡。"

真子一惊,后面有人在喊,她回头一看,是一个穿着灰布大褂的男人,肩膀上挎着东西,弯着腰在那里喊,看样子好像不是坏人。真子看着他,惊恐的同时感到有些奇怪,这个男人应该就是刚才那个身影,怎么一转眼就到自己的身后了?

"哎,叫你呢!"那个男人在向她招手。

真子这才发现那个男人在叫她,她站起来看了看周围,只有他们两个人。她向后退了两步,手里抱着一个石头,举过头顶,眼睛直直地盯着眼前的这个男人。

真子遇上的这个男人就是铁锁。铁锁本来是想从这里抄近路去蟹子洼和周国才会面的,没想到遇上真子。看她的穿着和打扮,铁锁心里想她应该是附近的村民。

"你一个人在这里危险,快走,走。"铁锁向她招手示意她过去。

真子没有搭理铁锁,依然举着石头向后退了两步。

"我不是坏人,这里危险,昨天山下还有过炮弹,死了好多人,你得离开这里。"铁锁设法在劝这个女孩。

真子一直往后退,甩下石头掉头就跑,她怕中国人,她心里还记得父亲告诉过她,说中国人狠起来比魔鬼还要歹毒,何况她的父亲杀死过很多中国人,万一自己落到中国人手里,就别想再活命了。真子想到这里,越来越害怕,拼了命地往林子里跑,一边跑,嘴里一边说着让铁锁听不懂的话。

"哎,危险,别跑,快停下。"铁锁见她不但没有停下来,还继续向前跑,便紧跟在她后面。

"叫你别跑还要跑,不要命了?"真子被一块石头绊倒,腿也摔破了,流了很多血。铁锁赶过去,将她扶到一旁的平地上坐下,从衣服上撕下一块布给她受伤的地方包扎,真子却在不断地挣扎。

"这在救你呢!还动,真难伺候。"铁锁一看这个女孩这么难以伺候,朝她吼起来。

"哪个村的? 怎么一个人在这里? 不知道这里危险啊?"铁锁

一连问了几个问题，真子都是低着头不说话。真子的双手使劲地抓住地上的草根，嘴唇被咬出了血。她忍着疼痛努力地站起来，试图向前走，可没有成功，腿部受伤的疼痛让她难以站稳，她差点摔倒，铁锁见状，上前一把扶住真子。

"我背你走。"铁锁把蛇皮袋提在手上，背起真子就走。

真子在铁锁的后背上，还在使劲挣扎，尽管她会说一些中国话，但她不能开口，只要一开口说话就会让这个男人知道她是日本人。那样一来，可能她就会死在这里，真子突然感觉到在她的面前充满了一种前所未有的恐惧。她闻到这个男人身上血腥的味道，想起他刚才吼她的那个神态，非常可怕，一种念头瞬间在她的脑海里闪过：难道他杀了人？就在刚刚？要不然身上怎么会有血的味道？难道他要把我带到一个让我去死的地方吗？真子害怕极了，却无法摆脱这个男人。

前面有一个用石头垒起来的小房子，门板已经破了一个大窟窿，歪斜在一旁。铁锁背着真子走过去，弯着腰朝里面看了看，没有人，里面到处都是灰尘和蜘蛛网，地上铺了一些乱草，看来这间屋子很久都没有人来过了。铁锁把真子放下来，又把所有的乱草整理到墙边，用自己的外套铺在上面，然后把真子扶过去躺下。

"就在这里等我，哪儿都别去，出去乱跑有可能遇到小鬼子，别丢了小命。那帮小鬼子就是畜生，注意点，等我回来。"说着，铁锁就提起蛇皮袋准备出门，他又回头看了看这个女孩，见她蜷缩在那里，用一种惊恐的眼神看着他，表情似乎有些痛苦。铁锁不放心，解下蛇皮袋扎口的绳子将她的双手绑在了屋角的柱子上，又搬来仅有的一块门板把门口挡住，这才放心地走了。

　　铁锁对这里的地形非常熟悉，他尽最大可能避开危险区，走没有人走过的地方，他要在约定的时间内到达和周国才见面的地点。

　　在一处悬崖下面的岩洞旁，铁锁见到了周国才和大虎，他把周国才要的东西交给他，并将目前他所掌握的情况向周国才做了汇报，然后他跟着周国才和大虎进了洞里。

　　山洞很小，洞口也很隐蔽，外人几乎很难发现，里面只能容纳一个人弯着腰前进，也就两米宽的样子，走了十几米远就到头了，其他的战士也都在这里待命。

　　地上躺着一个人，好像是断气了，应该是被子弹击中了胸部。只见他胸部的血都结成了血块，左脸有一条很深的伤疤，周国才蹲下去看了看他，将水袋的袋口送到他的嘴边。

　　"这是小五，原来是四支队仪征总队的队员。今年一月十日，他们武工队在执行任务时，被汉奸告了密，遭到日伪军包围。当时他跟随着副总队长汪心泰同志，在突围时，汪心泰同志为了掩护同志们突围牺牲了。后来，小五和部队失去联系，直到有一天小五遇到了我们。"周国才语气很沉重地对铁锁说，然后缓缓地站起来，走了出去。

　　铁锁慢慢地走到小五身边，看他也就十五六岁的一个娃，就这样失去了生命，他的心被一种利器深深地刺痛着。

　　"小五是我们独立团的交通员，这次在来给我们送情报的路上，在凤凰山遇到几个小鬼子，中弹了，才十六岁，他娘还在家等着给他娶媳妇呢！好端端的一个人，就这样没了。"大虎说着哭起来，左一把鼻涕，右一把泪的，哭得让所有人都心里酸酸的。

　　大虎告诉铁锁，小分队已经在这个洞里守了一夜了，他们昨天遇到了小鬼子,耗费了不少弹药,要不是有人在侧面帮助一把,昨天那场遭遇战他们肯定会吃大亏。外面的情况不是很清楚,周国才已经派出一个战士侦察去了。铁锁这才知道昨天的枪声和炮弹声就是周国才和小鬼子打遭遇战时发出的。大虎这么一说,倒让铁锁想起了那间小屋里还关了一个人,他急急忙忙地向大虎和周国才告别。

"连长,连长,小五咋办?"大虎走出来,喊着周国才。

"找个地方给他安葬,选块好地。"周国才站在洞外的一棵松树下,此刻他在想着昨天侧面给他们解围的一定是张林山的小分队。根据他的判断,目前在黄姑闸这一带,除了日伪军,只有他和张林山这两支小分队。如果张林山来这里的目的和自己一样,周国才将佩服他是条汉子;如果不是,是来和自己做对的,周国才绝对不会对他手软,周国才心里这样想。

天有些阴沉,好像要下雨。这样的天气一直持续了很久,让人觉得有些浮躁和难受,感觉空气似乎被一团火燃烧过一样,闷得慌,也滚烫的,好像一触碰就要爆炸似的。真子的双手被绑得发酸,她感觉这双手已经不是自己的,额头上的汗珠直往下滴。她在喘着气,被这鬼天气闷得心里直发慌,肚子又饿。她记得从昨天晚上到现在一直没有吃东西,挣扎和逃跑的力气都没有了。真子看着门外阴暗的天,她的心绷得牢牢的,这怎么忍受得了呢?她害怕自己会死在这间小屋里,她不敢再想下去,她的心像刀绞一样痛苦不堪,泪水模糊了她的眼睛。她想喊,可嗓子里却已经被什么东西堵住了发不出声音。

此刻,真子突然盼望见到把她关在这间小屋里的那个男人,至少他来了,自己还会有生还的机会。

　　她想起了在家属团撤离的路上,小林青木给她看过他的日记,里面有这样一句话:我也想很好地活下去,希望阳光照着我让我走到海洋边的那条船上,让那条船载着我回到长崎。我不觉得这个世界有多么可怕,即使枪炮声日夜不停地在耳边响起,跟怪兽一样号叫,跟病狼一样嘶吼,我依然不觉得这个世界有多么可怕。如果有一天,在这个地方只剩下我的骸骨,尽管只是些有红有白,被啃得精光的骨头,我也希望我的同胞们将我的骨头带上那条回长崎的船。

第八章

　　家属团在撤离的途中,遭遇炮弹的袭击,这是西村最害怕的事情。如果在平时,他会毫不犹豫地拿起枪迎敌而上。可这次不同,队伍里有他最亲爱的妻子和女儿。经过一夜的寻找,除了真子,家属团失散的其他人员已全部找到并集结完毕,家属团队伍中被炮弹炸死了十七人,其中就有惠子。

　　让西村在中国战场活下去的唯一希望就是在长崎有自己的妻儿。现在,他唯一的希望破灭了,他记得炮弹落下来的那一刻,他亲眼看见惠子被炮弹爆炸后的热浪推上了天空,那巨大的热浪和火焰在迅速地翻滚着,一卷一卷地卷起了地上一切有生命的东西,紧接着热浪和火焰向四处开花,火焰烧焦了一切。惠子从天空中掉下来的时候,重重地摔在他眼前的一块巨大的石头上。惠子的脑袋摔扁了,脑浆缓缓地流下来。弹片进入了惠子的体内,左腿被炸得不知去向。西村扑上去,像发了疯一样紧紧地抱住惠子的身体。他在咒骂着这场战争,他拿出了武士刀想结束掉自己的生命去陪惠子,可是一想,真子不见了,他必须要找到真子。

西村察看了被炸现场所有的尸体，没有找到真子，他确信真子还活着，这让他稍微有了一点继续活下去的希望。他和小林青木把惠子抬到一处草地上，找了一些松树木，给惠子来了个火葬。最后，西村拿出一个袋子装上火烧尽的残灰，他要把惠子带回日本。

家属团还要继续前进，他们必须在下午日落前到达指定的地点，那里将会有部队接应，这是师团长下达的命令，西村只好先将家属团安全送到指定的地点后，再回来寻找真子。对于真子的失踪，西村有三种猜测：一是在这片山林中迷了路，这样还会有生还的机会；二是被中国的军队俘获，如真的是这样，倒也不用担心什么；三是已经死在了某个地方。西村一边命令随行的士兵加强警戒，一边在想着真子可能还有生还的机会。

家属团由于遭到了炮弹的轰炸，所有活下来的人个个都提心吊胆，一路前进时，气氛异常紧张。所有人都对被炸死的十七人感到痛心，大家一路走着，一路都在议论着真子是死是活，就这样，整个队伍的行军速度非常缓慢。刚好有一队运输队从后面过来，西村将运输队拦下，跑过去和领队的军官开始交涉，最终运输队同意将家属团的所有行李装上车顺便带走，家属团轻装前进，速度快了很多，终于在日落前到达了指定位置。西村将家属团交给接应的部队后，立即带着护送家属团的小分队赶回蟹子洼地区，开始搜寻真子。

铁锁回到小屋的时候，发现被救的女孩已经处于近乎迷糊的状态，全身发软，嘴唇干裂，靠在柱子上，头耷拉在一边。铁锁走过去，用手在她的脸上轻轻地拍着，嘴里喊着，女孩这才微微地抬起头，看着他，这种眼神再也不会像之前那样有劲了。铁锁立即给她把绳子解开，让她躺下，给她喂些食物和水。

"说句话,哑巴啊? 到现在一句话都不说,难道真的是哑巴啊?"铁锁有些不耐烦了,但是立马控制了自己的情绪,毕竟她还是个孩子,应该比自己小好几岁,肯定是被吓到了,铁锁又笑着对她说,"告诉我,你叫什么? 哪个村的? 我好送你回去。"

"看来你应该是哪家的大小姐吧? 看这皮肤不像是做农活的。"铁锁继续问。

"还真是个哑巴。"铁锁见这个女孩只是有些惊恐地看着他,始终没有说一句话。他确信,她就是哑巴。

铁锁打算晚点再回村里,让这个女孩稍微恢复一下体力,这样走肯定不行,也许半路上她就会支撑不住的。他转身走出了小屋,去山上挖些野菜,让这个女孩补充一下营养。

其实铁锁很清楚山上能吃的基本都被附近的村民吃完了。这几年,每年附近村里收上来的粮食不管怎么藏,最后都被小鬼子的征粮队找到抢个精光,往往有很多村民没有被小鬼子的炮弹炸死,反而被活活饿死。后来,山上只要是能吃的,都被附近的村民吃了。前一段时间,经常发现有村民在夜里偷偷地来山上剥树皮带回去吃。在这种环境下,日伪军频繁地对皖江各地"清乡"扫荡,就连国民党军队也不断地向皖江地区发起进攻。要想过上一天安稳的日子,简直比登天还难。

铁锁在山上寻找了半天,什么也没有找到。他没有去剥树皮和捡些树叶回来煮,他知道这个女孩是吃不了这些的。他又去附近的村子里看看能不能借点粮食,可是一连经过两个村子,一个人影都没有见到。那些村民的家里什么吃的也没有,可能在前两天小鬼子来村里时,所有的吃的都被抢光了。

　　铁锁没有办法,只好回到小屋,他决定,背上这个女孩回到新桥村,让素梅照顾她。

　　下泊山和蟹子洼周边的群山并不大,但要是真正进入群山的深处,初次进山者往往会迷路,有时候就连附近的村民进入山中打猎和砍柴时,也往往会转个半天才能出来,从深山中到山外也没有一条好走的山路。西村带着小分队进入深山的时候,转了半天,也没有找到出山的路,他拿出黄姑闸的军事地形图,地图上没有明确的标记。直到傍晚的时候,西村和小分队才从一条悬崖的侧面摸索下来,出了山刚好是一个村子。

　　“少佐,那边有中国人。”小林青木指着村子前面的一块菜园地对西村说。

　　“中国人,中国人很狡猾,别中了中国人的埋伏。”西村拿着望远镜躲在一棵大树下朝村里望去,他知道中国军队总是神出鬼没的,一不小心他们就会遭到中国军队的袭击。尤其是在夜间,中国人总会偷偷来骚扰,以至于前一段时间他总是失眠,一到半夜就高度紧张。

　　“中国人,都要死。”西村说出这句话时,他所想到的是惠子被炮弹炸死的场面,他的脑子里都是惠子的影子,没想到这次惠子来看望他,却成了他们最后一次见面。他把所有的怨恨都集中在中国人身上,他发誓,要亲手杀死一千个中国人为惠子报仇。西村的眼里喷射出一条毒辣的火焰,他愤怒地让脖子上露出几条凸出来的经脉跟着说话的声音起伏。小林青木看着西村这样的表情,有些害怕。

　　“通知下去,天黑了就进村,看来这里没有中国军队。”西村对小林青木下达了传达的命令。

这次在家属团路上遭遇到的轰炸彻底炸毁了西村在无为战争中获得的所有荣誉,这也让他的幻想彻底破灭了。当初来无为之前,他曾经做过一个梦,梦中惠子为了掩护他撤退而拿起枪和中国人拼死血战,最后惠子被无数个中国人包围起来,他看见惠子枪里最后一颗子弹射向了自己的胸口。那仅仅是一场梦,可就是那个梦一直让他心神不安。

小分队所有人都在原地待命,等着天黑进村。小林青木一个人坐在旁边的草地上写着日记:

　　时间停止了,枪声停止了,可是战争还在继续,感觉离死亡越来越近。硝烟和尸体腐臭的味道远远袭来,那是一个下午的屠杀。

"集合,集合。"西村喊着。

所有人都迅速跑到西村的身边,小林青木慌忙把日记本塞进随身背的包里,背起枪站到最后一排,小分队要出发了。每次在这个时候,那种感觉就好像小林青木日记所写的那样:感觉离死亡越来越近。

远处的天边就像锅底一样黑乎乎的,村里具体的情况无法看见,除了有些微弱的光亮之外,其他的都只是一个影子。小分队所有人员都在路边的水沟里前进,不能有一点响声,行动非常缓慢。按照西村的命令,不留任何一个活口。小林青木很清楚这次西村下达命令的用意,有很大一部分都是为了惠子和真子。

　　小分队分成两组,从村前村后分别同时进入村里。一切很安静。村民们丝毫没有察觉到此时此刻正有一队小鬼子来要他们的命,依然像往常一样正在吃晚饭。根据西村的命令,不准开枪,他喜欢刺刀进入人体内的快感,他命令小分队所有人要用刺刀杀死这里所有的村民。

　　天空,几乎是黑乎乎一片,看不见星星的踪影。摸索在坑坑洼洼的村路上,西村耳边传来了来自深山中的风吹树枝的声音,那是稀落的风声。几户人家的窗户透出的昏黄的灯光,像垂死的老人最后的呻吟般微弱,仿佛这昏黄比那黑暗来得更诡异,这种诡异包裹着整个村庄,似乎很容易就能冲出去融入黑暗,却又发现并非想象中那么简单。就在这样的诡异的夜晚,西村的小队按照各自的目标进入了村民的家中。顿时,那印着昏黄的灯光的窗户纸上,喷洒着一道道满是热气的血迹。不到一顿饭的时间,村里仅有的三十多口人全部倒在了血泊中。每个人的脖子上都有一道深深的刀痕,血流了一地。临走时,西村命令小队点燃了村里所有的房子,火光直冲向黑夜中的天空,似乎要将天空燃烧。

　　"连长,快看,那边。"山柱突然站住,拉住正在向前走的周国才,指向西边方向。

　　"连长,好像是那边的村子被烧了。"山柱接着说。

　　"走,过去看看。"周国才带着战士们向大火的方向急速前进。

　　根据上级传来的消息,日军在下泊山埋藏毒气弹的地图就在西村女儿真子的身上。消息也说,就在前两天,真子跟随家属团在撤离的途中失散了,地点就在这附近。上级命令周国才要抢在日军的前头找到真子。周国才带着战士们改变了搜索真子的方向,他派大虎和富贵前去侦察。

前方的村子大火熊熊燃烧,大虎和富贵摸索到村口,看情形,村里应该是空无一人了,所有有生命的东西都将在这样的大火中化为灰烬。

"呼、呼。"左边的黑暗处传来两声枪声。

"隐蔽。"大虎喊道,和富贵迅速隐蔽在一块石头后面。

"排长,好像是朝这边开的枪,发现我们了。"富贵轻声地说。

"注意点,这两边都乌黑乌黑的,防着点,别挨枪子了。"大虎叮嘱着。

"什么情况?"周国才和小分队其他队员都跟上来。

"哪里打枪?"周国才又问大虎。

"还不清楚,好像对方的人也不多,还不知道是哪支部队。"

所有人在原地隐蔽待命,等了很久,都不见动静,刚才的两声枪响也好像是故意在这令人恐怖的夜晚给人一种生与死的警告,不得不让人心生一种对黑暗的畏惧。两声枪声过后,一切又恢复了安静,只听见眼前大火燃烧时发出的吱吱声响。

"进去看看。"周国才下达了命令。

"连长,你觉得这是不是小鬼子放的火?"大虎问周国才。

"中国人不会烧自家的房子,九成是小鬼子干的,先进去看看再说。"

此时,张林山小分队也同样得到情报,根据上峰的指示,张林山小分队也在附近寻找真子的下落。按照情报给出的方向,张林山也带着队员在这个时候进入了这个村子,他们是从村后一条小巷子悄悄地潜入的。

"连长,快看,这边死了好多老百姓。他奶奶的小鬼子,我非要宰了他们不可。"邱排长跺着脚骂道。

"好了,先不说了,先把这些老百姓的尸体埋了再说,快,动手。"张林山面对小鬼子惨无人道的做法,心里无比憎恨。但是此刻,他不能怠慢,因为随时都会有敌人袭击他们。他和小分队队员以最快的速度将老百姓的尸体搬运到一处倒塌了大半的土房子里,打算就地掩埋。

"连长,连长,发现情况。"侦察员前来报告。

"多少人?"

"看不清。"

"全体都有,准备战斗,各自找掩体。"张林山迅速下达了作战命令。

向张林山小分队迎面而来的正是周国才和他的战士们,在村中间的水井旁,张林山的枪口正对着前方。

"姓张的,这恐怕又是你们干的吧?"发现是死对头,周国才当即来气,想到国民党反动派最喜欢欺负老百姓,不自觉地对着张林山喊起来。

"别他妈废话,你哪只眼睛看见是我们的人干的?"张林山也不甘示弱,朝着周国才喊道。

"这些年,你们一直追着我们打,打不过,就欺压老百姓,你们也没少欺压老百姓吧? 看来这火也是你们放的吧?"

"连长,后面发现有老百姓被杀。"山柱来报告。

"姓张的,这是怎么回事? 都这个时候了,连老百姓还不放过。同志们,给我打。"周国才话还没有说完,就朝对面开枪了。战士们见连长开枪,也都跟着开枪了。

张林山没有想到周国才还没有弄清楚事实真相就突然朝这边开枪,他有点防不胜防。虽然他身在国民党军队中,但是他的心里始终知道身为一个中国人,在这个时候该怎么做,他和周国才打了几年交道,知道周国才的蛮不讲理。这次的突然遭遇,让张林山有些措手不及。

"打。"张林山大声地喊。

"邱排长,你带一个人,调一挺机枪去那边。"

"好嘞。"

在火光中,子弹从头顶上嗖嗖地飞来飞去。

"连长,东边有情况,可能是小鬼子。"侦察员喘着气跑过来,向张林山报告。

"邱排长,你掩护,其他人都跟着我撤退。"张林山下达了撤退命令。

第九章

　　铁锁从来没有带过一个陌生的女孩进过家门,就连几年前母亲给他相了一个对象,都快要过门了他连家门都没有让她进过。现在就这样领着一个陌生的女孩回村,这要是让邻居们看见了,他就是有一百张嘴也说不清楚。谁会相信这个女孩是他救的? 她是一个无家可归的可怜的人? 为什么谁都不救偏偏救一个这么貌美的女孩回家? 尤其是周素梅的父亲周金海,本来他就特别不愿意铁锁和周素梅来往,这要是让周金海看见了,肯定又是一个天大的误会。铁锁想来想去,觉得就这样进村很不妥,只好带着真子在村后面的老坟茔旁边的黄豆园里猫着,等天黑再回去。

　　一想到周金海,铁锁的心里就很不畅通,也不知道他把周素梅怎么样了。有两日没有见到周素梅了,这心里怪想她的。铁锁又转过头看了看眼前的这个女孩,鼻子和嘴就像周素梅的一样漂亮,只不过这个女孩不肯说话,没有笑脸,这点她是比不上周素梅的。

　　铁锁这样盯着真子看,让真子有些害怕。这里很荒僻,两个人在这个园子里,眼前这个男人又是用一种奇怪的眼神看着她,他越看她的心里越慌张。趁铁锁一不留神,真子猛地站起来拔腿就跑。

"哎,哎,别跑,你给我站住。"铁锁一边喊着,一边追过去。

真子完全不管铁锁是否追过来,她也不知道前面是哪里。跑着跑着她感觉这脑袋里空空的,但又有些沉沉的。周围的一切瞬间变得黑暗了,好像有一团黑乎乎的东西朝她的头顶压过来,两条腿也不怎么听她使唤了。跑过一个田沟的时候,她的脑袋嗡嗡作响,脚底下被什么东西一下子绊倒了。接着,她就失去了知觉。

隐隐约约中,真子感觉有一双大手把她抱起来,那双手的力气是无比强大,似乎要把她举到空中。她感觉全身轻飘飘的,和家乡门前的樱花飘落的情形一样,缓缓地落下,她感觉自己就是这样,被举上了空中又轻飘飘地落下,落在身下的一件黄色的军大衣中,很温暖。真子蒙蒙眬眬地看着眼前有一个男人,是父亲,对,就是父亲,父亲来接她了。她伸手试图去抓住他,那个男人也伸出手来,当两只手刚接触到的时候,一颗巨大的炮弹落在她和那个男人之间,她感觉自己又飞上了天,一阵失重让她急速降落,她吓得大叫起来。

"喂,喂,是我。"

真子清醒过来,这才发现她躺在铁锁的怀里,原来刚才自己一直处在昏迷中,又是这个男人,并不是父亲来了。她在铁锁的怀里挣扎着,努力地挣扎着,一会就没有力气了,感觉身体很虚弱。

"别动,就你这样还跑? 站都站不住了,要不是我,你就等着在这里喂狼吧。反正你是个哑巴,我说的你听着就好了。我告诉你,别再跑,再跑我可真不管你了。这附近说不定会有狼,狼,懂吗? 会吃了你。"铁锁一边说着,一边故意扮个可怕的样子,铁锁的这些话倒是吓住了真子。真子在日本读书的时候,就听过狼的野性和毒辣。她可不想被狼吃掉,于是老实了,一动不动地躺在铁锁的怀里,看着他。

"原来还真怕狼。"铁锁嘴里嘟囔着。

"等一会天黑点带你进村,我会找人照顾你。"铁锁把她抱起来,又进了刚才的黄豆园里,把她放在一块平地上,然后慢慢地起身探出脑袋看了看四周,发现没有什么异常,又蹲下去坐在真子的身边。

"你又不能说话,想问你什么,也问不着,又不知道你家里还有什么人,也不知道你家在哪里,连你叫什么名字我都不知道。不管你吧,觉得你一个女孩子家挺可怜的;管你吧,又是一个麻烦。我铁锁又是个热心肠。"铁锁瞟了她一眼,又说,"这很值钱吧?"铁锁看见她的脖子上戴着一个像石头一样的东西,伸手碰了一下。

真子本能地用双手护住胸口,她不知道这个男人有什么阴谋。尽管他讲了许多,但她依然记得父亲说过中国人都是魔鬼,都是会吸人血的魔鬼。

"怎么,怕我啊?你想多了。"铁锁笑了笑,站起身来,此时的天空有些暗了,夜色很快就要降临。

"好些了吧?我们该走了,再晚了这路就不好走了,记得这附近有狼。"铁锁说着哈哈笑起来,这一笑让真子更紧张。听说附近有狼,她就用力站起来,一瘸一拐地跟着铁锁走着。

"就你这样走,估计要走到明天早上吧?别受罪了,还是我背你吧!"铁锁也不管她愿意不愿意,背上她就走。

真子趴在这个男人的背上,是极其不情愿的,只可惜她是个弱女子,对付不了他,只好任由他摆布了,和他在一起,最起码不至于被野地里的狼吃掉。虽然他讲的关于这里有狼的事情开始她半信半疑，但是后来她还是相信了，于是就任由他背着自己往村里走。

这条路上黑漆漆的，除了不远的前方泛着点点的灯光之外，四周什么也看不见。铁锁深一脚浅一脚地向前迈着步子，喘着气，感觉两条大腿的根部胀胀地疼痛。这条路铁锁很熟悉，就是闭着眼睛他也能走回村里。只是在这个时候他要多留个心眼，别让村里人看见，等回到家了，明天一早让素梅把这个女孩接到她家里，也就不用这么担心了。这村里人就是见不得有外来的人，其实这也不怪他们，一切都是被去年夏天那一场小鬼子的枪杀闹的。

去年夏天，那时翠莲的丈夫是新四军第七师独立团的一名战士。一天深夜，翠莲的丈夫带两名受重伤的新四军战士回到村里养伤。第二天早上，村里来了一个外乡人，自称是郎中。翠莲的丈夫刚好着急请不到郎中给受伤的战士治伤，就请了那个郎中。谁知当天下午，村里来了伪军一个排，伪军直接去了翠莲的家中枪杀了她的丈夫和三名村民，两名受伤的战士也被带走了。伪军的排长见翠莲是个女人，又是乡里乡亲的，就放过了她。自从那次之后，村里对外来的人都格外警惕。

不知不觉到了村后的塘口，铁锁瞅了瞅路上没有一个人，就背着真子迅速拐进一条巷子里，又穿过一个废弃的屋子到了家。

真子第一次独自在一个陌生的中国人家里——很黑暗的屋子，不透一点光，整个屋子里散发着发霉的味道，这让真子有些想吐。她尽量克制体内翻滚的某些东西，她被铁锁放在一张用破旧的床单铺设的床板上，床板很硬，她很不习惯。真子的头有些昏沉沉的，没过一会儿，她就睡着了。

铁锁见她已睡去,提起锅灶旁的半瓶白酒,轻轻地锁好门,径直朝周素梅的家里走去。

"怎么,这大半夜的,就你闲着?"出来开门的是周金海,他用胳膊把铁锁挡在了门口。

"叔,我来找素梅有点小事。"铁锁一边嘻嘻地笑着说道,一边把半瓶白酒送到周金海的跟前。

"去去去,走错门了吧! 谁稀罕你这玩意儿? 也不知道这玩意儿是哪来的。"周金海很看不惯铁锁经常混在外面,他并不清楚铁锁在外面到底做些什么,总觉得他做的那些一定不是什么好事情,生怕周素梅被他带坏了。周金海一只手提起风灯照了照铁锁的脸,又探出头看了看外面,见只有铁锁一个人,才似乎很放心地把头缩了回去。

"叔,我进去就和素梅说一句话,就一句话,说完就走。"铁锁见周金海挡在门口死活不让进,只好赔着笑脸讨好地央求着,试图从周金海的胳膊下面挤进去。

"叔,就一句话,叔,哎哟,疼,有点疼。"铁锁的脖子被周金海的胳膊紧紧地夹住。只因为周金海是周素梅的父亲,铁锁才乖乖地求饶着,让周金海就这样夹着,只要周金海高兴,能够让他见见素梅,这都不算事,换作其他人,估计早就被铁锁撂倒了。

"爹,您轻点,下手又这么狠,快放开。"周素梅在屋里听见外面有说话的声音,知道是铁锁来了,就赶紧开门跑出来,发现铁锁又被父亲折腾着。

"就你总护着这小子,早晚有一天你会后悔的,早点回屋睡觉。"周金海气呼呼地往里屋走。

"别忘了,把那小子手上的酒带回来。"

"知道了。爹,您赶紧去睡吧!"周素梅见父亲这个时候还不忘记这半瓶白酒,就和铁锁偷偷地乐着。

"快说,找我有什么事?"周素梅迫不及待地问铁锁。

"我屋里有一个女的,和你一样漂亮的一个女的。"铁锁压着嗓子悄悄地说。

"什么? 一个女的?"一听铁锁说他屋里有一个漂亮的女的,周素梅控制不住地叫起来。

"轻点,轻点,别让人听见,我正怕着呢!"铁锁赶紧捂住周素梅的嘴。

"走,去我屋里看看,回头你把她领回来。"铁锁把酒放在门口,拉着周素梅就走。

"说清楚,有一个女人,还让我领回来,你给我说清楚。"周素梅不知道铁锁葫芦里卖的什么药,一边跟在铁锁的后面,一边问。

"一会再告诉你,先跟我走。"

"你不说清楚,我就回去。"说着,周素梅就挣脱了铁锁的手,要往回走。

"好了,姑奶奶,边走边说,这总可以了吧?"铁锁挡在周素梅的面前,讨好地说。

"哼,这还差不多,走吧!"周素梅瞥了铁锁一眼,又跟在铁锁的后面。

"小声点,人家都睡觉了,别吵吵,这大半夜的,就我们两个人,一说话,别人都能听到,你不怕这黑漆漆的招来……"

"你别说了,听见没? 把嘴闭上,再说我就回去了。"周素梅又见铁锁在吓唬她,这次真的有些生气了。

"我错了,不该吓唬你,姑奶奶别生气了。"

周素梅见铁锁这副求饶的模样,又好气又好笑,极不情愿地走着。

铁锁走到家门口,示意周素梅不要发出声音。他侧着身体将耳朵紧贴门缝听屋里的动静,听一切很安静,便小心地推开门。屋里一片漆黑,门后面闪出一个黑影,铁锁感觉有一个黑乎乎的东西快要朝他头顶砸来,他反应还算迅速,用胳膊一挡,紧接着一拳打过去,只听啊的一声,那个黑影倒在了地上。

"怎么了?"周素梅吓得紧靠在铁锁的身后。她被这突如其来的状况吓得浑身发颤。

"坏了。"铁锁稍微顿了顿,赶紧摸过去点上油灯,拿过来照了照地上躺着的人。

"就是她,我和你说的。"

被铁锁一拳打昏过去的正是真子。就在铁锁快要回来的时候,真子醒过来了。见黑漆漆的空荡荡的屋里只有她一个人,本来她打算趁机逃出去,刚走到门口就听见外面有脚步声,她就顺势捡起一根木棍躲在门后面。就在开门的一瞬间,她举起木棍还没有打过去,黑暗中就被重重的一拳击倒在地。铁锁将油灯交给周素梅,然后又将真子抱回到床上。周素梅拿着油灯照过来,凑近了才发现是一个比自己还要美的姑娘,心里有些不乐意。

"铁锁,这是哪家的姑娘? 看样子是大户人家的姑娘呢!"周素梅故意这么说,其实是她内心在作怪。

"我哪知道? 醒了,你就带回去先看着,外面的世道不太平,一个女孩子家出去也不安全,你先看着点,回头找到她家人了,再让人家领回去。对了,她可是个哑巴,能听到,就是不会说话。"铁锁一边说着,一边从水缸里舀起一大舀子井水咕噜咕噜喝下去。

"铁锁、素梅,快开门,是我,你翠莲姐。"门外有人在小声地喊着。

"翠莲姐,都几点了? 发生什么事了?"周素梅打开门,急切地问。

"都是大春那小子,又来找我。咦,有个女人?"翠莲一进屋就着灯光就看见床板上躺着一个姑娘。

"一个哑巴,可怜,我救了她。"蹲在旁边的铁锁说。

"你知道我在这啊?"周素梅问着。

"我去你家了,叔说你定是来铁锁家了,叔气得很呢,保不准一会要找过来。"翠莲瞅了瞅铁锁,又看了看周素梅,接着说,"哪家的姑娘? 还挺水灵。"

铁锁和周素梅都不说话了,周素梅这才意识到自己出来已经很长时间了,再不回去,父亲一定会很快找过来。可是看着这个姑娘,周素梅又有些不放心让她在铁锁的屋子里,周素梅的那种小女人心理又在作怪了。周素梅靠在铁锁身边的锅灶旁,有些发愁。

"要不,你先回去,天亮了再来把她领走。"铁锁说话了。

"先回去,别让你爹真的找过来,这里出什么事有我呢! 回去,回去。"翠莲一边说着一边把周素梅推出了门。

周素梅又是很不情愿地出了门。她刚走到巷子口,就迎面看见前面有一个人提着风灯走过来。

"爹,真的是你啊?"周素梅看着这风灯的光,就知道是父亲,她喊了一声。

"你还知道回来？不要脸。"周金海刚走到巷子口，看见女儿回来，他狠狠地骂了一句，提着风灯转身就走。周素梅乖乖地一声不吭地跟在父亲的身后。

"我来瞧瞧这姑娘。"看到周素梅走后，翠莲这才回屋拿起油灯凑近了真子，直往她脸上照。

"慢点，翠莲姐，别烫着人家。"铁锁着急地说。

又面对一个陌生人，真子非常害怕。她惊恐地坐起身来蜷缩着身体直往墙角躲，眼睛瞪得大大的，怀里抱着一些稻草。从破落的窗户缝里射进一束雪白的光亮照在翠莲的脸上，这样子吓得真子大叫起来，嘴里也不知道在说着什么，好像她的神志有些错乱了。

这情形倒让翠莲和铁锁后退了几步，真子的突然反常一时让他们不知所措。他们便不敢再接近真子，只好远远地站在那里看着真子，也不知道她嘴里在胡乱说着什么。

"她在说什么？听不懂。"翠莲扯着铁锁的衣服问。

"我也不知道……别说话……"铁锁突然反应过来，一把捂住翠莲的嘴。

"她是日本人，不得了，不得了了，小声点。"铁锁和翠莲这才发现原来她是日本人，难怪这么久她一直不说话。这个发现可是晴天霹雳，铁锁赶忙用一根粗大的木头把门抵住，又用一些东西把窗户遮得严严实实。他的心里此时比真子还要惊恐，他没想到自己救了一个日本人，这要是让村里人知道，尤其是周素梅的父亲周金海知道，那他估计在这个村里也待不下去了，这可急得他在这狭小的屋子里团团转。

　　翠莲也被这个发现吓得脑袋发蒙,她慌乱之中从门后面找到一个蔫巴的萝卜拿在手里,很小心地和真子保持着距离。她不知道这个日本人会怎样对付她和铁锁,反正她知道日本人杀了好多中国人,是畜生都不如的禽兽。

　　咚咚咚。

　　"有人来了,别慌,她一个女的,别怕。"还是铁锁保持了镇定。

　　"谁?"

　　"是我,快开门。"

　　周素梅跟着父亲回家后,还是不放心,等父亲的屋里熄了灯,她偷偷地从后面的窗户跳下来,刚一进门,就从铁锁的嘴里得知眼前这个姑娘竟然是日本人。她恨不得上前去抽真子几个巴掌,当初她娘就死在日本人的手里。还是铁锁理智,拉住了周素梅。

　　"素梅,没事,她伤害不了我们。"铁锁紧紧地抱住周素梅,翠莲此时也稳定了情绪。面对这么一个弱小的姑娘,铁锁只好安慰着大家,他也不知道接下来会怎么样。

　　屋里的空气瞬间凝固了,大家都沉默了。真子紧靠在墙角,低着头不敢看他们,只是偶尔偷偷地用眼角瞄了瞄这三个陌生的中国人。她预感到,这是一场生死的等待。她感觉中国的黑夜要比长崎的长,感觉此时有无数把明晃晃的刀架在她的脖子上一样,让自己动弹不得。这时,她想到了父亲和母亲,不知道前两天的那次轰炸过后,父亲和母亲怎么样了。一想到父亲和母亲,她就觉得什么都不怕了。

　　"这个日本人,要么杀了她,要么送走,不能留在村里。"周素梅有些紧张地说。

此时的铁锁,脑子里一片混乱,要是现在眼前是一个日本士兵,他早就不顾一切地冲上去干掉他。可眼前毕竟是一个弱小的女孩,她不应该属于这场战争,既然是战争的局外人,就不应该受到伤害,铁锁决定保护她。

就这样,这个夜里,四个人一直处于紧张状态,这个小屋,安静得似乎只能听到大家的呼吸声。

第十章

趁着天还没有亮,真子要被他们带到翠莲家中,这是他们初步商量的结果。翠莲是个寡妇,几乎没有人去她家里,真子暂时去翠莲家里比较安全。大家摸着夜路向后村走着,再过不久,村里就会有人出来做早活了。

又是黑暗中,又在陌生的地方,真子已经完全不知道自己身在何处,任由这几个中国人指使。她走在他们中间,时刻提防着。她想过一有机会就逃出去,可是在这个地方,即使逃出去,又该逃向哪个方向?她一时陷入了迷茫。一直往前走着,天还没有亮,几乎什么也看不见,只跟着这几个中国人在黑暗中深一脚浅一脚地往前走,身边都是一个个黑影,应该是房子,又好像是一个个人影在黑暗中盯着自己,真子越想心里越发毛。

真子仔细地听着这几个中国人在嘀咕着什么,声音太小,不容易听见,很神秘,好像说什么不能让她听见一样。真子一边走着,一边紧握着父亲给她的防身的短刀,只要这几个中国人对她实施行动,她就会用这把短刀保护自己。

"进去。"大家来到一个院子门口,真子被推进门,其他人也都跟着进来,门被反锁起来。

"进去。"真子又被推进了院子左角处一个黑暗的柴房里,她在挣扎中被这三个中国人用绳子绑在柱子上,还用一条有些发臭的毛巾塞进她的嘴里,她觉得很恶心,有一种想吐的冲动。父亲给她防身的短刀也被这个中国男人搜去了,她眼睁睁地看着他们大摇大摆地走出去,门被关上,从门缝的月光中看见这几个中国人在门口停留了几分钟才离开。

在翠莲家堂屋,铁锁、翠莲、周素梅三人坐在土墩上商量着如何处置这个日本人。按照翠莲的意思,应该用从她身上搜出来的这把短刀宰了她,然后把她拖到村后的老坟茔埋了,这样神不知鬼不觉的,也算是给死在日本人手里的中国人报仇了。翠莲坚决的态度让铁锁和周素梅一时沉默了,气氛有些紧张。

"对,就这么办。"好久,周素梅开口说话了,她最终还是同意了翠莲的想法。被翠莲这么一说,她倒是想起了被小鬼子残害的铁锁的妹妹,她恨得直咬牙,说出了这句话。

翠莲见周素梅和她站在一条线上,更有理由坚持自己的说法,她从桌子上拿起那把短刀就要去杀真子,周素梅也赶紧跟过去。刚走到门口,她们又停住了,返回来站在铁锁的面前,看着他。其实当翠莲拿起这把刀的时候,她的心里在打战。周素梅见此情景,也有些害怕地指着桌子,示意翠莲将刀放下。她们从来没有杀过人,何况面对的又是真子这么一个弱小的姑娘,她们如何下得了手?只好又回来,等待着铁锁发话。

"怎么不去了?去啊!回来干吗?"铁锁抬头看看周素梅和

翠莲。

"就你们去杀人,你们杀过人吗?你们知道这刀子捅进人的身体时,那一瞬间是什么感觉吗?刀子抽出来时,血会跟着刀尖一起出来,喷得你满脸都是。"铁锁一边说着,还一边用手比画着。

周素梅和翠莲被铁锁这么一说,表情有些不自然。的确,她们没有杀过人,真的让她们拿起刀去杀一个人,她们是不会下得了手的,又加上被铁锁这么一说,她们又坐回去,低着头不再说话。

铁锁的心里一直在盘算着,这个日本姑娘怎么一个人在山里出现,还穿着中国老百姓的衣服?是偶然迷路了,还是充当小鬼子的哨子?这一想倒让铁锁提高了警惕。虽然起初是误认为老乡而救了她,但是村里人要是发现了可不这么认为。村里有很多人都在怀疑铁锁为小鬼子做事,他们只是怀疑,一直没有证据才不会把他怎么样,这回要是真的发现他救了一个日本人,那可是给了他们一个话柄了。铁锁的心里乱得很,一时也想不出一个好办法。

"不能杀。"又沉默了一会,从铁锁的嘴里蹦出这三个字。

"杀又杀不得,留又留不得,留在这里早晚会被村里人发现,那也得有个主意。"周素梅急切地对铁锁说。

"素梅说得没错,那也得有个主意。铁锁,你说说看。"翠莲也在一旁着急起来。

"还不知道她真实的身份,不能杀,还要保护好。我听周连长说过,如果发现有可疑的人,一旦抓住,首先要想办法弄清对方真实的身份,然后再杀也不迟。所以,我看,先不杀,想办法摸清她穿着老百姓的衣服出现在山里到底要干什么。"

铁锁的这一番话倒是说服了周素梅和翠莲,她们不住地夸铁锁想得周到,还一个劲地说自己差点误了事。最终,大家都同意了先看好这个日本姑娘。

"先让她跟着你,就待在家里,哪儿也别去。"铁锁对翠莲说。

"跟我?那我……"

"早餐店先关门几天,我要把这事赶紧汇报给周连长,他主意多。"

"那也只好先这样了。"翠莲还是有些担心。

"听你的,你的主意比我们多。"周素梅笑着对铁锁说。

天亮了,真子从昏昏沉沉中清醒过来,她觉得双手反绑在背后已经酸痛得有些感觉不到它们的存在了,她想活动一下手指却动弹不得,她努力地挪了挪身子,尽量让自己靠得舒服一点。嘴里的毛巾一直塞得她两边的腮帮有些疼痛,她曾无数次想把嘴里的毛巾吐出来,结果都失败了,连嘴里的唾沫吞咽都很困难,她第一次感觉到中国人的这间屋子就好比魔鬼一样可怕。终于见到一丝阳光了,从门缝里射进来一丝阳光照在她身边的柱子上,她又挪了挪身子尽量让阳光照到自己,今天是个好天气,她突然渴望外面有阳光的世界。

吱的一声门被推开,周素梅端着碗从外面走进来,蹲在真子的身旁。真子嘴里的毛巾被她取出来,她顿时感觉到自己的嘴里好像空空的,上嘴唇和下嘴唇一时还不太适应合在一起,她反而感到有些难受。

"会说中国话吗?"周素梅一边问,一边给她解开了绳子,然后把碗递到她手里。

"我也不知道你能不能听懂我说话,这是野菜汤,这里也只有这个了,粮食都让你们的人抢光了,就喝点这个吧!我叫素梅。和你说了也是白说,反正你也听不懂。"周素梅慢慢地对真子说着,虽然她给这个日本姑娘送来吃的,但是心里对她一点好感也没有,要不是铁锁让她来,她才不会对这个日本人这么好。

"你们的人杀了我们好多人。铁锁,知道吧？就是救你的那个男人,他妹妹和你差不多大,也被你们的人糟蹋了,也死在你们的人的手里,你都没有见过那天的场面。一想到这些,我就想杀了你。可是铁锁不让我杀你。"周素梅坐在地上,扭头看着真子,她的眼睛里充满了一股似乎要爆发的火焰,也是仇恨。

"我叫真子,对不起。"

"你会说中国话？"周素梅被真子这一句吓了一跳,她迅速地站起来,看着这个朝自己低下头道歉的姑娘,内心的怒火依然没有消除。

"终于说话了,我还以为你真是哑巴,说话就好。你是什么人？"铁锁和翠莲这时也进来了,刚好听见真子说的这一句话。

真子看着问她的这个男人,想必就是周素梅刚才提到的铁锁了。此时真子觉得这个中国男人的眼睛看起来有些可怕,寒气逼人。她本能地向旁边挪了挪,有点害怕的样子,低下头便不再看铁锁,双手捧着碗,碗里的野菜汤也洒了出来。

"别怕,告诉我,你是什么人？"铁锁也向前挪了一步,又问她。

"好了,等等再问吧,先让她吃点,看她的身体很虚弱,你们先出去,我来看着。"周素梅把铁锁和翠莲支出去了。对于周素梅这样的举动,真子突然有些感激她,瞬间觉得周素梅不是一个坏人,便对她放松了戒备。她捧起碗咕噜咕噜喝着野菜汤。虽然她从来没有喝过这样的菜汤,但是总觉得现在空空的胃里非常需要这些。

"谢谢!"真子把碗递给周素梅,低着头说了一声谢谢,她不敢直视周素梅的眼睛。

"刚才听你说你叫真子,你怎么一个人在山里?"

面对周素梅的提问,真子不再回答,虽然眼前这个中国女人似乎不是坏人,但她还是保持了一定的戒备心。自从他们的人踏上中国人的土地,她就知道,她不会受到中国人的欢迎。所以,对于这几个中国人的接近,她心里依然有着一份不安和惶恐。

这个叫周素梅的中国女人出去了,门依然被锁上,只是她不再被绑起来。这间小屋没有窗户,只有这一扇低矮的木门能够透进来一丝光线。她很小心地走过去把手伸进门缝里用力拉了拉门板,无济于事,她所用的力气都是无用的,门被一只满是铁锈的铁锁锁住,她只好重新回到被绑住的地方坐下,她想起了父亲和母亲。

真子对父亲的印象已经少了小时候在家乡的那种感觉,这种感觉的变化是从那天晚上父亲把一份地图刻在她的后背上开始的。现在一想到父亲,心里总有一种被刻刀刀尖划过的疼痛,似乎也有从刀尖处流出血的感觉。她不知道这份地图到底有什么用,即使有对父亲的不满,她也要保护好父亲交给她的东西。父亲说过,这份地图比她的命还要重要,关系着这里战争的胜败。真子觉得自己还小,不懂得父亲那些和战争有关的说辞,不能够更深地去理解父亲的意思,但是面对更多死在战争中的人,不管是中国人还是同胞,她都觉得这场战争非常残酷。

真子又想到了母亲。从长崎坐船一路来到中国,母亲和她说过好多次这次来中国要想办法说服父亲尽快申请调回国,母亲也对她说到了其实她不应该跟着来中国,她记得母亲说过中国人都是魔鬼,会吃人,真子是不信的,她知道母亲对她说的那些都是父亲告诉母亲的。现在想起来,也许母亲说的是对的,她不应该来到中国。那天在长崎登船,码头来了很多人,很多都是来中国看望丈夫和儿子的,还有一些是国内安排来中国慰问的女学生,后来才从母亲的嘴里得知所谓的慰问团,就是国内安排了女人来中国供帝国的官兵享乐的。那天在码头,人山人海,好多人被挤得从登船板上掉入了海里,真子和母亲也差点掉下去,那时母亲看人多打算放弃了,是她非要坚持上船,现在想想真后悔,自己的坚持让自己差点送了命,也连累了母亲。想到这里,真子有些难过。她想尽快回到母亲的身边,也不知道母亲此刻在哪里。她希望父亲来救她出去和母亲团聚。

这两日,黄姑镇的周边安静了很多,周边也似乎没有再听到枪炮声,听说驻守在黄姑镇的日本兵撤走不少。铁锁在村里转悠了一圈,看看有什么异常,一路走着,一路和大伙打招呼。铁锁心里在想,村里人出来多了,真子就多了一分危险,只是他见到村里人依然很平常地说说笑笑,好像什么也没有发生一样。他来到翠莲家交代几句对真子的安排,就转身去周素梅家了。

对于铁锁交代的这件事,翠莲丝毫不敢马虎,她知道这件事的严重性,她比对待任何一件事都上心。铁锁走后,她又不放心地来到柴房看了看真子。翠莲不像周素梅那样还能够和真子说上几句话,她恨不得现在就杀了这个日本人。在她的心里,日本人是她不共戴天的仇人,要不是铁锁有交代,现在她就会拿来菜刀要了她的命。这些也就是想想,她还得想办法保证真子的安全,尤其不能让村里人知道。村里人都和日本人有仇,一旦知道有个日本人被藏在这里,她和铁锁就会跟着这个日本人送命,不被村里人活活打死,也会被村里人当成汉奸。

翠莲看真子还算老实,没有什么反常,就又锁上门,拿起一个木头桩子坐在院门口缝补着布鞋上磨出来的两个洞。

铁锁偷偷地来到周素梅家的后院,打算翻墙进去找周素梅,没想到刚爬上墙头,就发现院子里的院墙边满地都是玻璃碴,一看这墙头翻不成了,本打算原路返回,回头一看,身后正是周素梅的父亲周金海带着管家拿着棍子站在下面等着他。

"叔,这都是您老设计好的吧?"铁锁蹲在院墙头嬉皮笑脸地问。

"就知道你小子会来狗上墙,你看看你,整天不学好,游手好闲,还学会了翻墙头,我们家素梅不会和你这样的人在一起的,你就死了这条心吧。"周金海气急败坏地说。

"叔,你误会了,我一直都学好呢!再说,我和素梅从小就好上了,能不能和我在一起,也是素梅说了算,你说是吧?"

"你还犟嘴,下来。"周金海举起棍子试图去打铁锁,可他怎么也够不着,于是从地上捡起一块石头朝铁锁扔过去。

铁锁的小腿被石头击中了,摔了下去,屁股正好坐在院墙里的玻璃碴上,铁锁尖叫着,血从他的裤子里渗出来,他直喊周素梅救命。

第十一章

　　日本兵在陆陆续续地撤退,进出黄姑闸依然盘查得很严格。周国才派出去搞情报的山柱还没有回来,南边也想起了枪声。周国才带着其他战士隐蔽在山洞里,这个山洞离小鬼子的炮楼不远,就在小鬼子第一道防区的附近,很隐蔽,只有周国才知道这个位置。这是他年初时在一次执行任务的途中秘密发现的,现在派上了用场。洞里很黑,由于不能有任何会使自己暴露的亮光,大伙只好在黑暗中摸索着找个可以暂时休息的地方,只有狭小的洞口在乱枝中隐隐透出一点月光。

　　洞外很嘈杂,能够听见急促的脚步声和有些隐隐约约的说话声,周国才判断是小鬼子。小鬼子好像是追着刚才的枪声去的,枪声还在继续,而且越来越近,好像就在洞口边一样。

　　还好是晚上,小鬼子不太容易注意这个地方,这里暂时是安全的。周国才带着大虎隐蔽在洞口,透过洞口的树枝,他们密切注意着外面的情况,洞口外脚步声没有了,枪声也消失了,一切似乎又回到了黑暗中的平静。大伙都屏住呼吸,等着连长下达命令。每个人都在黑暗中紧握着手里的枪,双眼紧盯着洞口处。

"大虎,带一个人,去迎迎山柱。"

"是,连长。"大虎立即带一个战士拨开洞口的乱枝出去了,两个身影消失在洞外的月光中。

大虎刚走不久,刚从洞口经过的小鬼子又折回来,他们跑步前进,好像在寻找什么。小鬼子前进的方向,就是大虎去迎接山柱的方向。周国才预感到情况有些不妙,给小分队所有人员下达了随时战斗的命令。

果然,外面枪声大作,也很激烈,从枪声判断,这是两支队伍遭遇时交火的声音,这倒让周国才松了口气,最起码大虎他们不会有太大的危险,因为这枪声不是对付大虎他们的。目前在这座山里,只有周国才小分队和国民党张林山小分队,另外紧跟他们身后的就是日军西村的小分队。也就是说,这个枪声应该是张林山和西村交上火的声音了。

激烈的枪声一直持续了有十几分钟,在几声断断续续的枪声之后,外面的战斗停止了。周国才侧耳听着外面的动静,一点声音也没有,黑暗又在寂静中变得如此诡异,洞口隐约的亮光也在一种紧张的恐惧中忽隐忽现,这样的感觉让人更觉得今夜是多么毛骨悚然。

远处有黑影向这边移动,越来越近,一个,两个,好像是三个,为了不暴露目标,周国才命令身边的战士准备好短刀。如果黑影靠近洞口,就来个出其不意俘获他们。黑影近了,周国才和几个战士迅速出了洞口扑上去,将黑影扑倒在地。

"连长,是我,大虎。"

"大虎？快松开,快,撤回山洞里。"

原来是大虎和一个战士在半路上遇到了山柱,刚才的黑影就是他们几个。只是山柱受了重伤,他在执行任务返回的途中,被几个小鬼子追击,胸口中了两枪。大虎一路把他背回来,回到山洞周国才点燃了火把照着山柱的脸,发现他已经断气了。

"所有人,听我命令,跟我出去,给山柱报仇。"周国才站起来,从腰间拔出枪,要往外冲。

"连长,现在不行,你听我说,你听我说。外面有小鬼子在找咱们,这里也是小鬼子的防区,如果就这样贸然去报仇,我们会吃亏的,别忘记咱们的任务。"大虎一把抱住了周国才。

"你要是怕死,你留下,其他人跟我出去。"面对山柱的牺牲,周国才心痛得很,他不顾大虎的劝说,依然挣扎着要出去报仇。

"连长,报仇也要好好计划,这样才会万无一失。"大虎死死地抱住周国才,这时也有两个战士上来协助大虎摁住周国才。

"连长,别忘了团长交给咱们的任务,冷静,冷静。山柱牺牲了,我们也很难受,这仇咱们一定要报。"

周国才被大虎几个人摁倒在地。过了一会,他的情绪才稍微稳定下来,大虎放开他,周国才爬起来,坐到山柱的身边,透过微弱的火光,替山柱整理着军帽和衣服。

"就是死,也要死得体面。山柱兄弟,那些畜生你就交给我们,这仇我们一定要报,你就走得安心点吧。"周国才难过地说。

"连长,有情况。"

"留下一个人看着山柱,其他人准备。"

在洞外,又有几个黑影朝这边移动,速度很快,仅一会工夫,就有十几个人就来到洞口旁边,好像是国民党的部队。

"怎么走?"周国听见外面有人在说话。

"这里情况很复杂,地形咱们不熟,大家小心点,就地隐蔽。"好像是一个当官的在下命令。

"连长,这里好像有个山洞。"

"进去。"

外面有人要进来,这让洞里周国才小分队的所有人都紧张起来。现在要是交上火,他们一定会吃亏,他们子弹不多,对方的人数也比他们多。一旦打起来,不到十分钟,附近的小鬼子就会把这里包围,洞里每个人的心都悬了起来。

"不许动。"外面的人刚一进来,周国才小分队的所有人就举枪对着他们。

"原来是周连长,真是在哪儿都能遇上你。"说话的正是张林山。

"哪儿不去,非要往这里钻,还是赶紧挪个地方吧。"

"笑话,这又不是你们的地盘,老子在外面和小鬼子拼命,死了好几个弟兄,你们倒好,躲在这里像个孙子。"

"谁是孙子?小心老子一枪崩了你。"一听张林山说这句话,大虎拿着枪直接抵住了他的脑袋。

"有本事,出去和小鬼子打。这就是你们新四军的做法?"张林山看不清洞里到底有多少周国才的人。他心里清楚,这个时候最好老实点,毕竟这里是最好的藏身之处。如果发生冲突引起小鬼子的注意,将会有更大的危险。

和张林山小分队在外面发生枪战的正是西村的部队。当西村正在四处寻找真子的下落时,他收到黄姑镇上传来的命令:有一个中国军人在黄姑镇上窃取情报时被发现,正向这个方向逃跑,令将其截住。日军所说的这个窃取情报的中国军人正是山柱。山柱在执行任务时是被一个邻村的伪军认出来的,尽管他打扮成一个普通老百姓的样子。就在西村快要抓住山柱的时候,身后被人开了枪,西村还以为身后开枪的人和窃取情报的中国军人是一伙的,不敢恋战,这才边打边撤退,然后又一路跟踪朝他开枪的部队。

大部队正在分批撤退中,本来被西村安置在各个要道的炸药被联队装上了撤退的运输车,各个哨卡的重火力也在转移,留给西村的只有山上的三道防线火力点和山顶炮楼里的伪军。西村之所以向联队申请给他留下这些火力,是因为他要寻找真子,找到真子,地图也就安全了。

西村带着小分队隐蔽在山坡上,透过雪白的月光,他看见前面的队伍人数应该不多,看样子也就十几个人,他判定这是中国的一支小分队。也许真子已经被他们抓去了,西村只是猜测而已。中国小分队刚走到前面一个山崖,一晃就不见了人影,西村搞不清具体情况,他命令所有人原地待命,做好随时进攻的准备。

西村趴在一处草丛里,他已经习惯了这样的寂静。来中国作战,他习惯了在黑暗中学会孤独。每次执行任务时,他几乎都要经过这样的煎熬。这样的夜,虽然有月光,很白,但是白得有些吓人,有些诡异,就像父亲当年去世时的脸色一样让人恐惧和战栗。林子里,偶尔有鸟扑腾的声音。每一次鸟的响声都让西村的神经绷得紧紧的,他握枪的手心也在内心的烦躁不安中出了许多汗。尽管不安,但他还是一动不动地紧盯着前方。

前方一直没有动静。根据西村的战斗经验,他们跟踪的人应该就在那里藏了起来,这让西村稍微放松了些。他想等到天亮时摸清情况再去进攻。他把小林青木喊到身边,要了点食物。

"少佐,你断定真子小姐就在前面吗?"小林青木卧在西村的身边问。

"不能断定。真子应该成了中国人的俘虏,只要跟着他们,就应该能够找到真子。"

"你知道我为什么来无为作战吗?"西村问道。

"不知道。"

"在中国作战,我最喜欢来无为,我了解这里。我来中国的头天晚上,我的历史学老师专门和我讲过无为的历史:在中国古代,南陈文帝天嘉元年,长江无为段发生了一场规模较大的水战。虽然那场水战比不上中国的赤壁之战的影响,但因它涉及长江中游、下游和广阔的巢湖流域,事关梁、陈和北朝齐、周四国,所以引人瞩目。拿下无为这个地方,具有重要的战略意义。"

"希望少佐在这里取得大日本最高荣誉。"小林青木说。

"没想到我来这里却让惠子失去了生命,真子也下落不明。"从西村的话语中,小林青木感觉到他深深的内疚。

"少佐不必自责。"

西村让小林青木去后面山坡下找个安全的地方给联队发报报告这里的情况,小林青木发完报利用手电筒的光习惯性地在日记本上写下这一天的日记:

　　小野死了,子弹击中了他的心脏,他一句话都没有留下就倒在我身边,临死时眼睛还那样直直地看着我。尽管那样,我也无能为力。小分队来到一个陌生的地方。今夜很安静,每个人都做好了随时进攻的准备,只要发起进攻,就会有人倒下。战争是无情的,战争捆住了我们每个人。

在日记本上写完这些,小林青木双手合起来放在胸前,闭上眼睛,嘴里喊了一声妈妈。

"快,进攻了。"队友来喊小林青木。

本来西村想等到天亮时再进攻,但一想到惠子和真子,心里就痛得发慌,就想着只有杀中国人才能解气,他又担心他的敌人会跑掉,所以下了进攻的命令。小分队一步步向前面的山崖处靠近。尽管是夜袭,而且自己对这里的地形不是很熟悉,但他认为自己完全可以战胜刚才跟踪的十几个中国人,说不定真子就在他们手上。西村的心里有了一线希望,他带着小分队决定来个突袭。刚到山崖口,西村发现前方有人在跑,他命令小分队做隐蔽性的追击。

在山洞里,周国才和张林山两方依然处于危险的对峙中,双方黑洞洞的枪口都指着对方的脑袋,丝毫没有让步的意思。这时,只听周国才说:"就你们,想把小鬼子打跑? 做梦吧你们,你们除了成天想着打自己人,还能干什么?"

"都什么时候了? 还说这风凉话,有这闲工夫,你还不如出去找小鬼子去。"张林山也是怒气冲冲。

"先说好了,你们要在这里休息,也可以,五百发子弹,一百颗手榴弹作为场地费,要不,免谈。"周国才呵呵地笑着说。

"这个时候说这话,你不觉得臊得慌? 有本事,小鬼子的炮弹炸过来的时候,你去捡。"从张林山的语气里可以听出,他一直在压着肚子里的火。

"我去捡？刚落下的炮弹你捡起来试试？不烫死你！九六式一百五十毫米中迫击炮，九七式九十毫米轻迫击炮，二式一百二十毫米中迫击炮，这些个炮弹，哪个你能拿得动？别在我面前显摆。"

"连长，麻球跑了。"一个侦察员跑过来在张林山的耳边小声地嘀咕着。

"所有人，跟我来。"一听小分队里出了逃兵，张林山立刻带着所有人追了出去。

沿着洞口向左的方向，张林山按照侦察员报告的路线追过去。不一会，就隐隐约约发现在正前方，也有一小股日军正在悄悄地向前搜索着，张林山猜到了这股日军尾随的正是麻球。为了不打草惊蛇，张林山命令小分队所有人不要暴露，暗中跟在小鬼子的身后，伺机发起进攻营救麻球。

"打。"张林山发出了射击的命令。一时间，子弹和手榴弹从不同的方向向小鬼子飞过去，火光划破了黑暗中的天空。

第十二章

　　西村本想活捉一个中国军人作为寻找真子的突破口,没想到在刚要下手时被后面的一支部队狠狠地咬了一口,还死了几个士兵,这让他非常恼火。他命令小分队所有人掉转枪头进行还击。前面的枪声停了,西村随着刚才枪声的方向追过去,追了半天没有发现一个人,他骂了一声"巴嘎",并胡乱地开了几枪。

　　活口没有抓到,还白白地损失了几个士兵,这让西村兽性大发,他觉得士兵的死要让中国人来偿命。他找不到袭击他们的人,就开始下山向附近的村庄进发,名义上是为效忠天皇死去的士兵报仇,其实他更多的是为了惠子和真子报仇。西村的这点私心又被小林青木看出来了。

　　小林青木跟随西村的时间还不到半年,他深知西村的毒辣和自私。他内心是不喜欢西村这样的上级的,为了自己的家人而不顾小分队里其他士兵的生命安全,说是为了在执行一项特殊任务。其实这几日来,所有的行动都是为寻找惠子和真子,寻找中好几名同胞战死,这让小林青木有点讨厌西村。当然,他对真子是有好感的,他也希望能够尽快找到真子，只是这场战争越打到后来越变味了，都变成了为个人的私仇而战，这是他不喜欢的。

小分队来到一个村庄，这里离下泊山的防区大约有三公里，三面环河，村庄不大，也就十几户人家。小分队进村的时候，是从西边的河里过去的。七月，太阳已把河水晒干了一半，河水只到大腿的地方，西村命令所有人从这条河过去，从村后突袭。

"有鬼子进村了，有鬼子进村了……"

"呼"一声枪响。一个村民提着水桶正向这边走来，突然看见一队日本兵从河沟里上岸，他惊慌失措地扔下水桶就往村里跑，边跑边喊，还没跑几步，就被西村一枪击中。

枪声在这个中午打破了这个小村的宁静，村民们都慌张地从家里跑出来，向唯一一条通往村外的小路跑去，路口已被几个日本兵堵住，后面西村带着其他日本兵也追过来，九个村民被围困在村口的水塘边。西村又派人挨家挨户去搜查，没有发现任何可疑情况，村里其他村民早些时候都已经逃难去了，西村只好把这九个村民赶回到村中间的戏台边。西村抓过来一个女人，问真子的下落，这个村民早已经被吓得两腿发软，她直摇头，一直低着头。西村见问不出一点线索，拿出东洋刀砍向她的脖子，血喷向旁边人。被围困的村民们中出现了一声尖叫，尖叫声是一个小孩发出的。西村快步冲进人群中伸手要抓住小孩，却被几个村民挡住，这几个村民从背后拿出锄头举过头顶誓死一搏，西村被这几个村民激怒了。他没想到中国人面对死亡时还具有这般勇气，他退回来，向身后一挥手，顿时，机枪声响起，被围困的村民们全部倒地。

西村带着小分队继续前进，一路上很冷清，看来这里的中国人已经逃离了这个地方。他们沿着河岸一直往前走,经过了几个村庄都不见一个人,西村的心里有些不安。这样寻找下去,再没有真子的消息,基本可以断定真子已经不在人世了。一想到这里,西村的心里就很难过。

前面就是新桥村,小分队隐蔽在村外老坟茔后面,西村用望远镜在观察村里的一举一动。小林青木对这个村子非常有印象,他的心里突然有一种深深的内疚,那一幕又像一幅幅图画在他的脑海里闪现出来,他又看见了伊藤和那个中国女人的脸,一个笑得面目狰狞,一个哭得痛苦不堪。这是小林青木第二次随着部队开始进攻新桥村,第一次是他跟随伊藤队长来过这里,那时西村还没有调过来,小林青木是伊藤的勤务兵。那次进攻是在凌晨,部队也是从这条路进村,进攻之前也是在这个鬼地方蹲守了一夜,伊藤得到命令,有两个中国兵就藏在这个村里,因为这两个中国兵身上有一份重要的情报。

部队按照伊藤的命令开始将这个村子三面合围,联队为了配合伊藤,还从黄姑镇上调来六门九六式迫击炮,攻击从凌晨开始,从村外到村里,一路上只要是中国人全都抓了起来集中在村里的老井旁。

后来伊藤在一户人家抓到了那两个中国兵,那家的男人有通共嫌疑被当场处决,那个男人的女人就从此成了寡妇。部队从新桥村离开时,伊藤又抓了几个女人打算带回去奖赏给帝国的士兵享乐。刚走到村口的路上,伊藤和几个士兵兽性大发,把一个女人轮奸。小林青木记得那时伊藤还让他最后一个对那个中国女人实施强奸,他站在那里一动也没有动,伊藤一边提着裤子一边在嘲笑他不是一个男人。最后,那个女人被伊藤和几个士兵的刺刀刺死。

"传令下去,进攻。"西村回过头来朝小林青木喊道,并下达了进攻的命令。小林青木这才从刚才的回忆中回到了现实,他赶紧站起来迅速整理好装备向所有的队员下达了西村的命令。

小分队神不知鬼不觉地摸进了村里,村里很安静,每家每户都关着门。突然,从一个巷子里跑出来一个傻子,看着这些拿枪的日本兵,这个傻子站在那里直冲着这些日本兵傻笑,然后,手足舞蹈,转身就跑了,一边跑还一边喊着"鬼子,鬼子"。

"巴嘎,追。"西村拔出东洋刀,带头追过去。

在一个已经倒了两面土墙的房子门口,西村追到了傻子。他二话没说,一刀下去,这个傻子的脖子上出现了一条红色的血口,傻子用尽全身的力气挣扎了一下,倒地死了。

"少佐,怎么不问真子的下落?"小林青木在西村的身后问。

"一个傻子,问不出什么,继续找。"

在村中间的老井旁,村里五十多口人被日本兵全部集中在一起,周围有日本兵黑洞洞的枪口对着他们,还有两挺机枪,这些日本兵做好了随时开枪的准备,只要谁反抗,第一个结果的就是他。村长周金海对大伙喊了一声:"要忍。"周金海说这句话,不是因为他惧怕小鬼子,而是为了保护村民的安全,他不想村里再有人无辜地死在小鬼子的刀枪下。

西村仔细地看了看人群中的每一个人,然后从人群中拉出来一个五六岁的孩子,对所有人说:"有没有见过一个这么高的姑娘?"西村一边问,一边比画着。

人们沉默着,只有被西村拽出来的这个孩子在哭着要妈妈。一个女人冲上前去准备从西村的手里抢回她的孩子,被旁边一个日本士兵开枪击中了胸部,她当即倒在了地上,血从她的胸口流出来。孩子见妈妈摔倒在地上,坐在她身边哭。

"他要找的姑娘应该就是真子。"铁锁对周素梅说,他们也在人群中,他们是在去翠莲家的路上被小鬼子抓来的。

"不知道翠莲和那个日本姑娘现在怎么样了。"周素梅有些担心地说。

"别说话,别让小鬼子发现了,这里人多,小心点。"铁锁握住周素梅的手,观察着小鬼子下一步的动向。

"谁是村长?"西村来回走了几步,突然停下来,转身向着人群问。

见没有人回答,西村把东洋刀架在了坐在地上的孩子的脖子上。

"畜生。"一个村民手里拿着镰刀冲出来。

"呼"一声枪响,冲出来的村民脑袋中了枪,血又喷洒了一地。人群中出现一阵小小的骚乱,所有人都惊恐地往后退了几步。

"天杀的小鬼子,我和你拼了。"一个老人举着拐杖走出来,颤颤巍巍地走到西村的跟前,拐杖刚要落在西村的头上,就被两个冲过来的日本兵用刺刀顶上了天,血顺着刺刀流下,一滴一滴地落在地上,然后,这个老人被那两个日本兵扔进了井里。

西村的东洋刀依然架在小孩的脖子上,小孩的哭声还没有停止,他不停地叫着"妈妈,妈妈"。

"慢着,我是这个村的村长,别难为一个孩子。"周金海挺身而出,一脸怒气地站在西村的面前,抱起小孩。

"我可以放过这个小孩,也可以放过这里所有人,只要你们给我找到这个姑娘。"西村从口袋里拿出一张照片递到周金海手里。

周金海没有接过照片,他只在照片上轻描淡写地看了一眼,然后转身走回到人群中,把孩子交给一个村民。他想了片刻,知道今天如果不答应小鬼子,这里所有人都会有被杀的可能。他偷偷地看了一眼女儿周素梅。这个时候,他突然觉得周素梅站在铁锁身边,让他放心了很多,最起码一旦出了什么事情,铁锁这小子能保护周素梅。

"我可以答应你,但是这需要时间。你也要答应我一个条件,不准你的人再伤害这些无辜的百姓。"周金海强忍着怒火说。

平时,周金海是个很胆小的人,他生怕女儿周素梅会做些得罪日本人的事情,他知道国民党、共产党、日本人,哪一方都惹不起,对女儿是千叮咛万嘱咐要乖乖地待在家里,不要出去惹是生非。可是女儿大了,做什么事总是有主见。他有时觉得自己真不如女儿有思想,经常听见女儿说自己是个老顽固,不是个顶天立地的男人。这回,他就要在女儿面前做个顶天立地的男人。周金海之所以这次敢和日本人对着干,还有一个原因,那是在一九三八年,他的母亲也死在小鬼子的屠刀下。如果有一天有机会,他也想给母亲把这仇给报了。一九三八年五月三十一日、六月一日、六月二日,小鬼子出动飞机连续三次投放燃烧弹、硫黄弹、毒气弹轰炸无为县城。当时的无为县城号称九街十八巷,小鬼子的炮弹把九街十八巷炸得面目全非。在无为全境,包括黄姑闸在内都被小鬼子投放了毒气弹。距离无为县城十二里的仓头镇,小鬼子一个中队约两百人在寻找失踪的两个士兵,接着无为北门的仓头大屠杀开始了。周金海的母亲原是无为仓头镇一个普通的农妇,在那一次小鬼子的屠杀中,被一个日本兵用刺刀破膛开肚而死。

西村在无为作战期间,懂得了一个道理:这里的中国人有一种打不垮的意志,对付他们武力是没用的,武力征服不了这些中国人,反而迫使他们反抗到底。西村把真子的照片塞进周金海的手里,带着小分队走了,他不知道这附近有没有中国的部队,继续留在这里只会多一分危险。

在日本人进村时,傻子的喊声恰被翠莲听见,她在慌乱中找来一根绳子将真子绑起来,她担心真子会趁机跑出去,翠莲又觉得不妥,从衣服上扯下一块布塞进真子的嘴里,将真子拽进柴房里的一个地窖里。这个地窖曾是新四军一个团长挖出来的,里面经常会隐藏伤员或召开秘密会议。那次丈夫被杀,两个新四军伤员被抓,就是因为伤员没有来得及被转移到地窖里。

外面响起了枪声,真子知道是父亲派人来寻找自己,她拼命地挣扎,却挣脱不开绳子,想喊也喊不出来,她的脸憋得通红,头猛烈地撞着柱子,希望她撞击的声音能够被日本士兵听见,无奈她撞破了头,出了很多血,都无济于事。外面只是偶尔响起一两声枪响和小孩的哭声。

小鬼子好像走了,外面的村民们骚动起来,有人在骂这些畜生,有人在喊着回家拿家伙去找小鬼子拼命,哭声、喊声、骂声都在混乱中交织着。

"翠莲姐,开门。"外面传来铁锁的喊声。

"小鬼子走了?"翠莲打开门,有些惊慌地问。

"走了,进去看看去。"铁锁和周素梅快步来到柴房。铁锁见真子被绑着,头上还在流血,马上从脖子上取下毛巾替她包扎。

"怎么伤成这样?"铁锁问翠莲。

"她想跑,我就绑着她,她就用头撞。"

给真子包扎好,大家从地窖里出来,翠莲想出去看看外面的情况,被周素梅拉住。

"先别出去,外面乱得很。"

"快看。"周素梅趴在窗户上看着外面,这里刚好能看到老井旁的一切。

"怎么了?"翠莲和铁锁也跟着过去看,真子不知道外面发生了什么事,也往前面移了两步,从窗户纸的缝隙里看到老井旁围了好多人。

"翠莲姐,村西边的三伯被小鬼子用刺刀刺死了,还被扔进了井里,我爹在组织人下井打捞三伯。"周素梅语气很沉重地说。铁锁和翠莲的眼睛直直地盯着窗户外,谁也没有说话。老井旁围了几个人,三伯的侄子和他家一个亲戚下了井。大约半小时后,三伯被捆在绳子上拉上了井。

"刚才你说的……小鬼子……是谁?"好久,真子用手轻轻地碰了碰铁锁的肩膀。

"你还不知道啊?这小鬼子就是你们的人。"

真子大概明白了铁锁和周素梅说的意思了,她的心里带有一分歉意地看着外面的情形,为什么他们日本士兵会残忍到要将一个老人刺死后还扔进井里?真子想起父亲在长崎登上运兵船前一夜还对她和母亲说,来中国作战,是响应天皇的号召,来中国是帮助中国人建立一个更好的国家。现在想想父亲的话,真子感觉到父亲是在骗她,她的心里一阵疼痛。

隔着这么远,真子看不清楚老井旁到底发生了什么,只见一个人被好几个人用绳子从老井里拉上来后,就有人扑过去号啕大哭起来,哭声从老井旁传进这个小屋里,听得真子的心里颤颤的。接着,从井里拉上来的人被几个人抬走了,大家也跟着去了。看着这一幕,真子有些不安起来,她本能地往后面退了好几步,她突然意识到自己可能会处于危险之中。她一边退着,一边环顾着四周。

"怎么,害怕了?"铁锁察觉到身后真子的动静,站起身走过去,一手抓住真子的头发,凶狠地说。他的眼神好像一把利剑刺进真子的心脏。

"看看外面,三条人命,都是你们那些狗日的干的。你要不是女人,老子早就让你跟着去陪葬了,还等到现在。"三伯的遭遇,深深地刺痛着铁锁、周素梅、翠莲的心。

傍晚时分,三伯、后村陈家嫂子、傻子三个人的尸体被村里几个老人和女人用凉床抬起来。按照祖上的规矩,村里要把他们葬在老坟茔。送行的人排了好长的队伍,村长周金海抱着陈家嫂子的孩子走在队伍的后面,他的眼睛有些湿湿的、红红的,他在心里默念着:"又死了三口,全村就剩五十三口人了。"

真子看着一行人从窗户前走过,抬着三个死人,她在心里祈祷,嘴里喃喃地说道:"对不起!对不起!"

第十三章

　　整整一晚上,周素梅陪着周金海挨家挨户地做工作,要大伙在天亮之前必须离开村子,先找个地方避避风头,并一再提醒大伙小鬼子很快又来村里。但无论周金海怎么做工作,大部分村民都坚决不离开祖祖辈辈留下的老屋。对于这些思想迂腐、古板的村民,周金海也没有办法,那些少数犹豫不定的村民看大伙都不走,也就放弃了离村的念头。

　　周金海和周素梅回到家的时候,已是深夜。刚一进屋,周金海就把周素梅拉进里屋,把窗户关得严严实实的,然后慢慢地从床下的地板下面掏出一个小铁盒子,里面装的是金银首饰和几根金条。周金海又找来一个布袋,一边装首饰一边对周素梅说:

　　"这是我这些年为你攒的,你带上,马上走,先去河南你姨妈家避上些日子,等家里稳定了了,我再让人去接你回来。"

　　"爹,那你呢?"周素梅看着父亲紧张的样子,她问父亲。

　　"我要留在村里,还有这么多村民,我不能走。"

　　"爹,那我哪儿也不去,就留在家里陪你。"其实周素梅不走的原因除了担心父亲之外,还有舍不得丢下铁锁。再说了,现在铁锁身边又多了一个日本姑娘,她怎么会在这个时候离开铁锁呢?

"胡闹!都什么时候了,还和爹……"

"爹,我先去睡了,您慢慢收拾吧!"还没等周金海说完,周素梅就转身回房了。此刻她的心里只惦记着铁锁,只要和铁锁在一起,哪怕去和小鬼子拼命,她都不怕。

看着女儿离开的身影,周金海很无奈地把已经装进布袋里的首饰又放回到铁盒子里,轻手轻脚地走到床边,原封不动地将铁盒子又放回到地板下面。女儿大了,说什么都不听了,周金海独自坐在桌子旁,不禁伤感起来。这些年,他最放心不下的就是女儿,不是他无能,不是他不能做一个顶天立地的男人,而是他担心自己要是出了什么意外,女儿一个人孤单,可这些周素梅哪能懂得?周金海原本让女儿连夜离开村里,他留下来好做一件事情,他想等小鬼子再来村里的时候,拿出家里藏的几颗手榴弹和小鬼子同归于尽,为孩子她娘报仇,这回周素梅不愿意走,他的计划要落空了。

周素梅回到屋里刚要躺下,听见窗户外铁锁在小声地喊她,她一下子来了精神,来到窗户边将窗户纸捅了一个小窟窿。

"铁锁哥。"周素梅小声地贴着窗户喊着。

"出来,去翠莲姐家。"

周素梅蹑手蹑脚地从家里出来,跟着铁锁摸着夜路向翠莲家走去。

夜色几乎吞噬了整个世界,没有一点月光,周围一片黑暗,很安静,铁锁和周素梅走在通往翠莲家的路上,他们轻得几乎听不见一点脚步的声音。此刻,哪怕是心跳声都会让人听得如此清晰。周素梅紧紧地抓住铁锁的手,白天发生的一幕在她的脑海里清晰可见。她不时回头看看身后,越往后看越觉得有什么东西跟着似的,她不禁感到心口一阵紧缩。

"慢着,有人。"走近翠莲家院门口,铁锁发现翠莲家西边有个人在爬墙头,铁锁捡起一块石头沿着院墙边摸过去,走近了一看,才发现是村里的流氓周大春,他又来骚扰翠莲。自从翠莲成了村里的寡妇之后,周大春总想着占翠莲的便宜,幸亏有铁锁在翠莲身边,这才让周大春收敛点。

"啊?"周大春这些天一直在惦记着翠莲,想着这么晚了村里人早都睡下了,他有机会溜进翠莲家里占点便宜,于是琢磨了半天还是晃晃悠悠来到翠莲家门外,刚要爬上院墙头,身后突然有人蹿出来,他着实吓了一大跳,重重地摔倒在地,捂住脸一个劲地求饶,他以为村里白天死了人让他晚上撞见了鬼。

"小子,是我,铁锁,嗨。"铁锁用脚踢了踢周大春的屁股。

"铁锁哥,下次不敢了,下次不敢了。"一见是铁锁,周大春更害怕了,上次他就是因为爬墙头被铁锁逮住,被扔进了水塘里,喝了不少水。他跪在地上直喊铁锁大爷。

"滚。"

周大春爬起来也不看是哪个方向,跌跌撞撞就跑了。

"刚才外面有声音,怎么回事?"铁锁和周素梅一进门,翠莲就问。

"是周大春那小子,被我赶跑了。说正事,这小鬼子看样子很快还要来,你们要注意点,千万别随便出去,别让小鬼子发现了。"铁锁叮嘱着。

"走,看看那个日本姑娘去。"铁锁说着就朝柴房走去。

而在此时,正有一双眼睛紧盯着这个院内,铁锁他们三人丝毫没有发觉,他们进了柴房。

紧盯院内的正是周金海,其实他一直没有睡,这几日女儿周素梅频繁外出让他觉得有些不太正常。他太了解女儿的性格,要是问她当然什么也问不出来,他只有多多留意女儿的行踪。刚才周素梅和铁锁出门时,周金海就偷偷地跟在他们身后,一直跟随到翠莲家院门口。

周金海看见几个人大半夜进了一间柴房,觉得这里面一定有什么事情。十几分钟后,几个人都从柴房里出来。周金海预感到,柴房里肯定关了什么人。

这只是一种猜测,既然是猜测就需要进一步证实。周金海断定这几日女儿频繁外出和这里有关系,她并不是打算和铁锁私奔。之前他一直担心有一天女儿会被铁锁拐走,这一会儿他的心里算是踏实了,他又摸着夜路回到家中。

真子一直被关在柴房的地窖里,由翠莲照顾着。目前的情况不是很好,小鬼子随时会来村里,周大春也时不时来骚扰翠莲,这对真子的安全很不利。铁锁、周素梅、翠莲三人一直商量到天快要亮了,都没有商量出一个好主意,铁锁打算去找周国才汇报情况。从翠莲家出来,铁锁送周素梅回家。一路上,周素梅不再抱怨父亲对她的唠叨了,反而向铁锁不停地说着昨天白天面对小鬼子时父亲的勇敢。这一次,周素梅觉得父亲是一个顶天立地的男人。

早上的时候,翠莲给真子去送早饭,这是真子拒绝的第二顿饭,就在昨天,因为身边有这几个中国人,她失去了一次父亲救她的机会,为了抗争,她开始绝食。

"吃不吃你自己看着办,饿死了倒也省心了,省得我每天伺候着你。"翠莲给她解开绳子,取下她嘴里的布,把她从地窖里拉上来。

"我要水。"真子的声音很小,让人很难听清楚。

"什么?"翠莲看着真子的眼睛,问了一声。

"喝水。"

"这细声细语的,等着。"

翠莲起身出去给真子取水,刚走到屋里,她听见柴房门哐当一声,她转身一看,真子从柴房里跑出来,向院门口跑去。

"别跑。"一看这情形,翠莲吃惊地稍微一愣,拔腿就朝院门口跑去,真子还没有打开院门就被翠莲两只手死死地抱住,任凭真子怎么挣扎也没用,她一个弱女子哪有翠莲这样的庄稼人力气大,不一会儿真子就被翠莲拖回了柴房里。在真子挣扎的过程中,翠莲的左手背被真子咬出了血。真子被翠莲扔到柴火堆上时,她还爬起来想冲出去,被门口的翠莲挡住。真子又用头开始顶撞翠莲,翠莲一把抓住真子的衣领二话没说就给她一个耳光,这一耳光打得很重,真子的嘴角被打出来血,她一个趔趄摔倒在地,没有爬起来,只是抬起头恶狠狠地看着翠莲。

"要不是铁锁有交代,我早就杀了你。臭婊子还咬人。"翠莲一边包扎着受伤的手背,一边骂着,她在心里强压着怒火,她真想杀了这个日本人为死去的丈夫报仇。可铁锁交代过要看好她,她毕竟也是这场战争的受害者。她又把真子拖进地窖里绑在柱子上,真子已经没有力气反抗了,刚才没有跑出去,今后这些中国人对自己的看管恐怕会更严密了。她就像淤泥一样靠在柱子上,任凭翠莲摆布。

这几天,外面不是很平静。翠莲现在主要的任务就是看好真子。她看真子那副可怜的样子,有点于心不忍,便把她嘴里的布取了出来替她擦去嘴角的血迹,又给她解开了绳子。

"老实点,别再想跑,要是让村里人发现你,你会没命的。"翠莲警告她,然后从地窖里出来。

"叔,你……你……怎么来了?"翠莲刚出地窖,就看见周金海从外面进来。

"路过,顺道来看看,推了推门,没锁,就进来了。"周金海一边说着,一边在屋里四处张望着。

"刚才和谁在说话呢?"周金海有意无意地问。

"没有啊!就我自己呢!"翠莲有些慌张地掩饰着。

翠莲的反应已经让周金海证实了自己的猜测,刚才从窗户外看见翠莲从地窖里爬上来,他就已经断定这间柴房的地窖里一定藏着一个人,说不定就是小鬼子要找的人,女儿三天两头往这里跑,说不定就和这件事有关,搞不好她会有生命危险。周金海越想越害怕,他随便和翠莲聊了几句,便匆匆告别了。

小鬼子这样一闹腾,村民们都不敢出门了,铁锁也一整夜没有睡好,他想起周国才曾经对他说他们之所以做这件事,就是为了让老百姓能够过安稳的日子。在任何情况下,都要想一切办法保护老百姓的安全,哪怕牺牲自己的性命。铁锁坐不住了,他要去找周金海。

铁锁在心里盘算着两件事情。根据目前的形势来看,村里所有人都必须转移出去,小鬼子口头上虽说不会再去伤害老百姓,村里人都相信了,可是他铁锁不信,那是因为他亲眼见过小鬼子的残忍和实施的暴行。这小鬼子再来村里还会杀人的,他要找周金海一起商量让村里人尽快转移出去。另外一件事就是关于真子,让真子隐藏在翠莲家里,也是暂时的。他必须尽快与周国才接上头,把这里的情况报告给周国才,也要找机会把真子转移出去,万一让村里人发现真子,这个日本姑娘恐怕性命难保。

想到真子,经过这几天的接触,铁锁的心里有一种不一样的感觉,要是妹妹还活着,她应该和真子差不多大了。每当铁锁看见真子的时候,他就想起妹妹还活着的样子,和真子一样美。但真子毕竟是日本人,村里有好多人都被日本人杀害了。即使真子和这场战争无关,在村里人眼里,她也是中国人民的仇人。

铁锁来到周金海家的时候,周素梅刚好在听父亲训话,铁锁站在门口,等周金海训完话再进去。

"你小子是来找我还是找素梅?"周金海停止了对周素梅的训话,走到门口问铁锁。

"叔,这次我是有事和你商量的,进去说?"

"进来吧。"

在堂屋里,周金海坐在香台左边的椅子上。铁锁和周素梅站在周金海的面前,看着周金海不太愉悦的表情,铁锁迟疑了一下,然后说:

"叔,村里人得走。"

"铁锁哥说得对,爹。"周素梅一听铁锁这样说,在一旁赶忙补了一句。

"爹,这次你在小鬼子面前对抗,我还夸你是个顶天立地的男人,现在怎么不说话了?"见父亲坐在那里沉默不语,周素梅着急起来。

"这事要真的像你们想得这么简单就好办了,你爹心里有数。"周金海长长地叹了一口气。

"这几日你们鬼鬼祟祟的,都在干些什么?"周金海盯着铁锁问。

"哪有鬼鬼祟祟? 还不是想办法糊糊口,叔?"铁锁有点吞吞吐吐地说。

"老子就对你说一句话,别害了我们家素梅。"周金海毫不客气地说。

对于铁锁的回答,周金海其实心里有数,他这么问也是在试探铁锁,看他的心里到底藏着什么鬼东西,即使铁锁没有说真话,周金海也猜到了他们几个十有八九有些问题。

今天,周金海对女儿的看管没有往常那么严。后半夜,他从床上爬起来,悄悄地推开女儿的房门,发现女儿不在屋里,料想一定又去翠莲家了。他从后院牵出马车,直奔翠莲家的方向。

周金海把马车拴在翠莲家不远处的一个废弃的马棚里,远远地猫在一棵大树后面等着,等铁锁和女儿从翠莲家出来后,他费尽了浑身的力气从院墙头翻入翠莲家院子里,确认翠莲的屋里灯已经熄灭,他才悄悄地摸进柴房里。四周没有了声音。这个时候,整个村庄都陷入了沉睡之中。

第十四章

张林山自从带着小分队离开了山洞，就没有了任何消息，连追他们的那些小鬼子也不知去向。周国才决定回下泊山，他清点了武器装备，才发现子弹不多了，这要是在下泊山遇到西村小队，肯定会吃亏；但不回去，就搞不到埋藏毒气弹地图的情报，也搞不到弹药。周国才最终决定还是立即动身返回下泊山。天还没有亮，山路很难走，前方黑漆漆的什么也看不见，只能完全凭借记忆和感觉向前走，稍有不慎，就会落入小鬼子的埋伏，西村的部队随时都有可能出现在附近。

山里好像起雾了，有些湿漉漉的感觉。小分队行动很缓慢，难以辨清前进的方向，走着走着好像又转回来了。周国才不得不命令小分队原地待命，他要派个人前去探探路。

"山柱，山柱。"周国才下意识地喊着山柱的名字。

"连长，山柱他……牺牲了……"大虎坐在周国才的身后，听见连长在叫山柱的名字，他知道连长还没有走出山柱牺牲的阴影，他来到周国才的身边。

"哦！你看我这记性。大虎,你去前面探个路,天亮之前必须回来。"周国才给大虎下了命令。

"好嘞。"大虎拿起枪消失在黑暗中。

"连长,下面我们怎么办?"小梁挨着周国才坐下,递给他一点干粮。

"我也在琢磨这事,要想办法和上级取得联系。"周国才说着,然后艰难地咽下小梁给他的干粮。

"要不我去走一趟?"

"别急,先等大虎回来再说。山路不好走,还是要小心点。"

小分队停止了前进,趁着大虎去探路期间,小分队刚好稍作休整。接连几天的行军打仗,已经让小分队所有人都疲惫不堪。看着队员们这个状态,周国才很心疼,他把每个队员都当作自己的亲人,直到现在,他都不能忘记山柱临死时的样子。想起山柱,周国才很内疚。那一年部队打到山东济南,经过山柱老家的时候,周国才曾去看望过一次山柱的母亲,山柱是家中老三,两个哥哥都参加了红军,在长征时都没有活过来,周国才就对山柱的母亲说,等战争胜利了,他会亲自送山柱回家,当初的承诺此时变成了一句谎言。

"连长,大虎哥回来了。"梁子高兴地对周国才说。

"人呢?"一听说大虎回来了,周国才兴奋得一翻身从地上站起来,四处张望。

"在这儿,连长。差点迷路了,要不早回来了。顺着这条路一直往前走,前面第一个路口再向左走,穿过一个乱丛林,就是我们要去的村子。"大虎指着前面一个路口说。

按照大虎指的方向和路线,周国才带着小分队所有人跟在大虎身后前进,这条山路异常难走,应该从来没有人走过,这条路也是最安全的,估计小鬼子怎么找也找不到这里,再不走出去,估计又要迷路。天应该很快就要亮了,前方有些忽隐忽现的影子,那影子是树林里高大的松树和松树后面的山坡的。天一亮,小鬼子又要行动了,周国才必须在天亮之前到达山坡对面的村庄,那个村庄是他和铁锁接头的地点。寻找小鬼子在下泊山埋藏毒气弹地点的地图的任务,至今毫无进展。国民党部队也在寻找,上级命令他们要在国民党部队之前找到这份地图,这个命令是好几天之前的命令了。自从通讯员牺牲了,他们一直和上级失联,他要尽快和铁锁联系上,看看铁锁能否帮上忙。

铁锁在出村前,和周素梅秘密去了一趟翠莲家商量真子的转移事项。为了村里的安全,他要尽快去和周国才接上头。他看见翠莲的手臂被真子咬伤了,恨不得去抽真子几个耳光,翠莲也告诉铁锁有关真子想跑的经过,让铁锁更加明白了事态的严重性。一旦真子逃跑出去,整个村子将会笼罩在一片死亡的恐惧之中。铁锁临走时,检查了绑真子的绳子是否牢固,他还是有点不放心,搬了一个水缸压在地窖的石板上,这才和周素梅从翠莲家出来。

在周素梅家门前的路口,铁锁和周素梅作了告别。黑暗中,周素梅站在铁锁的面前,看着铁锁黑暗里的眼中透出的光,这种光直射进她的心里,溅起一些浪花在她的心中翻滚,她多么希望能够陪在铁锁的身边,和他去任何地方。周素梅把头依偎在铁锁宽厚的胸口上,她听见一种声音,是铁锁心跳的声音,这种声音像是对她的一种呼唤。

铁锁趁着天黑,消失在周素梅的视线里。他沿着村后一条小路经过老坟茔向东北方向走去,村庄在他的身后一点一点地消失在黑暗之中。

没多久,铁锁发现身后有一点光越来越近,还有车轮的声音,他赶紧跳到路边的河沟里,趴在水草里隐蔽着。亮光越来越近,是一盏风灯发出的,听到的车轮声是一辆马车发出的,由远而近,铁锁判断,这辆马车应该是从村里出来的。全村只有周金海家有辆马车,难道是周金海?为什么他要在深夜里赶着马车出村?铁锁要探个究竟。

果然是周金海,马车近了,从铁锁面前经过,风灯映出的昏黄的灯光照在周金海的脸上清晰可见,又有些模糊不清,但铁锁还是清晰地看见了周金海的脸。马车前进的方向正好是铁锁要去的方向,铁锁爬上来,跟在马车的后面。

夜路很难走,这条土路经过小鬼子几次轰炸,已变得坑坑洼洼,马车白天走都很艰难,何况现在天还没有亮,周金海生怕马车发出响声,这附近的情况他并不是很清楚,所以让马车走得很慢,这让铁锁跟在后面用小跑的速度都能跟上。

周金海坐在马车上,心里一直忐忑不安,再走一会就到十里岗了,那里很偏僻。若赶在天亮之前在那里把这个日本姑娘埋了,是不会有人发现的,现在他所想的就是赶快赶到十里岗。周金海的心里又有一种愧疚感,因为这个姑娘还没有他女儿大。当他偷偷溜进翠莲家柴房的地窖里的时候,才发现正如他所料,里面的确藏着一个人,只是他没想到的被绑着的是一个比他女儿还小的姑娘。本来他打算放了她,可是在他准备给她解开绳子的时候,这姑娘以为眼前的这个老男人要欺负她,吓得不知所措,一时在惊慌中用日语开始求饶,这才让周金海发现她原来是日本人。难怪小鬼子到处在找一个姑娘,原来一直藏在翠莲家。为了村里人的安全,他想过杀了她,然后在老坟茔找个地方悄悄地把她埋了,又觉得不妥,老坟茔离附近几个村子比较近,万一被人发现传到小鬼子那里,全村人都得跟着遭殃;他又想过放她走,觉得这样更不妥,那就等于让她回去给小鬼子报信了,要真是这样他也就成了通风报信的汉奸。想来想去,周金海决定在十里岗把她埋了,这是他第一次要去杀人,想着很快就会有一个这么年轻的姑娘死在自己的手里,他的手心里就直出汗,额头也在冒汗,心扑通扑通地在往身体外撞击,撞得他浑身难受。

到了十里岗,远处的天边开始有了些灰黑色,有一丝白线从灰黑色中间穿过,天很快就要亮了。周金海停下马车,掀开铺在车上的稻草,拖下一个麻袋,扛着麻袋就往十里岗的五里坡走,这里白天几乎都不会有人来,周金海觉得只有在这里行动才是比较安全的。他找了一个地方,把麻袋放下来,打开扎麻袋口的绳子,发现这个日本姑娘一动也不动,她应该是在麻袋里经过一路的颠簸昏过去了。周金海不管这些,又从马车上拿过来铁锹开始挖坑。

周金海选择挖坑的地方是在一处蒿子草中间,这里由于常年很少人来,这蒿子草长得有一人多高,胆小的人走进这里,估计会被吓破了胆。起风了,风吹过来,有一片呼呼的响声,这声音从周金海的耳边经过,他不时抬起头很胆怯地朝周围看看,然后加快了挖坑的速度。一只鸟突然从蒿草中间飞起,扑腾一声把周金海吓得坐在地上,他惊慌失措,看来这杀人的活不太好做。

"谁?"周金海发现身后有个黑影一闪,拿起铁锹紧盯着有黑影的地方。

"是我,叔。"铁锁从周金海身后的蒿草丛里钻出来,猫着身子来到周金海身边。

铁锁的突然出现让周金海没有料到,他的心这才像一块石头一样落下来,长长地舒了一口气,但他还是有些紧张地打量着铁锁,没想到这小子一路跟踪到这里。

"叔,天还没亮呢! 你来这里做什么?"铁锁一边问着一边向麻袋走去。

"你先告诉我,你小子来做什么?"周金海一看铁锁向麻袋走去,一个箭步挡在铁锁面前。

"叔,这么见不得人?"

"小声点,你跟我过来。"周金海一看瞒不住了,只好拉着铁锁蹲下,打开麻袋。

"叔,你怎么……"铁锁透过微白的亮光凑过去一看,惊叫起来,麻袋里竟然是真子。

"别叫,小声点。"周金海慌忙伸出手捂住铁锁的嘴。

"你小子听好了,你们的秘密我都知道了。可是这个日本人留不得,留着她会祸害全村人。"

"叔,你听我说,她也杀不得。你要是杀了她,就会死更多的人。"铁锁挣脱了周金海的手,一把抢过铁锹,他不能让周金海杀了真子。

周金海不知道铁锁在说什么,他从铁锁的手里抢着铁锹。可他终究没有铁锁的力气大,来来回回抢着、扯着、推着,让他气喘吁吁,坐在地上大口大口地直喘气,他指着铁锁说:"你今天和我作对,以后就别想再见我女儿。"

"叔,这件事真的很重要,我现在和你说不清楚,我们回去再说。"铁锁坐在周金海身边,看了看附近的情况,警惕地说。

"啊——"

"谁?"

突然的一声尖叫,让铁锁和周金海同时从刚才的搏斗中回过神来,他们惊慌地站起来顺着声音的方向看过去,原来是真子在麻袋里挣扎。

"是我,别怕,别怕。"铁锁赶紧过去要把真子从麻袋里放出来。真子刚探出头,一看周围黑乎乎的,很荒凉,眼前还是一张面如死灰的脸,她刚想叫出来,嘴就被铁锁捂得严严实实的,任凭她怎么挣扎,铁锁也不松手,再这么叫下去,很快就会被人发现。

"赶紧杀了她。"周金海在一旁说。

"叔,听我的,杀是杀不得,回去再跟你说,你还得把她送回去。"铁锁说。

"啊!"铁锁的手刚稍微松一点,就被真子咬了一口,疼得他也叫出声来。

"现在在救你,不领情,还咬我。"铁锁一看这样子很容易暴露,一拳把真子打昏,然后把她又装进了麻袋,扛起来就往马车那里走。

"浑蛋,你要干什么? 你要害死素梅吗? 你不想活,她还要活,你不要害她。"周金海一瘸一拐地跟上来,他的脚刚才在和铁锁抢铁锹时崴伤了。

铁锁只管把真子放到马车上,不管周金海在后面如何骂自己,他要尽快把真子送回村里,一切要等报告给周国才后再决定。铁锁坐到马车上,并没有急着走,他在等周金海上车,不管怎么说,周金海也是他未来的岳父,他当然不会把周金海一个人扔在野地里,他伸出手去把周金海拉上了马车,马车朝新桥村的方向去了。

此时的天空已经亮了,远处的天际呈现出一片光晕。铁锁坐在马车上,突然想起了还要去和周国才会合。当马车快要到老坟茔时,马车停住了,铁锁转过身看了看真子,真子似乎醒了,在麻袋里挣扎。

"叔,叔。"

"嗯?"周金海在马车的摇晃中,迷迷糊糊地睡去。他已经一天一夜没有合眼了,此时的他实在困得不行,马车也是不紧不慢地摇晃着,这样的感觉很容易让他睡着。他被铁锁叫醒了,发现马车已经停下。

"到村了?"周金海有些迷迷糊糊地问,他还没有完全醒过来。

"叔,我有个想法,和你商量一下,你看怎么样?"

"说,你小子别耍什么鬼主意。"周金海坐起来,似乎清醒了很多。

"叔,你不是也想和共产党的部队搞好关系吗?我觉得这次是个好机会,要是我们把这个日本姑娘交给新四军,那也算是我们的大功一件,到时候,新四军也会给你记上一功;要是把她杀了,我们什么也得不到。"铁锁知道周金海一直想讨好新四军,就是没有找到合适的机会,他想利用这一点说服周金海。

"拉倒吧!万一人家说我们窝藏日本人,再给个汉奸的罪名,那不是连老祖宗的脸都抹黑了?再说,这事也牵连到素梅。"对于铁锁说的话,周金海心里一点底都没有,他总是觉得只有杀了这个姑娘才是最安全的。

　　铁锁见周金海是一个老顽固,无法说通他,只好驾着马车先回村了。此时,天已经大亮,回村的路上,冷冷清清的,看不见一个人,马车刚进了村口,迎面碰到村里的流氓周大春,铁锁没有看他一眼,只顾向翠莲家去了。身后,听见周大春在喊着:"哥,叔,这一大早的,拉的好东西吧?"

　　马车刚到翠莲家门口,只见翠莲和周素梅慌慌张张地跑过来,见周金海也在,周素梅低着头叫了一声爹便在一旁不再说话。翠莲支支吾吾,她把铁锁拉到一边很紧张地说:

　　"不得了了,那个日本娘们跑了。"

　　铁锁把翠莲拉到马车旁,指指稻草下面,翠莲明白了铁锁的意思,她掀开稻草,果然见麻袋里装着一个人。周素梅也凑过来,看了看父亲,不敢再说话。见真子在马车上,翠莲和周素梅这才缓过神来,周素梅心里在想,这一定是父亲搞的鬼。

　　"跟我回去。"周金海拉着女儿就走,他的脸色不太好看。大白天的,在这里也不好因为这事发火,他心里虽然不痛快,但是发火那也得回家再发。

　　"你小子回头把马车给我送回家去。"临走,周金海丢下这句话。

　　"放心吧,叔!"

　　铁锁看看外面没有其他人,赶紧把真子扛回翠莲家的柴房里,从麻袋里放出真子,并给她解开了绳子。由于整整一晚上都被捆在麻袋里来回颠簸,真子此时已很虚弱,她躺在地上,睁着眼睛看着铁锁,眼神里带有一股要杀了他的意思,铁锁突然有了一点同情心。

　　"快去,拿点水来,然后给她搞点吃的。"铁锁对翠莲说。

铁锁把昨晚的经过原原本本地和翠莲说了一遍,然后和她一起把真子抬进了地窖里,他又嘱咐翠莲几句,然后才离开村子去和周国才接头。

铁锁赶到和周国才约定的接头地点时,已接近中午,在一间废弃的茅屋里,周国才和他的队员们在等着铁锁,铁锁前脚刚进门,负责打探消息的梁子后脚也跟着回来了,接着就听见南边响起了枪声。

"快进来,所有人,准备战斗!"周国才拉着铁锁和梁子隐蔽在窗户后面。

"怎么,路上你们碰到小鬼子了?"周国才问。

"没有,这枪声是南边的,我是从西北边绕过来的。"铁锁说。

"我是从东边回来的,一路上没有碰到小鬼子。"梁子说。

"连长,有国民党军朝这边跑过来。"大虎在前面喊着。

"还有小鬼子。"大虎又朝这边喊着。

"都打起精神,没有我的命令不准开枪。"

朝这边跑过来的正是张林山小分队,他们刚进村子到达这个路口,就被大虎和几个新四军战士拦住,后面又有小鬼子的追兵,情况万分紧急,张林山命令他的队员们准备冲过来。

"你们还是不是中国人,没看见后面有小鬼子?"张林山朝大虎举起了枪。

"让他们进来,别让国民党说咱们新四军不地道。"周国才从后面来到大虎身边,朝张林山笑了笑。

"怎么,就这熊样?"周国才一边找了个掩体埋伏,一边说。

"还不知道谁是熊样,昨晚我们炸小鬼子的炮楼时,你们在哪?"张林山反击着周国才,他命令邱排长开始布置防线。

"昨晚炸小鬼子的炮楼是你们干的?"周国才转过头看着张林山。

"现在还说我们是熊样吗? 有本事,多杀几个小鬼子给大伙看看。"张林山对周国才说话的时候,眼睛始终不离前方渐渐逼近的小鬼子,他的手指准备着扣动扳机。

看着张林山和他的队员,周国才的心里不由得生起了一股敬意。其实他心里很明白,他们虽然是国民党部队,但个个都是不怕死的,杀小鬼子个个都是好汉,只是这么多年,有无数个好同志被国民党部队杀害,这让周国才对国民党的仇恨一直没有消退。

"打。"周国才高喊一声,他扣动了扳机,子弹击中了一个小鬼子的胸口。

这是周国才和张林山两支小分队第一次联合作战,虽是联合,但都是为了各自的任务和信仰而战。周国才帮助张林山部突围,看重的是在反击小鬼子时他们表现出来的勇敢,毕竟都是中国人。战争一直打到下午,周国才和张林山两支小分队边打边撤退,以西村为首的日伪军一直追击到蟹子洼洼口,小鬼子的火力太猛,子弹就像雨点一样飞过每个人的头顶,发出嗖嗖的惊人的声音。这里的地形铁锁非常熟悉,他带着大伙进入洼口的一片林子,这片林子非常大,只有铁锁熟悉一条进入林子的秘密小路。进入这片林子,大伙才算暂时脱离了险境。

"连长,张队长牺牲了。"小分队走到一个山梁时,梁子忍不住对周国才说。

"张队长? 哪个张队长?"周国才停下脚步。

　　"巢湖游击支队副支队长,张学文,七月二十四日在庐江盛家桥战斗中牺牲了。"

　　"就是上次来黄姑闸要我们帮他们搞药品,走时还给了我们一箱子弹的张学文?"周国才再一次向梁子确认。

　　"就是他。"

　　"张队长是条汉子。"

　　"上级有指示,情报说埋藏毒气弹地点的地图就在西村的女儿真子身上,目前没有真子的具体消息,上级命令我们要火速找到真子。"梁子向周国才传达上级下达的命令。

　　"注意保密,别让这些国民党得到消息。"

　　小分队继续前进。

第十五章

　　真子这一次能够死里逃生,多亏铁锁及时出现阻止了周金海,尽管她挨了铁锁一拳,可是后来她想通了,那是铁锁为了救她才打的,只是下手重了些,到现在她还感觉到左脸上的疼痛。真子又被绑在地窖里,她很怕听到头顶上传来的声音,不时看看头顶的地板是否被打开。在这个狭小的地窖里,任何东西和任何人都有可能随时让她送命,唯独铁锁能够在关键时刻保护她,这让真子对这个中国男人有了新的认识。她突然很渴望这个叫铁锁的中国男人在她的身边,她不想死在这里。

　　这个地窖很潮湿,有一股刺鼻的霉味和腐烂的臭味,偶尔能够听见老鼠出来觅食的动静。在真子对面的拐角处,有两个地洞,想必就是老鼠出没的地方,那么,腐烂的臭味一定就是饿死的老鼠的腐烂尸体的味道。在这样一个环境里,真子常常在睡梦中被惊醒,有时似乎也感觉到老鼠就在自己的屁股下面觅食,常常吓得她惊慌失措。她从小就怕老鼠,她觉得老鼠比中国人更可怕。

　　上面好像有人进了柴房,头顶的地板被踩得咯吱咯吱响,真子屏住呼吸,仔细听着上面的动静,不知道进柴房的人是昨晚要杀她的留着络腮胡的中国人,还是救她的铁锁,真子的心惶恐不安。

"中午我从黄姑街上回来,听茶馆里的人说,北边打起来了,好像是周连长他们。"一个女人的声音。

"打起来了?是周连长的部队?铁锁也在周连长那里。"真子听得出,是翠莲的声音。对于上面说的谁和谁打起来,她一点也不关心。当她听到铁锁这个名字时,倒是心里一惊,希望这个中国男人早些回来。

"爹,你怎么来了?"

"那个小鬼子死了没有?"

这个声音很粗犷,他说的小鬼子就是指真子,真子也听出来了,说话的这个中国男人就是昨晚要杀她的人,她睁大眼睛,眼里冒出血丝,一股死亡的气息紧紧地裹住她的身体,让她无法动弹,好像就要让她接受死刑一样。

头顶的地板似乎要被撬起来,又被狠狠地压下,从地板缝隙中被震下来的灰尘弥漫了整个地窖,让真子难以呼吸。

"爹,你不能下去,等铁锁回来再处置她也不迟啊!"

"是啊!叔,你现在不能下去。"

真子听明白了,那个满脸络腮胡的中国男人要来取她的命,被翠莲和那个叫周素梅的中国女人拦住了。看来,自己是难逃一劫了。真子听见他们说等铁锁一回来就要处置她,本来她以为铁锁可以保护自己,没想到他们一条心在密谋要她的命。真子快要崩溃了,拼命地移动着身体想挣脱掉绑住她的绳子。

上面的声音消失了,柴房的门被人打开又被关上,刚才说话的几个人应该走了。只是一心想要杀她的中国男人的影子总是在地窖狭小的空间里四处晃动,眼前也是,头顶也是,身后也是,想摆脱都摆脱不了,好像他拿着一把枪很快就要顶住自己的脑袋,真子的脑子开始恍惚,她在迷迷糊糊中睡去。

自从周金海发现了真子,他就很清楚这个日本姑娘绝不能留在村里,这是一个祸害,有可能会给村里带来灭顶之灾。他本来打算找个没有人的地方结果了她,可偏偏铁锁坏了他的事,现在真子被翠莲看管得更严了,再想接近她就更难了。他越想越生气,指着周素梅的鼻子骂。

"我就看不上这兔崽子,他有什么好?你非要死心跟他,你们都是白眼狼,吃里爬外。"

周素梅站在门口,不敢进父亲的屋,她低着头任凭父亲发火,刚才从翠莲家回来的路上,周素梅就预见回家后必定会遭到一顿臭骂,这也不怪父亲,毕竟在村里窝藏日本人,是天大的事,是要命的事,也许会牵连父亲,她有些后悔当初听铁锁的话非要留下这个日本人。

"怎么,哑巴了?你还是不是爹的女儿?"周金海步步紧逼,希望女儿周素梅能够帮助他。

"是爹的女儿……"

"我看不是,是爹的女儿还和爹处处作对?你懂不懂,留下这个日本人,那是掉脑袋的事,不光你要掉脑袋,爹要掉脑袋,全村人都要掉脑袋。"周金海走到周素梅跟前,压低着嗓音说。

"那……爹说怎么办?"周素梅一时没了主意。

"怎么办?杀了她,今晚就动手。"

"杀人……翠莲姐看得紧呢!"

"让我再想想,反正这事你要听爹的。"周金海说完就回屋了,他要在西村再来村里之前把这个日本姑娘处决了,然后找个隐蔽的地方埋了,要做得神不知鬼不觉,周金海铁了心要这么做。

周金海在床上躺了一会,又起身,又在门口的老藤竹丝椅上靠了一会,觉得还是不安心。他又站起来在屋里来回走了几圈,又停下,在抽屉里拿出烟丝卷了根纸烟抽起来,他猛吸几口,再用手指在烟头上使劲一掐,扔到地上,又用脚尖踩了踩,这才出门了。

周素梅开始留意父亲的行动,她打心眼里不太愿意父亲亲手处决真子,她担心会出什么岔子。尤其是这两年,村里有些人对周金海很有看法,原因是前两年村里组建自卫队时周金海不但不出钱不出人,还在一旁说风凉话,他到处说参加自卫队会死人,谁参加谁就是猪脑子,其实就是他太怕死。结果,那一年冬天,村里来了日本人,自卫队二十多人全部被杀。后来,村里人都说他们是被周金海咒死的。

周素梅担心的事就是一旦村里有些人抓住父亲的把柄,他们会报当年父亲一时口快之仇。她跟在父亲身后,一直跟到老井旁。在老井旁,周大春手里拿着一个地瓜在边啃边晃悠,还和几个正在打井水的村妇说一些带有调戏意味的话,几个村妇还时不时笑骂周大春是浑球、粪球,周大春也乐意听着,乐意被他们骂,他觉得被女人骂是他的福气。

"叔,这是和素梅妹子到哪儿?"周大春一见周金海,还是有些畏惧的,赶忙弯了腰打个招呼。

"嗯!走走,你小子老实点,别碍事。"周金海从他身边经过时,用手推开周大春。

"听叔的。"周大春一边应着,一边用他贼溜溜的眼睛扫了一下周素梅挺拔的胸部。他嘿嘿地笑着,继续啃他的地瓜,心里美美的。

周金海来到翠莲家门口,他还是要来探探翠莲的口风,顺便找机会下手,反正现在他的意图翠莲也很清楚,他必须要想办法让翠莲和他一条心。翠莲坐在门口的石磨上择着野菜叶子,连周金海来到她身边,她都当作没看见一样,只叫周素梅过去给她帮忙。

周金海要杀真子的想法,她翠莲何尝没有?她几次做梦都梦见自己拿着柴刀向真子砍去,就在柴刀正要落在真子的头颈时,她总会被一声大喊从梦中惊醒,然后发现自己是一身冷汗。梦毕竟是梦,铁锁走的时候,特地向她和周素梅有过交代,这个日本姑娘对新四军非常重要,在没有得到周国才的指示之前,要想尽一切办法保护她的安全,这就让翠莲在眼前从要杀她转变为要保护她。起初她是非常不情愿的,但在铁锁做了思想工作之后,她也认识到了这个姑娘对新四军确实有用。为此,她当然不能再让周金海和其他人靠近真子。

周金海在门口不停地转悠着,几次想对翠莲开口打听有关日本姑娘的事情,都没有机会插上嘴,没办法,他只好把希望寄托在女儿周素梅身上。

"过来,爹有话说。"周金海把周素梅拉到一旁,又小声地问她,"就你们两个人还想保护这个日本人,也不怕把命搭上?"周金海有些吓唬周素梅。

"小声点,这话在外面千万别说。爹,你赶紧回去。"周素梅一听父亲在门口说这话,她紧张得不得了,赶紧打住父亲的话头。

"要不让我进去，我就把铁锁藏日本人的事情告诉全村人……"

"爹……"

周金海用这样的话来威胁翠莲和周素梅的确很管用，翠莲和周素梅只好向周金海说了实话，并把铁锁去找新四军的事情也告诉了周金海。这可让周金海感到非常震惊，他万万没有想到一向被认为无所事事的铁锁原来一直在为新四军做事，就连看起来一向柔弱的女儿和翠莲平日里做事也和新四军有关，这下可把周金海吓坏了。他站在一旁直发呆，嘴角动了几次，始终说不出话。

周金海这才知道这个日本姑娘的重要性，他也一直想为新四军做点事搞好关系。他心里暗暗庆幸，幸亏没有杀死这个日本姑娘，否则新四军一定不会放过他。这下他也老实了许多，不再说杀人的事了。

翠莲和周素梅之所以告诉周金海这些，是因为他是周素梅的父亲，还是靠得住的。再说，铁锁不在家时，她们身边也需要一个男人才觉得安全。周金海跟着翠莲和周素梅进了柴房的地窖里，周素梅对父亲说：

"爹，你要帮我们，这也是你和新四军搞好关系的一个好机会。"

"你真要害死爹，这事太大了。"周金海战战兢兢地说道。他站在周素梅的身后看着这个日本姑娘。

真子迷迷糊糊一阵后清醒了一些，但没有完全清醒，她还沉浸在刚才的梦里。就在刚才，她又梦到和母亲跟着家属团在撤离的路上，走着走着，天突然黑了。那时还是下午，天突然黑了下来，她吓得大哭起来，母亲和父亲紧紧地抓住她的手，家属团所有人都从她的身边一个个消失在黑暗中。突然刮来一阵大风,把她吹进一个深不见底的黑色旋涡里,母亲和父亲抓住她的手也在渐渐地滑落,大风把母亲和父亲吹上了天空,飘得越来越远。她和母亲父亲的手松开的一瞬间,她发现自己的身体已经深深地陷在黑色的旋涡里,她哭着,大喊着母亲和父亲……

　　一个影子在真子的眼前晃动着,好像是父亲,她微弱地叫了一声"爸爸",然后伸出手。身影走近了,她才清醒过来,这不是父亲的影子,是昨晚要杀她的络腮胡男人的,她吓得赶紧缩回了手,整个身子迅速向墙角移去。她这才发现绑住她的绳子早已被解开,绑的时间久了,浑身有些疼痛。面对这个络腮胡男人,她惊恐万分,感觉到危险正在一步步向她逼近。

　　"不要过来。"真子的声音很低弱。

　　"死了可惜了。"周金海的脸靠近真子,嘴里发出啧啧啧的声音。

　　真子的双手胡乱地在地上抓住一些沙土朝周金海扔过去,她很用力地站起来靠着墙直往右边退,她的嘴里胡乱地说着什么,没有人能够听懂。

　　"不想活了……"

　　周金海举起右手刚想朝真子打过去,却被女儿周素梅拦住。她把父亲拉到身后,然后让翠莲给真子递过去一碗水。

　　"来,喝水。"翠莲把碗递到真子的跟前。

　　真子没有接过碗,却从身边拿起一只筐子朝翠莲砸过来,砸中翠莲的头部,碗掉落在地上。翠莲本来好心给她水喝,却被她用筐子砸了自己的头。翠莲一怒之下,捡起筐子正要向真子砸去,被周素梅挡住,翠莲这才放下筐子。

"绑起来,等铁锁回来,非要了你的命。"翠莲愤怒地说。

周金海和周素梅赶忙从地上捡起绳子又把真子结结实实地绑在柱子上。

屋子里所有的一切都被周大春看在眼里。在老井旁看周金海和周素梅匆匆向翠莲家走去,他就发现有不对劲的地方,和几个村妇闲聊两句后便悄悄地跟在周金海身后。果然,他发现了重大秘密,原来翠莲家藏着一个日本人,难怪这几天他们都神神秘秘的。

这个发现对于周大春来说,简直是一个大好事,他可以此要挟翠莲。想着之前好几次来找翠莲都被她赶出来,不是被给个耳光,就是被浇了一盆凉水,还有一次夜里他刚摸到翠莲的床边,还没有亲到翠莲的脸,就被翠莲用剪刀划破了脸,到现在脸上还有一个伤疤,他越想越觉得这次是上天恩赐给他的一个好机会。

周金海和翠莲、周素梅前脚下了地窖,后脚周大春就从院墙头翻进去进了翠莲家的柴房,他透过地窖上的地板发现了这个令他直冒冷汗的秘密后,正轻手轻脚地往柴房外面走去,翠莲从地窖里出来。

"给我站住,别跑。"见周大春鬼鬼祟祟地出现在柴房里,翠莲知道他发现了这个秘密,追过去。

"逮住这个孙子。"周金海和周素梅也跟着追过去。

周大春刚跑到院子门口,就被追过来的翠莲死死地抓住衣领,接着周金海、周素梅也追上来,三个人把周大春拖进了屋里。

"快说,看见什么了?"翠莲脱下老布鞋,在周大春的脸上狠狠地扇了一下。

"这么用力,疼死我了。"周大春双手捂着脸喊着。

"没想到你们也有这天,明天全村人都会知道这个秘密。"周大春仰着头冷笑地说,这一刻他有一种胜利的喜悦感。

"你想干什么?"周金海拿着一根棍子狠狠地打在周大春的屁股上。

"你打啊!你打啊!再打。"周大春有些怒了,冲着周金海嚷起来。这时,他不再觉得自己低人一等。

"好了,大春兄弟,消消气,回头啊,来姐家吃饭,今个儿你就当什么都没看见,要是你帮姐保守这个秘密,姐不会亏待你的。"翠莲知道这个时候不能来硬的,她笑着拉着周大春的胳膊说。

"这还差不多,还是翠莲姐会说话。"说完,周大春拍拍屁股走了。

第十六章

　　周金海发现周素梅在新桥村窝藏日本人一事之后,白天无心在家里安坐,晚上则是彻夜难眠,经常是一闭上眼睛就能看见有大批日本人向村里进攻,无数枚炮弹从头顶飞过去。为此,他和女儿周素梅发生了激烈的争吵。最终,周金海妥协了,为了女儿的安全,他答应帮助她们一起暂时保护真子的安全,直到铁锁回来再决定如何处理。他现在唯一要做的,就是当作什么事也没有发生一样,并且要密切关注村里所有人的一举一动。

　　有了父亲的帮助,周素梅的心里感到很踏实。她很清楚这件事如果一不小心出了什么意外,她和父亲可能都会没命。但自己的命和国家的安危相比,微不足道。周素梅暗暗下定决心,等有合适的机会,她要和铁锁一起跟随周国才去延安。

　　铁锁还没有回来,周素梅不放心,心里也惦记,她匆匆吃过早饭,就来到后村路口向远处张望,依然不见铁锁的影子。她心里忐忑不安,生怕铁锁在路上出现什么意外。

　　周素梅没有等回来铁锁,却发现岗上有一队人马正朝这边走来,周素梅赶紧蹲在旁边一处野草丛中观察前面的动静,原来为首的是保安团班长三福,小鬼子撤退时,三福没有跟着走,带着一帮弟兄驻守在下泊山炮楼。

"三福,三福。"周素梅走出来,喊着三福。周素梅知道三福平日里还是很听铁锁的话,她想从三福那里探点消息。

"哦,是嫂子啊!"三福笑着走过来。

"别瞎说,八字还没有一撇呢! 这是有任务啊?"

"带着弟兄们回村看看,这不是老娘还在家嘛! 顺便看看铁锁哥。"

"还是三福兄弟孝顺。你铁锁哥出远门了,走一个亲戚。"

"哦,走亲戚? 没听说过铁锁哥还有亲戚。"

"一个远房的。"

三福半信半疑地看着周素梅,说了几句客套话,就回村了。

三福走后,周素梅从另一条小路朝翠莲家去了,她担心翠莲和真子的安全,她要赶紧去给翠莲报信。虽然三福也是村里人,但他毕竟是为日本人做事。一旦三福得知她们藏了日本人,三福照样会把她们交给日本人,别看他平日里见面算是客客气气的,要不是为了进出镇上搞情报方便点,铁锁早就除了这个汉奸。

周素梅刚到翠莲家还没有来得及和她说看见三福一事,就见周大春一路哼着调子来了,他一进门就嚷嚷着要找翠莲,听语气有些嚣张。他自从发现了翠莲家的秘密之后,觉得有了威胁翠莲的资本。

"哟,大春兄弟啊! 这么有空啊?"翠莲从屋里走出来。

"翠莲姐,来找你就一件事,借点米,我三福兄弟回来了,要在我家吃饭。"

周大春这句话一出口，翠莲和周素梅的心一下子绷得紧紧的，这两个人在一起就不会有什么好事。再说，周大春知道真子的秘密，这可不得了。翠莲和周素梅赶紧把周大春拉进了屋里。

"大春兄弟，米有，回头去我家拿点。"周素梅这个时候只能讨好着周大春。

"你要干什么?"翠莲眼睛狠狠地盯着周大春，抓住他的衣领问他。

"松手，松手，翠莲姐，快喘不过气了。"周大春被翠莲这么紧紧地抓住衣领又一拉一扯，他的脖子被卡住，差一点没有喘过气，他挣脱了翠莲的手，蹲在地上直咳嗽。

"你差点要了我的命。"

"别废话了。我告诉你，你要是保守这个秘密，你翠莲姐依了你。"

"翠莲姐，你说什么傻话……"翠莲的这句话让周素梅吓了一跳，她睁大眼睛看着翠莲，她的心在扑通扑通地跳。

周大春的那根一直充满了欲望的神经被翠莲的话深深地刺激到了，他站起来先是一愣，接着笑嘻嘻地走到翠莲的跟前，想伸手过去碰翠莲的身体，却被周素梅冲过来打开。

"你给我记住，我说的算话，但不是现在。缸里还有些米，你拿走吧。"翠莲指着一只破了半边的缸说。

"还是翠莲姐好。"周大春笑得如此丑陋不堪，让人看出了他的阴险和捉摸不透的心事。他从翠莲家的米缸里舀了两碗米乐呵呵地走了。

周素梅回到家赶紧把三福到周大春家吃饭,周大春到翠莲家借米一事和父亲说了一遍,周金海立马意识到这件事非同小可,搞不好周大春这小子要坏事。他还没有等周素梅再说什么,就拿起一个布袋子装上半袋米朝周大春家走去。周金海如此紧张是因为这件事牵扯到女儿周素梅,平日里他对周大春也骂过几次。还记得有一次,周大春在周金海家的菜园地里偷菜,被周金海一粪瓢大粪泼在了身上。自那以后,周大春见了周金海,表面上是笑脸相迎,其实心里对那件事还是耿耿于怀。

周素梅走后,翠莲独自在柴房里坐了很久,她希望铁锁早些回来,她担心自己对付不了周大春,要是周大春真的把这个秘密告诉了三福,周金海、素梅、铁锁都将有生命危险。她来到地窖里,坐在真子的面前,看着这个日本姑娘,眼里充满了仇恨。要不是因为这个日本人,她怎么会如此担惊受怕?

“你知道一个人受到生命威胁时所表现的可怕吗?”翠莲用淡淡的语气问真子。

“你是在说我吗?”真子知道,尽管面前这个女人用一种敌意的眼光看着她,但她感觉到这个中国女人不会伤害她,要不然,她不会这样平静地坐在这里。

“我要回日本。”见翠莲没有说话,真子又轻声地说了一句,她是多么渴望回到自己的国家和父亲、母亲的身边。

“我们没有请你们来,为什么你们日本人不在家好好陪着家人,却要来我们中国祸害百姓,杀了我们那么多人,烧了那么多房子?有那么多人无家可归,你觉得你心安吗?”翠莲的语气里带有训斥和责问,她越说越激动,情不自禁地站起来,用手指着真子说。

"对不起!"

"我真想杀了你。也许你也是无辜的,看你这么小,杀了你又有什么用呢? 能挽救那些死去的人的命吗?"翠莲的语气里显得有点伤悲,她的内心有一种孤独和不安,让她的身体受着恐惧带来的疼痛。

翠莲想到周大春今天带来的威胁,她预感到有一种危险正在慢慢逼近,她把真子带出了地窖。今晚,她让真子睡在她的屋里。为了不让真子逃走,在这间小小的闺房里,真子的手脚都被绑得结结实实的,她卧在翠莲的床对面的锅灶旁,这次她的嘴里没有塞进东西。

村子一到晚上冷冷清清的,让人有些害怕,死一样的寂静,闭上眼睛都能够听到窗外草丛里的虫鸣声和青蛙的叫声。除此以外,一切都是无声的,都是黑暗的。不像在长崎的夜晚,每天到深夜,家门口的巷子里都是灯火通明。真子向床上瞟了一眼,发现这个中国女人好像已经睡着了。她不知道今夜自己为什么要在这里,难道仅仅是怕她孤独?

屋里有些灰白的光在真子面前忽隐忽现,这是从窗外的枝叶间挤进来的,枝叶在动,光也在动,好像静默的世界里只有它们还是活的。原来这个夜里,外面起风了。

真子无心欣赏外面孤零零的黑暗,她躺在稻草上,不知不觉地哼起了她喜欢的《樱花》,歌声把她带回到童年,带回到长崎的春天。她看到家门口的樱桃树开花了,月桂树开花了,红玫瑰也开花了,各种颜色的花包围在她的身边,她亲吻着那些红色的、黄色的、白色的各种带有香气的花,嘴角露出一丝甜美的微笑。

　　可是现实中她被绑在这里,屋内是孤独,屋外是战争,明天还能不能活下去,完全是个未知数。一想到这里,她就不敢闭上眼睛,她尽最大可能让眼睛睁大,看着这个中国女人,看着那扇歪斜的门,看着窗外的黑暗。

　　"真好听,这歌叫什么名字?"翠莲翻过身,面朝真子,声音有些柔和地问。

　　"我们日本的民歌《樱花》,这首歌就像樱花树开花一样美。"

　　翠莲不再说话,她已经好几个夜晚没有像现在这么想睡,她很快就进入了梦乡。

　　真子一直没有睡意,她努力想着来中国之前的一些美好的事物,想以此来驱逐黑暗带来的惧怕。她又想起了在高中时期经历过的一场关于"新女性"应该承担什么样理想角色的激烈辩论。虽然那时她不太懂得如何做"新女性",但从一本叫作《青鞜》的旧杂志上,她了解到日本妇女们在追求"新女性"时的悲惨境遇。真子还记得京都帝国大学教授河上肇在这份杂志的发刊词中引用了一个关于日本太阳神天照女神的优美典故:

　　　　世界之初,女人是太阳。是一个真正的人。如今,她只是月亮。依靠他人生活,只能反射他人的光芒。这是一弯只有病态的苍白的容颜的月亮……

　　门外一阵响声让真子回到了现实,是有人在外面撬门,她本能地紧靠着墙角蜷缩着身子,眼睛直直地盯着门的方向。

　　"谁?"响声惊醒了翠莲,她刚起身准备下床,门就被打开了。

昏暗中,周大春野蛮地闯进了翠莲的闺房。

面对突然间周大春这种无理、野蛮的行为,翠莲在一阵惊慌之后很快就恢复了平静,她很清楚周大春深夜来的目的是什么。他之所以这么大胆,是因为他掌握了他们的秘密。

周大春显然是没有注意到锅灶旁边受到惊吓、蜷缩的真子,他在黑暗中摸到翠莲的床边,轻声地喊着翠莲姐。在这间空荡荡的小屋里,这种叫声是那么清晰和让人恶心。

"你胆子越来越大了,不怕被人看见? 滚出去!"翠莲骂着周大春。

"翠莲姐,这不是惦记着你嘛! 你一个人挺孤单的,我过来陪陪你。"周大春死皮赖脸地说着。然后,趁翠莲还没有防备,他就爬到床上抱住了翠莲,双手在翠莲的身上不停地到处乱摸,满是口臭的嘴试图要亲翠莲的脸,还在一边急促地喘着粗气,喘气的声音又回荡在这间冰冷的小屋里。

翠莲没有想到周大春下手这么快,她本来试图和他周旋下去,想办法脱离他的魔爪,可周大春没等翠莲做任何反应,就像一头饿狼一样咬住了自己的猎物,在拼命地吞噬。翠莲用尽全力抵挡住周大春将要靠近的嘴,她使劲地挣脱着他的双手,往墙边移动着身子,她的腿又被周大春拖住,她被拖到了床沿边,她的身体被压在周大春的两腿之间,他的一只手进入了她胸部的肚兜里。

"大春兄弟,听我说,你先放开我,我们好好谈谈。"翠莲有些招架不住了,近乎求饶。

"翠莲姐,我想好久了,要是今晚你不从我,我就把你们的秘密告诉全村人。要是从了我,我就当什么也没看见,从了我吧! 想死我了……"周大春的嘴游动在翠莲的脖子和耳根边，他全身的血液都被欲望冲动得暴涨了起来，他在拼命地撕扯着翠莲的衣服。

翠莲的脑子里已失去了抵抗的意识，她被周大春刚才的这句话吓住了。如果惹怒了他，这件事搞不好真会传遍全村，到时候，她、素梅、铁锁、周金海都将被村里人当作汉奸论处。她突然间全身发软，一点力气都没有，任凭周大春摆布。她感觉全身的衣服已被周大春一点一点地撕扯掉，她的下身私密处被一只粗糙的大手盖住，接着，她感觉到一个硬邦邦的东西和一股热浪进入她的体内。她在挣扎着，扭动着被死死压住的身体，身下的床板发出了咯吱咯吱的声响，床头也在猛烈地撞击着墙。一时间，粗犷的喘气声、床板晃动着的声音、床头与墙发出碰撞的声音、挣扎声汇聚在一起，盘旋在小屋的上空。

这一切都被真子看得清清楚楚，她惊愕地张大了嘴巴，不敢发出任何响声，她把头深深地埋进双腿间，她感觉她的心快要从体内撞出来，这种场景是她第一次看见。

为了保守这个秘密，这个夜里，翠莲失身给了周大春。作为一个女人，她懂得洁身自爱，也懂得在这种情况之下保守这个秘密比她个人更重要。周大春偏偏又是一个无赖，这笔账只等日后再一起算了。翠莲躺在床板上，双腿很酸痛，是刚才挣扎过度用尽了力气造成的。她光着身子躺在那里，被窗外一缕月光照射着，显出了雪一样的洁白。

周大春从床上下来，嘿嘿地奸笑着，一边穿着衣服，一边对翠莲说一定会保守这个秘密。他在转身刚要开门时，才发现锅灶旁蜷缩着一个黑影。

　　"谁?"周大春被这个黑影吓得头皮有些发麻,浑身冒出了冷汗。他定了定神,很小心地走过去,这才知道原来是这个日本姑娘,他的心放下来,他伸出手摸了摸真子的脸。

　　"看戏呢? 还是这姑娘水灵,难怪刚才去地窖里没找到你。"周大春说完,开门走了。

第十七章

驻守在黄姑镇上的部队已全部撤离,所有抢夺来的物资和剩余的弹药都已随着运输队运出了黄姑闸,联队在撤出最后一批部队时,炸毁了下泊山上的炮楼和三道防御工事。联队长命令西村小分队秘密留在下泊山,待国民党部队经过下泊山进攻新四军时,引爆所有的毒气弹。

西村带着小分队执行联队下达的这项秘密任务的同时,也在寻找各种机会搜索真子的下落,他一直坚信真子还活着。在几日不停的搜索中,他发现在下泊山附近,有两支不同的部队出现,这两支部队人数不多,神出鬼没,很难对付。如果不是另外一支部队突然出现,他们正在追击的一支小分队早已被消灭掉。为了保存实力,西村命令小分队立即停止射击往回撤退。

在撤回的路上,小分队里的几个士兵出现了不满的情绪,他们本想着跟随大部队撤离黄姑闸,可最后关头,联队把他们分派给西村小分队继续留守在这里。多日来跟随西村在山里来回作战,已经让这几个士兵开始讨厌西村,讨厌战争了,他们来中国作战是为了效忠天皇,为了给家族争一份荣誉。现在看来,他们留下来继续作战就好比是效忠西村一样,这让这几个士兵感到很失望。

小林青木是和西村最亲近的一个士兵。在小分队里,所有的士兵除了执行命令之外,其他时间都不愿意和西村亲近,只有小林青木一直跟随在西村的身边,因为他喜欢上了真子。

利用驻守在下泊山的机会,小林青木希望跟随着西村找到真子,自从和真子第一次见面,真子的影子就不断出现在他的脑子里。为此,他暗下决心,为了真子,他愿意付出自己的生命。他和西村亲近并不是因为他喜欢西村,而是为了表达对真子的一种爱慕。

在日本,小林青木已没有了亲人。他原本是一个孤儿,在他八岁那年,他被一个军官收留,进入学校读书。一九三六年二月二十六日清晨,日本发生了一起事件,成为二十世纪三十年代早期社会动荡的高潮。那天,日本最精锐的陆军第一师团二十一名下级军官,率领一千四百多名士兵冲出军营,企图推翻现政府。那个早晨,大雪纷飞,东京笼罩在皑皑白雪之下,暗杀小分队刺死了大藏大臣高桥是清、前首相斋藤实,以及军事教育总监。然而,冈田启介首相死里逃生,冲进首相官邸的那些年轻军官误将首相的小舅子当作首相枪杀。首相的妻子将首相藏在一间密室里,才得以逃生。暗杀首相的计划落空后,暗杀小分队计划失败的真相迅速被陆军第一师团当作笑柄传开,部分失职的军官也被处以死刑,被处死的军官中,也有小林青木的养父。

养父被处死后,小林青木又成了孤儿,他从学校里逃出来,一路乞讨,一路流浪。直到有一天他遇到了征兵才结束了流浪乞讨的生活。小林青木写日记的习惯就是养父教他养成的。尽管养父离开了人世,但小林青木还保持了这个习惯。来到中国战场,在他的日记本里,不再只有对家乡和养父的记忆,而多了战火中骨肉分离、硝烟弥漫的场景。

"少佐,接下来的任务是什么?"小林青木坐在西村身边,递给西村一支香烟。

"我们要搞清楚两支中国小分队来下泊山的真正目的,传令下去,出发。"西村站起来,用一种傲慢的姿态对小林青木下达了出发的命令。

小林青木其实是希望西村会下达继续寻找真子的命令,他现在在这里唯一能战斗下去的精神支柱就是真子。小分队出发了,沿着山崖边向前走。经过昨天一夜的行军,小分队又走回到原来的地方,还是昨夜留下的标记。小林青木原以为是迷路了,西村看出小林青木的疑虑,笑了笑,对他说:

"北边和南边的村子都没有人,从这里下去往西走,会有中国人。"

小林青木明白了西村的意思,他们在执行任务的同时,西村还随时不忘寻找真子。经过这片林子,从前面的斜坡下去是一条土路,再经过一座废弃的木桥,就是通往中国村子的小路。

惠子就是在斜坡下面那条土路上被炮弹炸死的。离那条土路越近,那天家属团被炮弹轰炸的情形在西村的脑子里就越清晰。他走在小分队最前面,一边走一边时不时停下来,他看见从这个斜坡往西北方向有一条很少有人走过的草木丛,两边杂草丛生,有一人多高,他多么希望真子能够从那里走出来。他的眼前有些恍惚,好像又回到了家属团撤离的那天。

"小林君,命令部队,火速前进。"西村叫来了小林青木,下达了命令。

"少佐,小泽君不能走了,发高烧,是伤口感染引起的。"小林青木向西村报告。

西村走到小分队中间,见小泽躺在地上昏迷不醒,脸发烫,已完全失去了战斗能力,如果再不及时救治,这条命都很难保住。西村找真子心切,面前小泽的状况他毫无心思去关心,他也绝不能容忍这样的状况影响部队前进的速度。在他的心里,小泽的命是无关紧要的。西村命令小林青木带着小分队继续前进,他和小泽留下来。当小分队的背影消失在前方的树林时,西村看着这个在小分队里总是抱怨的冲绳县人,拿出一把军刀刺向了小泽的心脏。

小分队快要到达废弃的木桥时,西村赶上了部队,小分队所有人见只有西村一个人,都明白发生了什么。小林青木站住了,看着西村有些肥胖的身体在他面前晃悠,第一次感觉到他是多么愚蠢,多么让人厌恶的一个人。

"继续前进。"西村命令着部队。

前方废弃的木桥叫竿子桥,桥尾邻近蟹子洼村,桥头方向是四甲村。据说当年这座桥是四甲村的一个猎户来下泊山打猎时临时用两根竹竿子搭在小河两岸上做成的。后来,为了方便村里其他人来山上打猎、砍柴,这个猎户一家人用了半个月的时间,用山上的树木搭建了这座木桥。有一年,附近山上的土匪来袭,这个猎户带领着村里的男人在这里抵抗土匪,拼杀一直进行到后半夜,最后这个猎户和村里所有抵抗的男人全部死在这座桥下,尸体堆起来和桥身一样高。后来由于年代已久,未经修缮,这座木桥近乎废弃。

西村小分队蹲守在离废桥不远处的一个坟地里,他已经派出两名士兵前去侦察。与此同时,在另一条小路上,张林山也带着小分队朝这座废桥赶过来,他们要经过这座废桥秘密进入黄姑镇。

在周国才小分队解围之后,张林山小分队脱离了小鬼子的追击,就在不久前与小鬼子的遭遇战中,张林山小分队失去了三名队员,武器弹药也消耗了不少,还有两名伤员,他们过桥秘密去黄姑镇上就是为了找医生、搞弹药。他们在快要到达废桥时,刚好和两个小鬼子迎面相遇,还没有等两个小鬼子反应过来,邱茂林抬手就是呼呼两枪,两个小鬼子应声倒地。

"所有人,隐蔽。"张林山蹲下来朝身后挥挥手,所有人迅速各自找到隐蔽的掩体。

"看来又是之前的小鬼子,邱排长,准备战斗。"

"检查弹药,准备战斗。"邱茂林传达着张林山的命令。

前方路的两侧有一队小鬼子朝这边过来,他们一定是听到了枪声,张林山判断出刚才击毙的两个小鬼子一定是小鬼子的侦察兵,还好小鬼子人不多,也就十几个人。

"连长,周连长来了。"一个侦察员来到张林山身边报告。

"救了你们,你们却偷偷摸摸地走了,一个招呼也不打,好像不够意思吧!"周国才从后面过来卧倒在张林山身边。

"我现在没有时间和你废话,你没看见前面有小鬼子?"张林山看了一眼周国才,然后把枪架在一块石头上,做好了射击的准备。

"刚才听到枪声,你们又有伤员,不放心,我们就来了。怎么,不欢迎是吧?"周国才也找了一个掩体,把子弹推上膛。

"既然这样,你说怎么打?"

"怎么打？你们打你们的,我们打我们的。"周国才说着,叫来大虎在他耳边嘀咕几句,大虎带着几名战士从侧面钻到了一处土丘后面。

"邱排长,你带两个人、一挺机枪,从下面绕过去,我们这里一开枪,你们就从下面狠狠地打。"

"是,连长。"

两支小分队表面上虽然各自为战,但是暗地里基本是协作作战。周国才和张林山打过几次交道之后,感觉到这支国民党小分队在面对小鬼子时,还算是中国人,所以,他一直跟在张林山后面。

自从驻守在黄姑闸的小鬼子撤退后,团部给周国才下达了新的命令——在寻找埋藏毒气弹地图的同时,也要找到日本暗藏在下泊山一支秘密小分队并将其歼灭,团部所指的秘密小分队就是前面这支西村小分队。周国才了解到这支小分队的指挥官西村有着非同一般的军事指挥经验,不太好对付。西村不像其他的日军指挥官,他熟悉这里的地形,擅长丛林作战和夜战,精通中国语言,这是周国才感觉到很棘手的原因。

一切布置妥当,就等小鬼子进入火力范围。周国才和张林山各自在掩体准备好了几枚手榴弹,他们相距不过十来米,这样和小鬼子作战,他们还是第一次。想想前几年他们一直视对方为死对头,到头来却在这里共同向小鬼子开火,这是周国才没有想到的。

小鬼子放慢了行动速度,似乎有所察觉,为首的应该就是西村,他突然向他的小分队做了一个停止前进的手势,又让一个士兵去传达他的命令,只见有八九名小鬼子从左右两侧进攻,这样一来,刚好会和大虎、邱茂林遭遇,周国才慢慢地移到张林山身边,他担心这样作战会很被动。

"小鬼子好像发现咱们了。"周国才说。

"来不及了,这是咱们第一次配合,要打个小鬼子措手不及。"张林山笑着说。

"突突突",左边响起了机枪声,这是大虎和小鬼子交上火了。

"打。"周国才高喊一声,顿时,枪声大作。

战斗一直持续了大约半个小时,小鬼子的攻击越来越猛烈,周国才和张林山的两支小分队的弹药近乎耗尽,有几名战士也不幸中弹牺牲。张林山在解救一名队员时,左手臂被小鬼子的子弹击中。在危急之中,周国才命令小分队所有人掩护张林山部撤退,张林山小分队在撤退之前,将剩余的部分子弹和手榴弹留给了周国才。按照周国才指出的路线,张林山小分队向新桥村的方向撤离。

由于铁锁对这里的地形非常熟悉,小分队很快就甩掉了小鬼子,他们绕过蟹子洼,从四甲村后面向张林山小分队追去。在路上,铁锁向周国才报告了关于真子的所有情况。

铁锁给周国才带来的情报是让他万万没想到的。根据上级的情报,埋藏在下泊山毒气弹的地图就在这个日本姑娘身上。看来,接下来的形势非常严峻。周国才意识到张林山和西村应该都在寻找这个日本姑娘。

"铁锁,这件事,你除了告诉我之外,要和翠莲、素梅打好招呼,千万不要告诉其他人,以防节外生枝。"周国才叮嘱着铁锁。

第十八章

日军大部队几乎是同时撤离了盛家桥和黄姑闸,凭借多年的作战经验,周国才和张林山认为这是一次非常不正常的撤离。但对于黄姑闸及附近的村民来说,又是一件让人兴奋的事情,黄姑镇上又恢复了往日的繁荣和喧闹。而对于新桥村的村民来说,既兴奋,又有些不敢相信,因为前几日还有小鬼子来村里杀了人。这几日,一些逃离的百姓也陆陆续续返回了乡里,回来的人有的说东边安宁了,也有人说西边的国民党军队好像要打过来,传来传去,村里有些人坐不住了,就到处说些不利于稳定和团结的话。自从小鬼子的大部队撤离之后,上次来村里的那几个小鬼子这段时间也没有再来骚扰乡亲们,但周金海还是不敢放松警惕,他让女儿周素梅去组织村里的自卫队加强村外的巡逻。

周素梅发现这段时间父亲有了明显的改变,开始有些主动向抗日方向靠拢了,不再像以前那样遇事胆小如鼠,怕惹事了,有时候反而为村里的百姓安危担忧。尤其是上一次小鬼子来村里时,父亲甚至不顾生命危险去保护乡亲们。父亲的这些变化让周素梅改变了对他的看法。她听从父亲的安排,去村里组织自卫队队员开始执行巡逻任务。

铁锁不在村里期间,周素梅担负起了自卫队巡逻的组织任务。可组织自卫队执行任务远远不是她想象的那样简单。由于村里的自卫队长期缺少枪支和弹药,前些日子小鬼子来村里征粮时又杀害了几名自卫队队员,这让村里其他的自卫队队员失去了信心。任凭周素梅四处奔波去做思想工作,都没有人再愿意加入自卫队。周素梅只好和父亲商量,希望父亲能够出面帮助她。

"爹,你现在怎么突然关注自卫队了?"周素梅来到父亲的屋里,给父亲沏了一壶茶。

"我觉得铁锁这小子做的事不坏,他组建自卫队毕竟也是为了村里的安全。可这事,现在不好做了。"周金海有些忧虑地说。

"村里人心散了。"周金海捧起了茶壶,又叹气地说。

"爹,我们要想办法让村里人团结起来,只要团结一致,就不怕外来人欺负。"周素梅渴望父亲出来动员村里人联起手来。

"难啊!不是爹不想,这件事,难啊!"周金海皱皱眉头,站起身出去了,周素梅跟在父亲的身后。

周金海和周素梅刚走出巷口,看见村里有很多人一边跑一边嚷嚷着,他们朝老井的方向跑过去,一路上也在愤怒地骂着,看这情形好像是出了什么天大的事,气氛瞬间变得紧张起来。周金海和周素梅不知道发生了什么事情,他们也跟在人群中向老井的方向跑去,一直跑到了翠莲家门口,这才知道村里人将翠莲家团团围住。

"交出来。"有人在喊着。

"对,把人交出来,交出来。"很多村民都在往前挤着,大声地喊着。

"素梅,出事了,应该是大伙知道这个日本人的事了。"周金海紧紧地拉着周素梅的手。

"别进去,听爹的话,先跟我回去。"

"放开我,爹,让我进去。"周素梅挣脱了周金海的手,从人群中挤进去。

翠莲守在门口,她手里拿着一个锄头,站在那里,咬着牙瞪着这些围攻她的人,眼里充满了血丝,她的手和身子似乎在抖。

人群中的喊声一声比一声高,就像暴风雨一样袭击着她,她有好几次都差点被击倒。所有人继续往翠莲家门口挤着,人群中有人朝翠莲的身上扔过来烂泥巴和猪粪,猪粪刚好砸在翠莲的脸上。

"你这个汉奸,把小鬼子交出来。"

"你们干什么? 这么多人欺负一个女人,都是一个村的。你们要干什么?"周素梅挤到翠莲的身边,站在翠莲的面前。

"把人交出来,杀了这个小鬼子。"

"对,杀了这个小鬼子,为乡亲们报仇。"人群中不断地有人在喊着,朝这边挤着,人群挤进了翠莲家的院子,院门被挤倒了,很多人冲进了她家的堂屋,香台被砸,桌子被砸,锅灶被砸,父亲和母亲的牌位也被人扔到地上踩踏。一时间,整个院子里,似乎在进行一场暴动。

有几个村里的长辈冲进了翠莲家的柴房里,进了地窖,把真子从地窖里拖出来;又有几个妇女绑了翠莲,还狠狠地扯着翠莲的头发,朝她的身上吐着吐沫,朝她的脸上狠狠地扇了几巴掌。真子和翠莲被很多人拖到了老井旁,拖她们的人要她们下跪,要她们给村里人磕头，真子和翠莲不愿意，在混乱中，有人狠狠地用脚把她们踹倒在地。

面对突如其来的混乱和围攻，翠莲和真子吓得面如土色，她们万万没有想到自己会有如此下场，村里人会用这样的行为来对待她们。翠莲用力将身体支撑起来，看着周围一个个熟悉的面孔在此时变得非常陌生、冰冷。

"我不是汉奸，我不是汉奸……"翠莲感到全身无力，嘴里发出无力的申辩。

这是翠莲经历的第二次围攻。第一次是她丈夫被日本人杀死的那晚，她的家被几十个村民围攻。那晚，她被几个彪悍大汉一顿毒打后绑起来吊在老坟茔上的一棵树上，还差点被村里的长者驱逐出村，理由是她败坏了村风，给老祖宗的脸上抹了黑。她永远也忘不了丈夫死的那天夜里发生的事，村西边三爷家的侄子摸进了她的家里要强好她，她呼救后反而被三爷的侄子诬告是她要勾引他，三爷就找来几个人把她往死里打。后来，幸亏周金海出面才救了她，周金海派人把翠莲从老坟茔抬回来时，翠莲已是奄奄一息。

"打死这个汉奸，杀了她，为乡亲们报仇。"又有人气愤地喊着，还用脚狠狠地踩着翠莲的大腿，嘶喊声猛烈地抨击着她的心脏，她的整个身体就像烂泥一样。这一回，她被村里人当作汉奸抓起来，是怎么也说不清楚的事情，看来今天她要死在这里了。

而此时，真子被人用绳子绑在老井上，有人说要把她扔进井里，也有人喊着要扒光她的衣服再扔进去，一双双充满火焰的眼睛盯着真子，她感觉到整个身子被一团大火燃烧着，烧得她全身的血都快要干了。

这种情形在真子的记忆里逐渐熟悉起来,那时候还在黄姑镇上,一个和自己一样年轻的中国女人也被很多人这样围攻,围攻她的人就是日军士兵,后来那个中国女人被几个日军士兵当众扒光了衣服,接着就被轮奸。那天,她刚好路过,她惊恐日军士兵为什么要做出那样没有人性的事情,等那些日军士兵提着裤子离开之后,真子前去准备扶起她,发现她已经断气了。情形的重现让真子越来越惧怕,她害怕自己像那个中国女人一样被身边的这些人扒光衣服后轮奸,她害怕今天就是她的死期。真子的神情渐渐地模糊,她被身边像利器一样的叫喊声和唾沫、一些肮脏的粪便袭击着,她感觉自己离这个世界已经越来越远了。

"对不起!对不起……"真子的嘴里不断地重复着这三个字,显得那样苍白无力。她心里很明白,这是父亲失去人性的残暴得来的报应。她深知这些中国人失去亲人的痛苦,如有可能,她愿意替父亲去偿还这份血债。

周素梅眼睁睁地看着翠莲和真子被乡亲们带走,毫无办法,再这样下去,要出人命了。她在人群中没有找到父亲,又急急忙忙地跑回去。这个时候,只有父亲有办法控制这个局面,无论如何,她要撑到铁锁回来。

周素梅前脚进家门,周大春后脚跟了过来,他急匆匆地跑到周素梅面前,以一份哀求的语气对周素梅说:

"素梅妹子,叔呢?"周大春一反常态,这样的举动让周素梅有些惊讶。她没有理会周大春,此时她无心再去搭理这个讨厌的家伙,她现在急需找到父亲。她直奔向父亲的睡房。

翠莲家发生了这样的巨变,周金海已经感觉到隐藏日本人的事情已经暴露,接下来,女儿周素梅也有可能被牵连到这件事当中。在混乱中,他偷偷地离开人群回到了家,他要保护女儿。

周素梅和周大春进入周金海睡房的时候,周金海正从他床底下爬出来,手里还拿着一把枪,周素梅这才发现在父亲的床底下竟然还隐藏着一个密洞,父亲从来没有说过此事。周金海一见周大春站在眼前,立即端起枪指着周大春。

"叔,别开枪,我来求你事的。"周大春面对黑洞洞的枪口,吓得两腿发软,一下子跪在了地上。

"你小子要是把你看见的说出去,我就一枪毙了你。"周金海快速关上门,没想到无意中让周大春发现了家里的密洞。他又把周素梅拉到一旁问:

"外面怎么样了?有没有伤到你?让爹看看。"

"爹,我没事。你去救救翠莲姐。"周素梅带着哭腔在求着父亲。

"是不是你告的密?"周金海突然想到了什么,转身责问周大春。

"叔,我……我……说漏嘴了,快去救救翠莲姐吧……"周大春只好老实交代了。自从他占有了翠莲一次,他这心里就装上翠莲了。

"你……回来再找你小子算账。"周金海拿着枪匆匆出去了。

围攻翠莲和真子的人发出一声高过一声的叫骂声和喊杀声,有人在撕扯着翠莲和真子的衣服。一个看似可以做真子母亲的妇女在拽着真子的头发,真子咬着牙闭着眼睛,喉咙里发出了低沉的呻吟声。翠莲也在不停地反抗,她的双手拼死护住胸前即将要被撕开的衣服,她发疯似的摇着头,哀求着乡亲们能够饶过她,她的哀求声再一次苍白而无力。

"让开,金海叔来了,让开,让开。"有人高喊起来,人群中让出一条缝隙,大伙看见周金海拿着枪挤进来,都在瞬间停止了所有的声音,对翠莲和真子用刑的几个人也松开手退到一边。所有人的目光都齐聚到周金海身上。

"呼。"周金海朝天开了一枪。

"乡亲们,今天这事,就先到这里,这两个人先交给我看押,怎么处理,要等到铁锁回来再做定夺,也一定会有人要问为什么……"

"不行。今天必须杀了这个小鬼子,谁敢说不,就是私通日本人,就是汉奸。"村西边三爷家的侄子站在人群中高喊着,他还鼓动身边的人一起嚷嚷起来。

"对。谁敢说不杀这个小鬼子,就是私通日本人,就是汉奸。"人群开始涌动起来,都指着周金海,此时就连周金海手里的枪也起不了作用,因为大伙都知道周金海是不会朝他们开枪的。那几个对翠莲用刑的人又开始动手了。

"来兵了,来兵了。"

一个村民慌慌张张地喊着,挤进了人群,来到周金海身边。

"叔,来兵了。"

这个村民口中的兵,正是铁锁和周国才、张林山的两支小分队,在场所有人看见朝他们走过来的兵,肩上都挎着枪,现场顿时一片沉默,所有村民分成两边,中间让出一条道,没有人再像之前那样嚷嚷了。

铁锁和周素梅冲到翠莲和真子的身边时,这两个刚被众人折磨的女人已经昏迷过去。

"乡亲们,大家不要慌,你们的心情我们可以理解。从现在开始,这个日本人就交给我们新四军处理。"周国才站到前面对在场所有人说。

"带走。"周国才一挥手,过来几个战士把翠莲和真子抬走,然后朝周金海家走去。

"怎么还来了国民党兵?"翠莲和真子被抬走后,身后的人群中有人小声地议论。

由于铁锁和周国才及时出现,突如其来的危险才暂时得以消除,但全村人心中都有一个巨大的问号:为什么铁锁、新四军、国民党的兵会搅和在一起? 前些年国民党的兵来这里到处抢粮食、杀人,几乎和小鬼子差不多,可现在这是怎么了? 村里议论声不断,周金海作为村长,也摸不着头脑。

张林山和受伤的两名国民党兵、翠莲、真子都暂时安身在周金海家里,周金海安排村里两名妇女和周素梅一起照顾他们。周金海从铁锁口中得知就在不久之前他们正在进行一场战斗,周金海这才知道这些国民党兵和以往的国民党兵不一样。

"你过来。"周素梅把铁锁拉到后院,有些神秘。

"什么话还这么神秘?"

"刚才在老井我给真子解绳子时,我发现她后背被撕烂衣服的地方画了一幅画,挺好看的。"

"嘘,先不要声张,回头找机会再看看。"

铁锁和周素梅来到西边屋内,真子躺在床上,她已经醒过来,但身体很虚弱,看着铁锁在她的身边,她的嘴角微微露出一点笑意。如果不是这个中国男人及时赶到,今天她也许会没命。

经过这些天自己的遭遇和看到的因为战争死去的人,真子明白了一件事,曾经父亲一直在她和母亲面前赞扬日本军国主义发动这场战争的伟大,其实是一个谎言。她也想起了去年在老家看到的一份旧刊物上与谢野晶子写的一首反战诗,她已深深理解到父亲所说的为天皇战死是"比鲜花还要纯洁"的说法是一种谎言。她记得那首反战诗是这样写的:

不要献出你的生命。

天皇自己并不参加战斗。

帝国之心深不可测;

他怎能如此要求让人们流血牺牲,

让人们鸟兽般阵亡,

难道人们只有战死才有光荣?

"算你命大,还没死。"周国才站在真子面前,用一种冷淡的语气对她说。

"谢谢你们。"真子一边说着感谢的话,一边试图起身,却感觉到整个身子不听使唤,她无力地躺在床上,躺在这张柔软又安全的床上。

"好好看着她,她现在还不能死。"周国才对周素梅说,然后出去了,他还要去和张林山商量下一步的计划。

第
十
九
章

　　周大春被几个人绑起来，他知道这次逃不掉了，低着头跪在周金海家的堂屋里，向大伙认罪，骂自己连畜生都不如。铁锁了解了周大春侮辱、威胁翠莲的整个过程，又泄露了真子的秘密，而这件事也有可能会牵扯到周素梅。铁锁忍无可忍，拿起马鞭狠狠地朝周大春的背上猛抽过去，周金海也朝周大春的脸上狠狠地抽了一个大嘴巴。这样还不解恨，站在一旁的邱茂林本来就是一个疾恶如仇的有血性的汉子，一看周大春做出如此伤天害理的事，当即举起枪顶住周大春的脑袋。若不是被铁锁及时拦住，周大春的脑袋早就开了花。周大春经不住这般架势，吓得脸色煞白，瘫倒在地上。

　　周大春被邱茂林和一个战士拖到后院里，铁锁和周国才也跟了过来。周大春见铁锁气势汹汹地走来，吓得浑身直哆嗦，他知道这次犯了一个天大的错误。若不是铁锁及时赶回来，有可能会出人命。他心里明镜似的，就这一回，他挨十颗枪子都不为过，连他喜欢的翠莲差点都被他亲手害死，他觉得自己就是一个浑蛋。

　　"铁锁哥，饶了我，我错了，再也不敢了。"周大春跪在地上向铁锁求饶。

"杀你一百回都对得起你。"铁锁一脚过去,周大春躲闪不及,被踹倒在地。

"铁锁,给他家留个种吧!"翠莲由周素梅搀扶着从屋里出来。

其实翠莲恨不得要亲手宰了这个畜生,但她下不了这个狠手,毕竟都是一个村的。曾经听丈夫和自己说过有一年闹饥荒时,周大春的父亲用一碗小米粥救了丈夫和铁锁,那时丈夫和铁锁都还小,这回饶了周大春,就当是还了当年的那个人情。

翠莲的意思铁锁看出来了,她这次不杀周大春,并不说明她就此会放过他,铁锁让两个人把周大春拖到翠莲家的柴房里关了起来。

周国才带着大虎、邱茂林去村子周围布置岗哨了,张林山和两个受伤的队员在里屋屋里养伤,翠莲也去了真子的屋里,堂屋里只有铁锁、周金海和翠莲三个人。铁锁和周素梅站在门口,离周金海远远的。这次事件对于所有人来说,无疑像一枚炸弹一样把整个村子炸得沸腾起来。所有人都知道铁锁、周金海、翠莲、周素梅四个人和这个日本姑娘有着不一般的关系,大伙的心都悬了起来,这件事随时都会像定时炸弹一样爆发。

"叔,这件事因我而起,我会给全村一个交代。"铁锁突然拍着胸脯说。

"就你?你给大伙一个交代?怎么交代?对大伙说一句这事是你铁锁干的,就完了?你小子想得也太简单了。"周金海在屋里来回迈着步子,他又看了看女儿周素梅和铁锁,说道,"我就搞不懂,这个姑娘既然是日本人,那就是小鬼子。既然是小鬼子,为什么杀不得?

把她交给了新四军，又能怎么样？"

"爹，你不懂，这事必须听铁锁哥的，反正我觉得铁锁哥决定的事，一定是对的。"周素梅噘着嘴说。

"别成天铁锁哥铁锁哥的，难道你爹就错了啊？"周金海一听女儿这么说，有些不高兴。

"叔，有些事还不能和你说，反正这件事关系着很多人的性命。"

"就这日本姑娘还关系着很多人的性命？你以为你叔这么好糊弄？"周金海有些不相信铁锁的话。

"叔，那我问你，你想不想为黄姑镇的抗日出点力？想不想为村里乡亲们的安全做点贡献？"铁锁看了看门外没人，向周金海走近了几步，小声地问他。

"我……我能做什么？别和我扯这些没用的。"周金海迟疑了一下，他也在试探铁锁的口风。

"爹，你听铁锁哥往下说。"周素梅虽然不知道铁锁接下来要说什么，但她觉得铁锁这样说，一定有他的道理，她也一直想着有一天父亲能为抗日做点贡献，所以，她当然要帮助铁锁去说服父亲。

铁锁这几天一直在想着找个机会和周金海说说自己的想法，从那天他从周金海手里把真子带回来，他就知道周金海是非常仇恨日本人的。他把门关上，和周金海说了关于周国才在找一份日军在下泊山埋藏毒气弹地图的事情，这件事就和这个日本姑娘有关。

铁锁的一番话当场把周金海和周素梅震惊到了，他们没想到这件事这么严重，难怪前些日子铁锁一直都是神神秘秘的，就连新四军和国民党兵来村里都要保护这个日本姑娘，周金海这才意识到这件事没那么简单。

"我明白了,真子后背上的图案……"

"嘘——"

周素梅刚一开口,铁锁就知道她要说什么,赶紧制止了她,铁锁很警惕地走到门口,打开门看了看院子里的情况,只见有几个国民党兵靠在院门口一边抽着烟,一边擦枪。

当铁锁和周素梅从屋里走出去的时候,周金海看着铁锁的背影自言自语道:"这事也太大了。"

铁锁在村后的林子里找到周国才时,发现腿伤还没有完全好的张林山也在,他走过去打了个招呼,就一个人找了地方坐下来。他来找周国才是想把真子后背上的图案一事汇报给他,有国民党兵在,他又觉得不妥,就不再说什么了。

周国才和张林山在讨论着下一步的计划和村里村外的岗哨布置,这些都和铁锁没有关系。此刻铁锁的心里在想着刚才和周金海所说的话,他希望周金海能站到他这一边,一是能够一起保护真子的安全;二是他从周素梅的口中得知,周金海手里有十几条枪,这些枪周金海若能拿出来,他就可以重新组建村里的自卫队了。

说到要保护真子的安全,铁锁的心里觉得很愧疚,要不是真子的身上有重要的情报,哪怕她是这场战争的无辜者,他也有可能会杀了她为家人报仇。一想到真子,他就会想起那天妹妹遭到小鬼子毒害的情景。铁锁觉得胸口很疼痛,好像有无数根毒针在刺着他的心脏,他感觉自己的体内在流血,妹妹的面容又在他的眼前不停地出现,还有母亲的眼睛在流泪,还有那天妹妹的胸口直往外冒出的鲜血,这些都在铁锁的眼前越来越清晰。连风吹着他的脸他都毫无知觉,甚至连周国才和张林山回村时和他打招呼,他都没有留意到。

　　天已接近黄昏，在林子不远处的一处河沟里，正有一双眼睛时刻盯着这里，这个人正是西村。自从和张林山、周国才的小分队交火之后，他就带着小分队一直暗中跟在周国才的身后，一直跟到新桥村，他眼睁睁地看着他的对手进入村里，只是情况还没有完全掌握，他只好命令小分队暂时隐蔽在这个河沟里，等到晚上再伺机行动。

　　西村这一路上，明显感觉出部队的士气很低落，他从小林青木的口中得知士兵们知道他杀了小泽的事情，都非常反对他的做法，甚至有几个士兵会担心不久的将来，他们也会有小泽的下场。对于小林青木反映的情况西村并没有放在心上，他觉得在战场上，小泽的死是效忠于天皇。如果能够找到真子，哪怕这里所有的士兵都为之战死，也是值得的。

　　"传令下去，等天黑再行动。"西村给小林青木下达了命令。

　　所有人都在安静地等待着，不知道接下来会是一场什么样的战争。小林青木静静地看了看每个人，数着人数，小分队从原来的十八人到十一人，不知道下一个死去的人会是谁。他拿出人员名册，看着被自己一次又一次画去名字的队友，他感觉下一个被画去名字的人有可能会是自己。

　　眼前的村庄渐渐地呈灰色，一片血红色的晚霞被看似锅底灰的云遮挡住，悬挂在村庄的屋顶，好像快要掉下去一样。这样的景象小林青木经过了无数次，他不喜欢在这个时候看着天空渐渐变成黑色，许多次都在天空成了黑色之后，他身处的地方就会成为战场，就会有同胞一个一个死去，只是自己一直很幸运地活着。

　　"少佐，天快要黑了，部队是不是要开始换衣服？"小林青木一看时间差不多了,爬到西村身边问。

"通知部队,全部换装。"

西村小分队所有人换成了新四军的衣服,等着天黑后悄悄地从村子后方摸进去。

新桥村地势偏高,易攻难守,前些年常常有国民党兵和土匪来村里抢粮食,后来村里想在村的外围修筑一道防护墙来抵挡外侵,几经周折最终未能修筑成功。如今有小鬼子来犯,村子后方的林子外面是一片开阔地,也是小鬼子进村的首选路线。铁锁在林子里转了一圈,和两个负责警戒的新四军战士打完招呼,就准备回村。正在这时,周素梅气喘吁吁地跑过来。

"铁锁哥,周连长找你,在我家。"

"走,回去。"铁锁拉着周素梅就往回跑。

"就等你了,我们说说正事,关于地图的事。"铁锁刚进门,周国才就从屋里走出来对他说。

铁锁看了看屋里只有周国才和周金海两人,才放心地坐下来。

"有没有搜过她身上?"周国才急切地问。

"她身上什么也没有。从老井把她抬回来时,我给她换的衣服,没发现什么。"周素梅在一旁说。

"倒是她后背上画的画,不知道是什么东西。"铁锁接着周素梅的话说。

"后背上有画?带我去看看,走。"几个人急匆匆地去了后院。

真子没再被绑住,她的身体还是有点虚弱,她躺在周素梅为她准备的床上,她睡这样的床很不习惯,离地面这么高,床又这么小,坐在床沿边两只脚还是悬空的,上床还要先上踏脚板脱鞋再上床,完全不像在老家时睡榻榻米那样方便和舒服。但是,这张床是她见过的最美的床,床头床尾各有三根小腿一样粗的圆形木柱高高竖起,至少有两米高,木柱顶部围着刻有各种图案的围板,有中国传说中的凤凰,各种花,还有几只鸟形状的图案,真子曾经和老师了解过中国的文化,其中就谈到过中国床的文化,想必这就是六柱架子床了。

翠莲坐在真子身边,给她递过来一碗水。真子微微抬起身,她看了看翠莲,翠莲的脸上还有被抓伤的印痕,翠莲这次受到的伤害完全都是因为她。真子接过碗的同时,轻声地说:

"你的伤好些了吗?"

"死不了,不用你操心,想想你自己吧!"翠莲这次语气有些柔和地对她说。

"是我害了你。"真子低着头说,不敢看翠莲的眼睛。

正在这时,铁锁、周国才和周素梅三人从外面进来,一进门就直接冲到真子身边,所有人都很严肃地看着真子,真子被吓得慌忙放下碗,向床的里侧挪了挪。她胆怯地看着铁锁,那种眼神里有一种渴望与同情。

"抓住她。"周国才对周素梅和翠莲说。

真子被周素梅和翠莲摁趴在床上,她不知道要发生什么事,嘴里大声地喊着"救命"。

周素梅掀起真子后背上的衣服,出现在大伙眼前的是一幅极其美丽的文身图案。周国才凭着自己的经验判断这很有可能就是埋藏毒气弹的地图。他朝周素梅和翠莲摆摆手:

"放开吧!"

"屋里所有人,都记住这事不要对任何人提起,都记住了。"说完,周国才拉着铁锁就出去了。

"这个情报很重要,她后背上画的有可能就是我们要找的地图。从现在起,所有人要全力保护这个日本姑娘的安全。至于下一步行动,我安排人和上级取得联系后再决定。"在院门口,周国才对铁锁说。

周大春被铁锁放出来时,天已经黑了,这次他有幸逃过一劫,几乎也是从鬼门关走了一回,直到现在他的神志还不是很清醒,要不是铁锁和翠莲网开一面,他早就被那个国民党兵一枪打死了。他从翠莲家的柴房里出来后,就一直往村后的林子走,他卧在一个土坳里,感觉浑身还在哆嗦。他勉强打起精神,打算去哪家的菜地里偷些菜回去,他已经好几顿没有吃东西了,他刚摸到一块菜地,就被两个从黑暗中冲出来的陌生人用枪口顶住了脑袋。

在铁锁家的小屋门口，有十几个村民坐在石阶上等着对真子的
处理结果，他们当中，大部分人的家人都惨死在小鬼子的刺刀下，甚
至有一户人家的女儿当着她父母的面被小鬼子强奸了。铁锁看了
看这些无辜的村民，又联想到自己的妹妹，恨不得加入他们当中去
讨要个说法。在无数个夜晚，他的内心在挣扎和撕裂着，一会儿是
真子的面孔，一会儿又是妹妹的笑容，早知道在山中遇见真子的那
一刻，就神不知鬼不觉地把她干掉一了一百了，可现在怎么想都晚了。

铁锁家的堂屋里在开着会，是关于接下来真子的安全问题，至
于为什么突然之间加强了对真子安全的保护，只有铁锁、周国才、周
素梅和翠莲四个人知晓其中的缘故，其他人都毫不知情。周金海有
几次动了动嘴想问个明白，可话到嘴边又咽下去了，他稍微眯着眼
睛瞅了瞅身边的张林山和邱茂林，这个细微的举动让张林山看在
眼里。

"他奶奶的，小鬼子杀不得，还要这么多人保护她，老子想不
通。"邱茂林憋着一肚子闷气在旁边嚷嚷着。

"这事压根和你们国民党就没有关系,保护这事,我们新四军就够了。"周国才斜着眼看了一眼邱茂林,心里盘算着如何脱离张林山的跟随。

"还有我们这么多村民,足够了。"铁锁跟在周国才的话后面说道。

"这么说就不地道了吧!怎么说我们都是中国人,一起打鬼子的。"张林山猜想着这事没那么简单,他也在心里盘算着,觉得真子不能脱离他们的活动范围。

"我们都等了大半天了,再过几个时辰,这天都要亮了。你们商量得怎么样了?"有个村民从外面进来,朝大伙看了看,有些不耐烦。

"大伙先回去,这个日本姑娘很快就会交给新四军处理,放心吧!只要是沾满了我们中国人鲜血的小鬼子,我们一个都不会放过的,大伙先回去吧!别搁这儿了。"铁锁出来劝着在门口蹲守的村民们,村民们一看铁锁都出来说话了,也就先各自回去了。

铁锁从在场所有人的谈话中,大致已经清楚了这些国民党兵的想法,他们想把真子带走,如果真的让他们接触到真子,真子后背上的秘密也就被他们发现了。铁锁趁大伙激烈讨论时,悄悄地让周素梅把真子从堂屋里带出去,直接向她家奔去。

"我说得没错的话,你们来黄姑镇,也在找一样东西吧!"周国才轻微地笑了笑,看着张林山。

"你们不也是嘛!既然都是为了打鬼子,就不要斤斤计较,我们应该联起手来,破坏小鬼子的阴谋。这次在山里和小鬼子周旋,我们死了好几个兄弟,也不能让他们白死吧!"

"这些就不用你教我了,大伙先回去歇歇吧!"周国才起身刚想走出去，就被张林山拦住。

"这日本姑娘的安全，我们应该也要出点力吧！"

"没这个必要。"周国才说完，就和大虎走了。

为了更好地和上级取得联系及补充弹药，周国才和张林山终于达成了一致，由周国才带一路小队前往泉塘搞弹药，由张林山带一路小队前往黄姑镇上修复电台，大虎和邱茂林分别带三名队员留在村里保护真子的安全。趁着天黑作掩护，这两支小队悄悄出村，他们的身影消失在黑暗之中。

为了更好地保护真子的安全，真子暂时被安排和周素梅住在一起。在周素梅的屋里，真子第一次感觉到眼前这两个女人和这个男人并不是十分可怕。铁锁第一次对真子微笑，这种微笑让真子瞬间感受到一丝暖意，又让她有了一些担心，她不知道铁锁为什么一直盯着她。

"你后背上是地图吧？"铁锁微笑地问。

"不懂你说什么？"真子下意识地抬起头看了看铁锁，表情有些不自然，她又有意地避开了铁锁的眼神，这个细微的动作让铁锁明白他的判断是对的。

在接下来的时间里，铁锁向真子讲述了日军在下泊山埋藏毒气弹的事情，也把他看到的日军的暴行和他妹妹惨死的经过都向真子讲了一遍。铁锁在讲的过程中，有几次都感觉到喉咙被什么东西塞住一样，但他还是强忍着内心的某种疼痛把他想说的话全部讲完。他希望真子能够明白，小鬼子发动这场战争给中国人民带来了怎样的伤害。

这是一个充满了寂寞和悲悯的难熬的夜晚，屋里的空气似乎不再流动，压得让人有些透不过气来，短暂的沉默让所有人都觉得这个夜晚是如此漫长。窗外的枝头被风吹过的声音总是飘荡在耳边，就像是一种在苦难中挣扎的呻吟。

"对不起，这是一份地图。我们在撤离前，我父亲刻在我的后背上，我不希望你们再受到伤害。"真子终于打破了沉默，她向铁锁、周素梅、翠莲三个人说出了实情。真子之所以能够说出这份地图，是因为她看到了因为这场战争，很多无辜的人都失去了生命和亲人。每一次这样的场景出现，都会给她的心灵带来一次不小的震动。

"希望你能够帮助我们，我们需要这份地图。"铁锁缓和着语气说，他一直在观察真子细微的表情变化。

真子没再说话，她的视线从铁锁的脸上慢慢移开，微微地低着头，她的表情似乎有些痛苦，这份痛苦只有她自己知道。虽然她还小，但是她经过了这些天的所见所闻，明白身上的这份地图对这些中国人来说是多么重要。事实证明，父亲给她和母亲说过的那些所谓"天皇圣战"和"东亚共荣"都是谎言。她突然很庆幸那晚父亲能够把这份地图刻在她的后背上，如今她可以把这份地图交给铁锁，当作替父亲赎罪。

确定这份地图的事情后，铁锁的心里踏实了很多，他等待着周国才的命令，为了能够挽救更多的劳苦大众，他甚至愿意牺牲自己的生命来保护这份地图。周国才还没有回来，今晚铁锁不会离开这间屋子，在门口的青石板上，他就地而坐。虽然门口有大虎和两名队员在站岗，但是铁锁觉得自己守在这里比较踏实。

这一夜，这个院子里所有人都没有入睡，周金海更是心神不宁，他从窗户纸的洞眼里看着院子里的一切，又是新四军又是国民党兵的，家里还住了一个日本人，他感觉这日子无法安宁下来。他推开门想去女儿的屋里看看,刚迈出脚又缩回来了。这个时候,还是不要出去比较好,省得出现什么麻烦,有铁锁在,他的心里又觉得放心了许多。

周金海从床下面的地洞里拿出一支枪以作防身,他不是防新四军,而是不相信这几个国民党兵,不相信国民党兵真的能够为了乡亲们去打小鬼子。他紧紧地握着枪来到门口,听着院子里的动静。

突然,院子外面有一阵强烈的争吵声,紧接着,呼的一声枪响,瞬间,整个沉寂的村庄都被这声枪声弄得鸡飞狗跳。院子里的两名新四军战士和一名国民党兵立即赶到院门口,铁锁也跟在后面跑了出去。

"怎么回事?"大虎问院门口守卫的队员。

"这两个人自称是这里的村民,要闯进去,说是要报仇,我们不让进,他们要硬闯,刚才我一着急,就不小心枪走火了。"一个国民党兵说。

"你们找谁报仇?"大虎走过去问。

"找那个小日本,我要杀了她为我爹报仇。"

"回去,长水,不是已经和你们说了这个小日本由新四军来处理吗? 先回去。"铁锁也走过来,对其中一个村民说。

"铁锁哥……"

"好了,别说了,放心,这仇我们一定会报。"

铁锁好一阵劝说,才打发了这两个村民。邱茂林也从村前跑了过来,还没等他说话,只见大虎走到那个国民党兵面。

"你不知道这一枪有可能会带来危险?"黑暗中,大虎的眼睛透出一道利光射向刚才开枪的国民党兵。

"谁开的枪?"邱茂林问。

"排长,我……走火了……"

"妈的,不能小心点啊!"大虎一脚踢过去,开枪的国民党兵重重地撞到了门板上。

两个村民走后,铁锁和大虎回到院子里,大虎继续在周素梅的屋门口守卫,铁锁却心事重重,不知道周国才和张林山这一去是否顺利,他摸着黑来到周金海家门口。本来刚才的枪声已经让周金海心惊肉跳,这个时候要是小鬼子来村里,岂不是又要一场恶战?好在刚才的一声枪响过后,村子又恢复了平静。

铁锁来敲门的时候,周金海刚上床,见屋内没有动静,铁锁又敲了两声,这时,门才被打开。铁锁进屋后,直截了当地和周金海说起了枪支的事情,希望周金海尽快把十几条枪支拿出来让他组建自卫队。根据目前的形势,现在是成立自卫队的最佳时机。

对于铁锁提出的这件事,周金海这两天也一直在考虑,他权衡了一下目前的形势和家里的状况,重新组建自卫队对他当然有好处,一方面可以告诉乡亲们他并不是一个贪生怕死之辈,一方面让新四军和国民党兵知道他也为抗日出了一份力。更重要的是,女儿的安全也有了更好的保障。这些道理他比谁都清楚,只是一直下不了这个决心。在这兵荒马乱之年,万一没有了枪,一旦出点什么事,那又该怎么办呢?

"叔,你就信我这一回。这样一来,我们和新四军建立好这种关系,对我们没有坏处。"看周金海一直在犹豫,铁锁凑近他的耳朵嘀咕着。

"唉!你就要我的命吧!"周金海说着把门闩好,带着铁锁进入了床底下的地洞里。

"叔,还有子弹……"

一进地洞,铁锁就惊奇地发现,这个地洞其实就是一个密室,里面吃的喝的生活用品非常齐全,除了木箱里的十几条枪,还有三箱子弹,这让铁锁兴奋得不得了,现在大伙最缺的就是子弹。

周金海这也算是把老底都给了铁锁,其实通过这两天发生的事情,他看出来了,铁锁这小子是好样的,往后把女儿交给他,也是值得的。就这样,他答应把枪和子弹都给铁锁。铁锁这一高兴,连夜摸着黑去找人商谈重新组建自卫队的事情。可是一连去了几家,都没有人愿意给铁锁开门。他这才发现,因为他收留了真子这件事,村里人开始渐渐与他疏远了。铁锁耷拉着脑袋回到了周金海家,坐在周素梅屋门口的石板上,心里郁闷得慌。尽管村里人不能够理解铁锁所做的事情,但他知道保护好真子就等于保护好了地图。总有一天,所有人都会明白他这样做是对的。

"铁锁,醒醒。"

"嗯?怎么了?"铁锁在迷迷糊糊中被大虎叫醒,他也不知道什么时候坐在这里睡着了,揉揉眼睛站起来。

"跟我去后院看看,邱茂林那小子有点奇怪,咱们要防着点。"

铁锁跟着大虎走出了院子,外面黑漆漆的,就是面对面也不一定能够分辨出对方的模样,越是这样的情况越要加强警戒。铁锁熟悉路线和周围的情况,他走在前面,给大虎带路。

铁锁和大虎刚摸到周素梅家的后院,就听到巷子口有轻微的响声。在这样安静的夜晚,就是一根针掉在地上,也许都会听到响声,他们立即隐蔽在后院巷子口的拐角处,仔细听,刚才轻微的响声是走路的声音,走路声越来越大。

"不许动,再动就打死你。"等黑影走近了,大虎和铁锁同时扑上去,双双用枪抵住黑影的脑袋,把他摁倒在地。

"是我,放开我,我是老邱。"这个黑影正是邱茂林,他从后村的方向走来,刚到巷子口就被两个黑影扑倒在地,听到说话的声音,他才知道是大虎。

果然不错,这个邱茂林鬼鬼祟祟的,一定有什么事瞒着大家,铁锁和大虎放了邱茂林后,大虎暗地里跟着他,铁锁这才回到周素梅家继续蹲守在门口。

铁锁回到周素梅家屋门口时,屁股还没有坐稳,一个新四军侦察员急急忙忙跑回来找大虎。原来,在村后林子里负责警戒的两名侦察员失踪了,这让铁锁联想到刚才在后面的巷口遇到邱茂林的情形,他当即带着这个侦察员去找大虎。

大虎本来就憎恨国民党,当年他家的房子就是被国民党军队的炮弹毁掉的,这次遇到这些国民党兵,要不是在一起打小鬼子,他早就报了仇。一听说有两个战士在村后的林子里失踪了,他立即想到刚才邱茂林就是从村后回来的,他二话没说,冲上去就给邱茂林一拳头。

这一拳头把邱茂林打得火冒三丈,他还没明白怎么回事,就平白无故挨了一拳头。

"兄弟们,上。"一时间,好几条枪对准了大虎和铁锁。

"怎么,杀了我们的人,还想杀人灭口?"铁锁也气势汹汹。

大虎正要举枪,村后的方向传来一声枪响。

第二十一章

自从周大春被铁锁放出来之后,邱茂林就一直暗中跟在周大春身后。他知道这个日本姑娘不简单,对于寻找埋藏毒气弹地图的线索一定有帮助。邱茂林也猜到了张林山心里在想什么,但在这个地方,他们都是外来人,要想把这个日本姑娘偷出来,并不容易。邱茂林想到了周大春。周大春遭到众人如此的责骂,心里一定感觉到委屈。如果给周大春找个靠山撑腰,再做通他思想工作,对偷这个日本姑娘将很有帮助。可周大春进入村后的林子里,就不见了人影,邱茂林只好躲在暗处静静地等着周大春出现。由于这片区域的警戒任务是新四军负责,邱茂林不便往前走,一直到下半夜,周大春的人影还是没有出现,他只好一个人摸着夜路往村里走,刚到周素梅家后院的巷口就被大虎和铁锁撞见。

邱茂林之所以一直没有等到周大春的人影,是因为他并不知道周大春已被小鬼子抓住,两个负责警戒的新四军战士也被小鬼子杀害。直到一声枪响,大虎和铁锁才知道村后出事了。

枪声来自村后。周大春被小鬼子抓到后,由两个日本士兵看押着,他隐约中看到小鬼子用短刀割了两个放哨的新四军战士的喉咙,周大春第一次看到人被割开了喉咙的一瞬间会死得那么惨烈,只是看不见血喷的样子。他被小鬼子看押着蹲在一个土包后面,这个土包是村里一个小孩子死后的坟,他和两个小鬼子蹲在这座坟的旁边,他感觉到这两个小鬼子就好像是从坟里钻出来的鬼,他感觉自己的头发一根根竖了起来。

周大春终于抵抗不住阴森森的黑夜带来的无比恐惧,他猛地站起来拔腿就跑,由于太黑,前方几乎什么也看不见,他被一个硬邦邦的东西绊住了脚,一下子跌倒在地,他的大腿似乎撞在了一个石头上,他疼得忍不住大叫一声。负责看押周大春的两个小鬼子胆子也小,蹲在这个土包旁边,总感觉一股寒气逼来。他们的心里还没有安定下来,见周大春要逃跑,其中一个小鬼子慌忙开了一枪,这枪声在这安静的夜里响起,似乎在告诉全世界的人,一场战斗即将到来。

周大春逃跑没有成功,还差点送了性命,他知道逃跑无望,只好老老实实地蹲在两个小鬼子的身边,一个小鬼子的枪口顶住了他的后背。

时间一分一秒地过去,西村估计着离计划行动的时间已经不远,他来到周大春身边,盘问着村里的情况,他特别想从周大春的口中得知村里有多少中国军人,还想知道有没有见到一个十六七岁的陌生姑娘。周大春虽然平时是一个无所事事的小混混。但在此时,他很清楚这些小鬼子来村里的目的,他并没有说出真子的事情,只是应付着说了几句无关紧要的话。他心里想着,不能再对不起大家了。

林子和村庄在此时更幽静了,偌大的夜空,把整个村庄包裹在里面,看不到一点儿亮光,只有一个犹如屏障的黑影挡在了所有人的面前。林子里起了风,沙沙的风声快要把原本寂静的夜唤醒,整个村庄又像一头沉睡中的狮子一样被猎物的味道吸引,风声让这样的夜晚更加诡异、神秘、可怕。

所有人都紧紧地挨着对方往前慢慢地摸索,黑暗中彼此都看不清对方的脸,任何人一旦与小分队失去联系,就有可能会迷失方向。西村命令队员们进村前不得分散行动,防止中了中国人的埋伏。和中国军人打交道这么久,西村已经习惯了中国军人的神出鬼没和突如其来的袭击。他让这个中国人走在前面带路,周大春被一个小鬼子用枪口推到小分队的最前面。

这两日,西村连续收到联队发来的两封电报,电报说国民党军队很快就要经过黄姑闸。西村命令小分队所有人,务必在国民党军队到达这里之前要找到真子,或是真子的尸体,这意味着接下来小分队将会日夜行军作战。

昨夜在行军途中宿营时,西村在迷迷糊糊中又似乎听到了真子喊爸爸的声音,喊的是那样真切,这让西村更加相信了真子一定还活着,而且就在不远处,这才让他跟着前面的中国小分队来到了这里。

再次来到新桥村,西村明知道是有危险的,虽然从刚刚抓住的这个中国人嘴里没有得到半点有用的情报,但是他并不能判断前面的中国小分队是否已经离开了这个村子,这让他有些担心,自己一旦暴露,就可能会陷入中国人的埋伏。

据西村了解,新桥村不同于周边其他几个村庄。这个村子古老而又有些坚固,从外形上看来,就好像是一座天然的堡垒。村庄的周边,树木参天,荆棘丛生,原本有一道环村河,只是环村河的水位每年都有下降。这几年,河水都干了。后来,河也没有了,只有一条干枯的河沟。村前村后有两条入口,其中村后的入口还是以树林做掩护。村里的巷道幽深远长,弯弯曲曲,巷道互通,往往不是本村的人不会轻易进去,一旦进去,就很难独自走出来。西村在此之前对新桥村有过一些研究,甚至还暗中派人试图进入村子进行侦察,都没有得到详细的情报,后来还是从伪军三福的口中,他才知道,这个看似普通的村庄早在中国的明代就存在了。当时,还是一个重要的战场,可现在,已经看不到当年战斗的半点痕迹了。

黑暗是最好的掩护,穿过林子,在村后的一处土墙后面,西村和队员们隐蔽着,村里一点响声都没有,难道中国军人已经有所察觉?西村把周大春拉到身边,这个时候,他需要周大春给他指出一条最好的进村路线,西村要去村长周金海家。

"快说,哪条路能够安全到达村长家?"西村低着嗓子问周大春。

"太君,天黑,看不清啊!"周大春有些哭丧着脸说。

其实周大春心里很清楚,他绝不能让这些小鬼子去周金海家里。这几年,他一直荒废了自己的时间,在外面为了生计不得不做一些见不得的勾当,这让他在村里人面前抬不起头。这回他想通了,要做个顶天立地的男人,不就是一条命吗?十八年后又是一条好汉,周大春的心里在默默地念着。

刚才的一声枪响告诉了村里所有人,这个夜晚不平静了。紧急情况下,铁锁和大虎迅速将真子和翠莲、周素梅,还有张林山小分队的两名伤员等几个人转移到周金海床下的地洞里,邱茂林带着其他人往枪响的方向开始布防。瞬间,一切都紧张起来,空气停止了,呼吸停止了,恐惧也在无声无息中笼罩着整个村庄。

"你这边能战斗的还有几个人?"安顿好真子,铁锁和大虎也快速来到村后的布防点,大虎问邱茂林。

"除了两名伤员,能战斗的,包括我一共是四人。"

"加上我们这边,能战斗的一共是九个人,大伙机灵点。铁锁,你回去,负责保护日本姑娘的安全。"

"我不能走,这里我熟悉。"

"你要清楚,现在那个日本姑娘的安全比我们每个人都重要,快回去。"大虎语气很沉重地说。

铁锁当然明白,和那份地图相比,这里所有人的性命都不算什么。他拿起枪,退到后面,从一条偏僻的小道向周金海家的方向跑去。尽管看不见地上的路,他却依然快得像一阵风。

周金海守护在院子里,见铁锁跑回来,他赶忙迎上去。此刻他才觉得铁锁是周素梅的保护神,他急切地说:

"村里又要遭难了。铁锁,你要看好素梅啊!"

"叔,你放心吧!你怎么不躲进去?大伙儿都在地洞里吧?"

"都在,都在,别管我了,我要在这里看着点,你快去。"周金海一边说着,一边把铁锁推进了他的屋里。

铁锁下到地洞里,只有最里面的角落里有一盏油灯发出微弱的光,周素梅、翠莲、真子三个人静静地坐在地上,看铁锁进来了,翠莲和周素梅的心一下子轻松了许多。

"你回来干吗?"周素梅问。

"保护你们。"铁锁从一个柜子下面的木箱子里,取出一些子弹装在口袋里,然后守在洞口。

地洞里又安静下来,铁锁依靠着地洞的爬梯,枪口对着洞口,只有等着。

真子坐在靠油灯最近的地方,她怕黑,她又向油灯处挪了挪身体,眼睛紧盯着洞口,她不知道外面发生了什么。铁锁这样的举动搞得她惶惶不安,好像又要出什么乱子。

“素梅,把灯灭了。”铁锁转过头,小声地对周素梅说。

地洞里完全黑了,这样的黑暗比外面的黑暗更可怕。真子蜷缩在地上,感觉四面的墙正朝自己挤过来,挤得她心里难受,连喘气都很困难,也不敢喊出声音来。她怕一出声,自己就会被这个黑暗吞没。

周素梅感觉到真子的紧张和哆嗦,这个比自己还年少的妹子,若不是因为战争,在这样的情形之下,自己一定会和她成为好朋友。周素梅伸出右手,在黑暗中摸索着,摸到一只软软的小手,那只小手有一点担惊受怕,刚一接触,那只小手就要试图缩回去,接着,那只小手不再动了。周素梅牵住了真子的手,人性的本能让她在这一刻觉得真子也是苦命的、无辜的,她们是一样的人,都是这场战争的受害者。她要给真子一点信心,希望黑暗很快过去。

隐隐约约中,听到了枪声,先是几声呼呼呼,接着又是一阵突突突的机枪声,枪声由远及近,一阵稀疏,一阵密集,枪声划破了整个寂寞的黑暗,在村庄的上空盘旋,又钻进这黑暗无边的地洞里,让地洞里每个人的心都揪在一起。

突然,听到屋里有一阵乱乱的脚步声,周金海在上面喊着铁锁,然后把地洞盖打开。透着屋里的灯光,铁锁看见有一个国民党兵胸口中枪了,伤得很严重,已经是昏迷状态,这个伤兵被转移到地洞里。接着,地洞盖又被盖上,地洞里又是黑漆漆的一片。铁锁趁着黑暗将这个伤兵抱起来放到一个角落里,由翠莲照顾。他的手感到黏黏的,有些腥味,这是伤兵后背上流出的血,他又拿起枪守在洞口的爬梯旁。

外面的枪声异常激烈,枪声也越来越近,枪声持续了十几分钟。没过多久,又有两个伤兵被抬进地洞里,接着,枪声停止了。一阵安静过后,屋里好像进来了几个小鬼子,说一些听不懂的话,又听见砸东西的声音,铁锁从洞口的缝隙中看见,周金海被小鬼子带走了。

真子一直在仔细地听着外面的各种声音。枪声响起的时候,她知道一定是父亲的部队打过来了,她的内心瞬间又有一阵窃喜。就在刚才父亲的部下进入这间屋子的时候,她很想喊"救命",可一只手紧紧地握住她的手的时候,她感觉到了这只手给她的温暖,感觉出这个地洞里的人需要她的帮助。

屋里安静了,小鬼子走了,铁锁没有把周金海被抓的事情告诉周素梅,他担心周素梅会控制不住自己,他静静地守在地洞旁等待着。刚才小鬼子进入屋里,所有人的心都提到了嗓子眼。只要真子稍微有一点动静,地洞里所有人立马就会暴露。铁锁第一次对真子有了一点好感,周素梅也更紧地握住真子的手了。

东边的天空放出了一点鱼肚白,天亮了。在枪声过后的新桥村,这样的早晨显得是那样苍白无力,来得让人没有知觉。西村带着周金海和周大春一家一户地敲门,刚受惊吓的村民们都被赶到了老井旁。也许又有一场灾难即将发生。这样的场景让全村所有人都记得那次小鬼子来村里,也是在这里,村西边的三伯被小鬼子刺死后扔进了井里。

　　西村把周大春和周金海推到众人面前,逼迫在场的村民说出村里是否有可疑的人和真子的下落。在询问无果的情况下,西村急红了眼,再一次露出了他凶残的面貌。西村点燃了旁边一个村民的房子,然后命令两个士兵把周大春推进了大火里。

第二十二章

太阳从云层里探出头来,有一丝血红色,让人丝毫感觉不到阳光的温暖。还是早上,空气里就有一阵闷闷的感觉,闷得人心里发慌,似乎这个鬼天气故意要捉弄人。

凌晨的一阵枪声让村里所有人都在紧张和恐惧中度过,有些村民在睡梦中被枪声惊醒,有些村民在自家的凉床上与自己的女人搂着亲热却被枪声破坏了好事。之后,他们就在心惊肉跳中等待着枪声快点过去,直到他们都被小鬼子抓到老井。幸亏周国才和张林山及时赶到,小鬼子才被引走。

枪声越来越远,直到听不见了,有胆大的村民才跑去村口,见小鬼子已经走了。有几个村民便来到周金海家屋后的巷子里,见地上有十来具尸体,其中有四具尸体是小鬼子的。这时,其他村民也都跟着过来了,还有一个村民在村后的林子里找到了负责警戒的两名侦察员的尸体,新四军战士和国民党兵的尸体都被放在老井旁的路边,有好几个村民看着看着就忍不住开始流眼泪。

铁锁和周金海从人群中挤进来,铁锁蹲在尸体的旁边,他的眼睛有些红红的,看着这些英雄的脸,大虎、邱茂林、泥鳅、小柜子、小四川……他又看了看这些过来抬尸体的村民,铁锁感觉到了在场所有人的伤痛。他们是为了保护村民和真子身上的地图才拼死抵抗的,在场所有人的心里都很清楚。

"这天杀的小鬼子。"周金海拄着拐杖,跺着脚有些颤抖地骂着。

"铁锁哥,这尸体……"有村民问。

"小鬼子的尸体找个地方埋了吧,英雄们的尸体要等周连长他们回来。"铁锁忍着伤痛说。

有几个村民找来破旧的草席和铁锹,把小鬼子的尸体裹起来往村外抬,剩下的村民都跟着铁锁守在英雄们的尸体旁边,都在等着周国才和张林山。

"铁锁哥,这个兵还有气。"一个村民在给英雄们的尸体擦血时,突然停住了,喊着铁锁。

铁锁马上过去一看,这个村民说的兵是邱茂林,邱茂林胸口的血已结成了血块,他的嘴角似乎动了动,想说话,却发不出声音。

"快,抬到我叔家。"铁锁立即召集两个村民把邱茂林抬到周金海家。

从伤兵被抬进地洞里的那一刻到他们死亡,真子就如同亲身经历了全过程。由于外面的情况很危险,伤兵无法转移出去得到及时救治,地洞里的三个伤兵终因失血过多而牺牲,这样的场面让地洞里的三个女人都为之悲伤。真子亲眼看着他们断气,就好像自己的亲人在这一刻要离开自己一样。周素梅和翠莲哭了,她们哭得很伤心,她们眼睁睁地看着这三个英雄死在自己的面前而自己却无能为力。周素梅使劲地摇着已经牺牲的战士的身体,希望能够唤醒他们。看着周素梅如此伤心，真子也忍不住哭了。

真子跪在一个战士的身边，这个年轻的战士和她的年纪差不多大，真子看着他的脸，真希望他还活着。如果他还活着，如果没有这场战争，她愿意这个年轻的大男孩做她的哥哥或弟弟。真子从口袋里拿出绣有樱花的白手绢给他擦着胸口上的血块，她不敢用力，生怕弄疼了他，她用大拇指和食指捏住手绢轻轻地擦着，就好像为自己的亲人擦去眼泪一样温柔。

从地洞里能够听到院子里嘈杂的声音，很乱，听不见说些什么，接着地洞的盖被打开。铁锁从上面爬进来，看着三个女人都在哭，明白发生了什么事。他默默地走过去，站在周素梅的身边。铁锁又看着真子在给一个士兵不停地擦着中枪的地方，血染红了她手里洁白的手绢，她一边擦，一边哭，就像在为一个亲人的离去而哭。铁锁看着心都碎了，这三个女人都是可怜的，都是善良的，就连这个日本姑娘，在这一刻也显得那么无助与需要同情，她偏偏生在这样一个充满了残暴和霸道的国家，还有这样一个心狠手辣的父亲。

所有牺牲的英雄都被安放在周金海家的后院里，铁锁找来一些旧衣服，撕扯一些布盖住他们的脸。真子静静地站在铁锁的身后，她在默默地给这些战死的中国兵祈祷。这些中国兵，都是死在父亲的手里，真子第一次讨厌她的国家和民族。

周金海家来了很多村民，这次和之前不一样，大伙都要为战死的英雄们送行，都要再看他们一眼。如果不是为了保护他们，这些英雄们完全有时间撤离。

"村长，都是小鬼子祸害的，这个日本娘们留不得。"人群中有人情绪非常激动地喊着。

"大伙听我说,安静。"周金海抬起双臂朝在场的人示意安静,他接着又说,"这两天我观察了,这个日本姑娘并不坏,她也是一个可怜人,真正祸害我们的是那些拿枪的小鬼子。"周金海极力劝说大伙。

"对,乡亲们,是那些拿枪的小鬼子祸害了我们的亲人,我们要和小鬼子拼到底。我叔捐给我们十几条枪,还有子弹,我们要把自卫队重新组建起来,我们要保护我们的家和亲人。"铁锁从后院来到堂屋,趁机对大伙说。

"对,我们要和小鬼子血拼到底。铁锁哥,我们听你的。"人群中有人在喊,情绪非常激动。

这时,真子走到大伙的面前,她不敢抬头看这里的每一个人,顿时现场所有人都沉默了。真子心里很清楚,她这样的举动有可能会遭到在场中国人的攻击,也许会让中国人往她的身上吐唾沫,但她还是勇敢地站出来了。就在所有人不明白这个日本姑娘要干什么时,真子朝大伙深深地鞠躬,然后用不是很标准的中国话说:"对不起大家,请原谅,对不起!"

"小鬼子,你们不得好死。"

"去你妈的。"

"你还有脸假惺惺地说对不起,人能活过来吗?"

……

现场短暂的沉默后,村民们一看见这个日本姑娘,就又回到了刚才的悲伤之中。有几个村民控制不住,一拥而上,把真子摁在地上就是一阵拳打脚踢。铁锁和周金海一看现场如此混乱,就慌忙前去制止这些村民,再这样乱下去,真子估计连命都没有了。

　　铁锁几乎用尽了全身的力气,从混乱的人群中挤进去,他一边用身体护住真子,一边对动手的村民们喊着:

　　"你们听我说一句,非要再弄出人命吗?"

　　铁锁喊这一嗓子,村民们终于停手了。真子蜷缩在地上,嘴角和鼻子里都流出了血,她被打得鼻青脸肿,强忍着疼痛,试图要站起来。铁锁看了看大伙,他理解大伙的心情,换成谁失去了亲人,都一样难过,他铁锁也失去过亲人。

　　"我理解大伙的心情,我和你们一样,我也失去过亲人。这个姑娘,虽然是日本人,但她和你们一样,也是一个无辜的百姓。如果我们打死一个无辜的人,那我们和那些小鬼子又有什么区别?"铁锁扶着真子,对大伙说。

　　"今天在这里,有很多人对我铁锁有意见,会认为我这两年不仗义,组建个自卫队不但没有保护好大伙,还死了几个乡亲。但我铁锁向大伙保证,为了村里的安全,我铁锁会拼了命去保护的。至于这个日本姑娘,她现在不能死,因为她和别的小鬼子不一样,她善良,她也和我们许多人一样,失去了亲人,她也需要一个家。而她身上有我们新四军最需要的情报,保护这个姑娘的安全,就等于保护了我们更多的百姓的安全。我不知道我这样说,大伙能不能听懂。"铁锁一口气说了这么多,让在场的所有人都安静了下来。村民们不再闹腾了,陆陆续续地散去了。

　　"铁锁哥,邱排长醒了。"周素梅跑过来说。

　　"走,去看看。"

　　经过郎中的全力抢救,邱茂林胸部的子弹被取了出来,还好没有生命危险,他一见到铁锁就急切地问:

"小鬼子……走了吗……"

"你好好养伤,没事了,幸亏周连长和张连长他们回来得及时,把小鬼子引开了。"

"乡亲们都……没事吧?"

"都没事,放心吧!"

"和上级联系上了吗?"

"别着急,很快会有命令下来的。"

当邱茂林问这个问题的时候,其他人的视线都转到铁锁的身上,铁锁转头看着门外,他希望周国才和张林山他们快点回来。

"也不知道周连长和张连长他们怎么样。"铁锁喃喃自语。

一直到傍晚时分,周国才和小梁才回到了周金海家里。面对这么多牺牲的战士和好兄弟,周国才忍住内心的悲愤。他带来了两条命令,一是要将真子安全转移;二是要把邱茂林安全护送到白湖,那里有他们的人接应。周国才给了铁锁两个任务之后,便起身要和小梁离开村子。

"周连长,后院里英雄们的尸体怎么安置?"铁锁问。

"请乡亲们帮忙,葬了吧。"

周国才走后,铁锁在周金海屋里召开了紧急临时会议,会议由铁锁主持,参加会议的人有周金海、翠莲、周素梅、邱茂林。由于邱茂林的伤还没有完全好,他躺在周金海的床上参加会议。经过将近两个小时的会议讨论,最终确定了由周金海用马车护送邱茂林去白湖的指定地点,由铁锁带着周素梅和翠莲负责真子的安全转移。

"爹,这一路上不太平,你一个人护送邱排长,我不放心。"周素梅拉着父亲的手哭哭啼啼地说。

"没什么大不了的,人少才安全。再说,这路我熟悉,放心吧!"周金海握住女儿的手,他的眼里也含着泪花,这一别就不知道什么时候可以团聚。他的心里纵有万般不舍,也还是决定接受这个任务。

"过来,跟我过来。"周金海招呼着铁锁,下到地洞里,取出家里存放的枪和子弹交给铁锁,又从墙缝里取出一个铁盒子,里面都是些金银首饰和银圆,这是他留给女儿的嫁妆,现在他把这些交到铁锁和周素梅的手里。

周素梅看着这一切,贴在父亲的胸口上哭了,父亲好像在安排后事一样,好像这一别就再也见不到一样,周素梅哭得很伤心。但她知道,这里所有人都在用生命去完成一项光荣使命,包括她的父亲。

"铁锁,素梅就交给你了,你小子要是照顾不好素梅,回头看我怎么收拾你。"周金海意味深长地对铁锁说。他把素梅的手放到铁锁的手心里,转身去了马棚。

这一切真子坐在一旁看得真真切切,她看到这个场景,就好像又看到那一年父亲要离开家出征一样,她觉得周素梅和自己一样可怜,很快她也要和她唯一的亲人分别了。为什么这个世界非要让这些善良的人遭受与家人离别之痛呢?

周金海和邱茂林是在夜里悄悄出发的,为了保密,周金海没让铁锁和女儿前去送他。在周素梅的屋里,铁锁面对三个女人,感到自己肩上的责任更大了。

"今天谢谢你救了我。"真子对铁锁说。

"我今天救你,其实是在救更多的百姓。"铁锁淡淡地说。

"我可以为你们做事。"真子说。

"拉倒吧！不害我们就算烧高香了,还为我们做事？小鬼子说的都是鬼话。"翠莲瞟了一眼真子,叹了口气。

"我不想再有无辜的百姓受到伤害。在日本,我也是一个普通的百姓,请你们相信我。"真子再一次发出了请求,她看着铁锁,眼神里有一种渴望,希望铁锁能够答应她,她只有为中国的百姓做点事,心里才会好受些。

"还是商量一下接下来的安排吧！我的计划是天亮之前就转移。但在转移之前,我们得把这几位英雄的尸体抬到老坟茔埋了。"

趁着天黑,铁锁带队,请了村里几个村民帮忙,把牺牲的英雄们的尸体抬到了老坟茔秘密安葬了,真子也跟在铁锁的身边。下葬的时候,真子学着中国的礼节,跪下来磕了三个响头。

第二十三章

铁锁藏好周金海交给他的枪支和子弹后,来到周素梅的屋里,一进门就看见周素梅趴在桌子上哭,桌子上还放着一个装衣服的布兜。见铁锁进来,周素梅站起身用袖子擦了擦眼角,继续收拾着衣服。

铁锁明白周素梅内心的苦楚,这些年,周金海是既当爹又当妈地把她拉扯大,没想到老了周金海还要去冒这样的风险,这样的事不光是周素梅心里难受,铁锁的心里也不舒服。但他最终说服不了周金海,大伙都知道,周金海是一个倔脾气的人。

铁锁走到周素梅的身边,握着她的手,深情地看着她,希望自己能够给她勇气和信心,尽管周金海这一去还不知道能否活着回来。

"我害怕。"周素梅扑到铁锁的怀里,抱着他的腰。

"没事,我叔命大,等我们回来时,我叔一定会在家等我们。"铁锁安慰着周素梅。

"本来还想着让你跟着我叔一起,路上有个照应,可你偏要跟我,这下后悔了吧?"铁锁微笑地说。

"我就要跟你,你不许耍赖。"周素梅抬起头,眼泪汪汪地看着铁锁。

"不要赖,别哭了,让人家看见多不好,快去收拾。"

"等一下,再抱抱。"

为了安全,根据周连长的安排,铁锁要带着周素梅、翠莲和真子一起转移出去,具体下一步安排还要等周连长的指示。这一出门,不知道要到什么时候才能回来,周素梅的心里很不安,她不是因为前方的路危险而害怕,而是害怕见不到父亲。

想起父亲,周素梅觉得很对不起他。自从母亲离开之后,父亲一直没有再娶,就是为了更好地照顾她,她作为女儿,却没能好好地照顾父亲,还让父亲去冒这么大的风险。

"别想了,就等你了。"铁锁在一旁催她。

铁锁交代好翠莲和周素梅后,特地摸黑去了一趟黄姑镇,在下街头找到了三福。铁锁找到三福的时候,三福正在和他的情人约会。这小鬼子一走,三福和他的几个弟兄也都清闲下来,没事时他总惦记着他的小情人,要想找到他,也只能在这里。

"给我搞一条船。"一进屋,铁锁就开门见山地说。

"哟,铁锁兄弟啊! 来得正是时候。"三福的小情人从里屋出来,摆弄着风姿。

"去,没你事,我和我哥谈事呢。"三福朝他的小情人吼着。

"哥,现在这船不好搞啊! 你深更半夜要船干什么?"三福一双贼溜溜的眼睛看着铁锁。

"我要去一趟西河。"铁锁拿出几块银圆放在桌子上。

"哥,你这不是骂我吗? 你的事,就是兄弟的事。"三福摇头晃脑地拍了拍胸脯,还装模作样将几块银圆慢慢地放到铁锁面前。

"天亮之前,我去码头找你,这钱拿着和弟兄们喝点酒。"说完,铁锁起身离开了。

看着铁锁离去的背影,三福当即穿好衣服出去了。他心里知道铁锁干的事情不简单,有可能是为新四军做事。如果铁锁真的为新四军做事,他今晚要是能给铁锁搞条船,那也是他为新四军做了点贡献,以后,他这汉奸的罪名还希望让铁锁给他说说情,看能不能拿掉。三福在心里打着小算盘,一路走一路哼着小调。

铁锁回到周金海家时,翠莲和周素梅、真子已在屋里等他。铁锁看了看外面,没什么异常,才放心地关上院门。铁锁走到真子跟前,看她有些紧张,对她笑了笑,然后说:

"别怕,这里不安全了,我们得换个地方躲躲,都是你那个小鬼子的爹害的。"

虽然真子没完全听懂铁锁说的是什么,但她懂得这个中国男人一定是为了她的安全才要出去的。她不再害怕了,视线慢慢地移到铁锁的脸上,微微地点了点头,也冲着铁锁微微一笑。

"好了,不多说了,我们赶紧走吧! 我们要在天亮之前离开黄姑闸。"铁锁说。

就这样,铁锁带着三个女人连夜穿过新桥村村后的林子向三塘口方向前进,再从三塘口转道去黄姑镇上的码头坐船去西河。此时新桥村村民们都已在睡梦中,周围静悄悄的。只有一路上草丛里虫鸣的声音和水田里青蛙的叫声连成一片,让人听得这样清晰,宛如一首乡村夜曲,在这美丽的夜晚让人陶醉。而铁锁却没有心思享受,他在夜色中寻找脱离死亡的道路。

这样的夜晚,铁锁经历过无数次。在他的记忆中,小时候家境贫寒,常常揭不开锅,他就在夜晚一个人拿着竹篓和网兜来村外的水田里捉青蛙回去吃。常常回去时,他的竹篓里都是空空的,他便遭到父亲的一顿毒打,说他一点用都没有,其实是因为他喜欢听青蛙的叫声,不忍心吃了它们。有时候他会趴在水田的田埂上,整夜听着青蛙的叫声和水草里虫子的声音,他觉得那些声音好听极了。铁锁记得,那时,他只有十来岁。可今夜,他无心再听这些美妙的声音,尽管也有青蛙的叫声和水草里虫子的声音,他总感觉到就在不远处,有一种危险正在渐渐袭来。

对于这样的夜晚,走在中国农村的田野里,还能听到这些美妙的声音,真子感觉很好奇,这是她在长崎听不到的一种声音。

"哎,这是什么声音?"真子紧跟在铁锁的身边,问他。

"没听过吧?青蛙见过吧?青蛙?"铁锁一边走,一边回头问真子。

"不知道。"

"怎么你们小鬼子连青蛙都没见过?"铁锁有些取笑地问。

真子不再说话,继续跟着铁锁往前走。尽管今晚有些月光,可周围还是阴森森的,要是一个人走在这样的野外,不免有些心惊胆战。可真子跟在铁锁的身边,不觉得害怕了,反而感觉到一种亲切感,尽管这个中国人总是叫她小鬼子,她也不会介意。

"日本人都不是好东西。"周素梅嘀咕着。

"什么?"翠莲问。

"我说日本人都不是好东西。"周素梅提高了嗓门。

翠莲听出来了,真子紧紧地跟在铁锁的身边往前走,周素梅看着心里不舒服了。这两日,真子见到铁锁偶会也会给他微笑,她见到其他人总是有一股敌意或戒备心,真子这些细微的变化都被周素梅看在眼里,记在心上。

"和她计较什么呢?"翠莲一边走,一边拉着周素梅的胳膊。

"别说话,不怕见到小鬼子啊?"铁锁在前面小声地说。

前面的一段路并不好走,尤其是在夜间。前段时间,这条路有过一场小规模的战争,是小鬼子的一个运输队遇上了国民党军,在几分钟的炮弹轰炸下,这条路被炸得左一个坑右一个坑的。铁锁和周素梅、翠莲走这样的路当然没有问题,这条路他们也不知道走过多少回了,尽管是在夜间,他们也能快速地前进。可对于真子来说,就显得尤为艰难,她有好几次都差点摔倒,渐渐地,她落在了周素梅的身后。

此刻真子很想周素梅能够帮助她。她的脚刚才一不小心踩在一个石头上,崴了,疼得她咬紧牙关一瘸一拐地走着。可周素梅好像根本没看见她一样,只管迈着步子,离她越来越远。

"脚崴了?来,我扶着你吧!"翠莲来到真子身边,语气有些柔和地说。

"很疼,谢谢!"真子咬着牙说。

"怎么了?快点走。"铁锁在前面低着嗓子喊。

"真子脚崴了。"

"怎么搞的?这路都不会走了?"铁锁说着就来到真子跟前,问都没问,背起她就走。

接近三塘口时,河沟边有几处火力点,并伴有叽里呱啦的说话声,应该是小鬼子在烤食物。铁锁放下真子,让大家隐蔽在蒿草丛里,然后独自前去侦察。

"这里过不去了,是小鬼子。奇怪,这里怎么会有小鬼子呢?"几分钟后,铁锁回来说。

"我告诉你啊,不许出声,否则你会死得很难看!"一听铁锁说前面是小鬼子,周素梅赶紧对真子这样说,她生怕在这个时候真子会引来小鬼子。

"放心吧!她应该不会的,要叫,你们在地洞里时她就叫了。"铁锁又把真子背起来。

"跟我走,从这边绕过去,小心点。"

"都是她害的。"周素梅还在嘀咕着。

到达黄姑镇上的水码头时,已过三更。码头旁有一盏吊灯,灯光昏黄昏黄的,显得很微弱。铁锁远远地看见码头上停靠着一只没有棚顶的木船,船头好像坐着一个人,又看不太清楚。

黄姑镇中间有一条河,把整个镇子分为河南和河北,这条河可以驶大船,小鬼子没来那会儿,每天都会有扬着帆的大船载着各种物资来这里做生意。河的西边直通白湖,河的东边一直往下通往长江,镇子下街头的水码头就是黄姑镇水上交通的唯一一个码头。后来小鬼子来了,这个水码头就成了小鬼子转运物资的军用码头。

铁锁刚走近水码头旁的一个围墙,只见有两个小鬼子在对岸朝这边喊着要过河。这条河并不宽,要是在白天,可以清晰地看清对岸人的面貌。这时,坐在船头上的人站起来,铁锁才看清,是三福。

"太君,这船用不了,漏水了。"三福对对岸的小鬼子说。

"巴嘎,快点,把船划过来,要不,死啦死啦的。"对岸的小鬼子很不耐烦地骂道。

　　三福不再理会小鬼子,又坐回船头。铁锁知道三福是在等他,他本来打算等小鬼子走了再上船,可就在这时,对岸响起枪声,三福中弹跌入河中。

　　"怎么办?"翠莲问铁锁。

　　"等小鬼子走了再上船。"

　　可左等右等,对岸的两个小鬼子不但没有走,反而从对岸游过来,然后把那艘船划走了。

　　"看来,我们得另想办法了。"铁锁说。

　　"要不先去我表舅家歇歇脚? 在上行村。"翠莲对铁锁说。

　　"我没意见。不过,我要先去三福的女人家里一趟,叫他的女人来收尸。"

　　铁锁把三福的尸体捞上来,放在码头上的石板上。他亲眼看着三福被小鬼子打死在码头,只为他感到惋惜。三福从小就和铁锁一起玩,那时,三福总是扮演坏人,铁锁总是扮演好人。没想到,长大后,三福真的成了汉奸,最后还是死在小鬼子手里。铁锁去了一趟三福的女人家里,告诉她三福被小鬼子打死了,尸体就在码头上,铁锁临走时还给了那个女人一些钱。

　　铁锁一行四人往上行村前进。去上行村,最近的路线是走下泊山山脚下的一条土路,这条路经过蟹子洼。自从小鬼子大部队撤走了,这条路就已经安全了。铁锁带着大家从这里前往上行村,他依然背着真子。

　　这一路上,心里最不顺畅的是周素梅,她一句话也不说,明显是在赌气。铁锁当然看出来周素梅又在耍脾气,但为了尽快赶到目的地,他没有时间去安慰周素梅。翠莲也不好插话,只是一路前进。

很快,他们就过了蟹子洼。

此时天已大亮,铁锁一行人恰巧在一处山口遇到周国才和张林山,这让他感到很意外,竟然在这里碰到他们。可就在他顾着高兴的时候,有一小队小鬼子正从山上下来。

"周连长,你带着他们撤退,我带几个人进行阻击。"张林山说。

"那不像话吧?我和你们一起留下来,铁锁带着他们撤。"周国才说。

这一小队小鬼子正是西村的小分队。西村一直和周国才、张林山的小分队进行较量,也一直在暗中跟着他们。刚才侦察兵报告有几个人从山下经过,其中有一个人极像真子,西村这才跟着前面的中国兵赶过来。他用望远镜仔细地看着山下的几个人,那个穿着花布格子上衣的姑娘就是真子。

"真子就在他们当中,不要伤害她。"西村对他的队员说。

铁锁带着小分队和真子一行人往上行村的方向撤离,枪声在身后不断响起,越来越密集,还有机枪声,子弹似乎从头顶上飞过去。真子跟在铁锁的身边往前边跑,她的手被铁锁粗糙坚实的大手抓住,她感觉不到自己的身体在快速地移动,只觉得脑袋晕乎乎的,好像要飞起来一样。刚才她好像看到了父亲,就在一队士兵冲下山的那一刻,冲在前面的人一定是父亲。可这次不知道为什么,她突然很想尽快逃离那些士兵的视线。这在之前是没有过的,就在前两天,她还希望士兵能来救她。

"快跑。"铁锁紧紧地抓住真子的手,一边跑,一边对身后的周素梅和翠莲喊着。

"铁锁哥,刚才……刚才……我感觉到有子弹……在我耳边飞……"周素梅一边跟在铁锁的身后跑，一边喘着气说。

"我不行了，跑不动了……"翠莲蹲在地上，大口大口地喘着气。

"小心……"一个护送他们的新四军战士大喊一声扑在翠莲的身上，接着一颗炮弹从天而降落在他们的身边，地上被炸出一个大坑。这个战士用身体护着翠莲，他的一只腿和地上的泥土一起飞上了天空。

所有人停住了，铁锁和周素梅快步跑过去，这个战士已经没有了呼吸，他被炮弹炸得面目全非，血肉模糊。翠莲跌跌撞撞地爬起来，周素梅扶着她时，她还没有回过神来。当她看见救自己的战士被炮弹炸死时，号啕大哭起来。

真子看着这个场面，在一旁暗自流下了泪水，这是多么悲壮的场景啊！这一次中国之行，她见过太多的死亡和很多正如这样悲壮的场景，每一次都深深地刺痛她的心和灵魂，就像千万根毒针插进她的肉体一样疼痛。真子慢慢地走到翠莲的身边，她把手轻轻地放在翠莲的手背上，见翠莲还是一个劲地哭，真子又轻轻地握住了翠莲的手。

铁锁回头看了看身后，枪声不断地传来。周国才和张林山的两支小分队还在奋力阻击，山口，又是一颗炮弹落下，顿时，浓烟滚滚，火光冲天。这枪声、哭声、爆炸声，连成了一片。

第二十四章

听说黄姑闸小鬼子的大部队已经撤离,这两日,原来住在附近的百姓开始陆陆续续从外地回来,一路上,大部分是老弱病残相互搀扶着走着。就在前些日子,这些无辜的百姓还在战火中四处逃散,惊恐万分,哭爹喊娘,现在他们总算回来了。可他们并不知道,小鬼子的大部队虽然走了,却还有西村的一支小分队隐藏在山林中。铁锁一路打听,了解到这些百姓大都是从东边回来的,他们很艰难地迈着步子,一步一步向前走着,衣衫褴褛,面黄肌瘦,看样子已经有几日没有吃东西了。

路边一个牛棚门口,有一个妇女倒在了地上。她的身边坐着一个两三岁的孩子,没有穿衣服,头发乱蓬蓬的,嘴唇干裂,皮肤被太阳晒得黑而发亮。他没有哭,只是静静地坐在这个妇女的身边,一双满是污泥的小手抓着地上的牛粪正往嘴里塞。

"不要吃这个,姐姐给你吃。"真子快步跑过去,抱起这个孩子,用手把孩子嘴里的牛粪抠出来,又用衣服擦着孩子的小手,然后从口袋里拿出一个干面饼放到孩子的手里。

"没想到你们日本人中也有好人啊!"铁锁也走过去,看到真子其实是一个具有同情心的姑娘,假装友好地对真子说。

铁锁蹲下身去,喊了几声倒地的妇女,还好有些反应。这个妇女应该是长时间没有吃食物了,她很虚弱地躺在地上,连说话的力气都没有。铁锁赶紧给她喂了点水,又给她吃了点干面饼,不一会儿,她才稍微有些好转。

"再吃点。"铁锁把她扶起来坐靠在牛棚的木门上,从怀里掏出仅有的几块干面饼。

"大嫂,快吃吧!"周素梅从真子手里接过孩子,眼睛也有意无意地瞅了一眼真子。这半天的时间里,她怎么看真子,心里怎么都不舒服,这种感觉就是这么奇怪。

"谢谢你们!"妇女见遇到好人了,吃力地给铁锁跪下磕头。

"大嫂,别这样。家里没有其他人了吗?"铁锁又问。

"孩子他爹原先是在无为游击纵队打鬼子,后来跟着部队过了江,就一直没信了,也不知道现在是死是活。"妇女看了看她的孩子,有些难过地说。

"你们这是打哪儿来?"

"我家住在周村,前段日子小鬼子进村抢粮食,临走时把我家房子烧了。为了活命,我就带着孩子逃了出来,一路上打听孩子他爹的下落,都没有信儿。现在听说小鬼子从黄姑闸逃跑了,这就回来了,房子也没有了,就打算投靠老院村的一个亲戚,只是两天没有吃东西了,实在走不动了。"妇女一边说着,一边大口地吃着干面饼。

"我这里还有。"真子也从口袋里拿出干面饼递到妇女的跟前,她看到这些穷苦人的遭遇,心里也同情这个妇女和孩子。

"拿回去,我们不吃小鬼子给的食物。"周素梅一把从真子手里夺过干面饼扔在地上,气势汹汹地说。

"什么?她是小鬼子……"妇女惊恐地看着真子,吐出嘴里正在嚼的干面饼。

"素梅,干吗这样?"翠莲在一旁拉了拉周素梅的手臂,她知道周素梅这是觉得心里委屈。

"她本来就是小鬼子嘛!我说得有错吗?"周素梅这一嚷嚷,引来了路上一些百姓的注意。

"别嚷嚷,你不怕引来麻烦?"铁锁赶紧制止了周素梅。

"大嫂,别害怕,她不是坏人。我们几个都是这附近的村民,和你们一样,都是穷苦人。"铁锁又说。

真子虽然只有十六岁,但她的内心比较早熟。这都归功于她的母亲,是母亲一直教导她要懂得做人,懂得明事理,要善于分辨是非。所以,对于周素梅的反应,真子心里当然清楚是因为什么,她当然不会有意去伤害周素梅。在她的心里,眼前的这个男人和两个女人都是好人,她希望有一天他们能够接受自己。

路上的百姓都在赶着回家,也不再去注意刚才周素梅的那一声喊,有一些胆小的只是加快了脚步。铁锁带着大家也跟在人群的后面往前走着,他并没有注意到周素梅脸上的细微变化,一路走着,一路和真子说着什么。

真子似乎比前几天要放松了许多,也许是因为她感受到了这几个人对她并没有恶意。一路上,她也主动和大家说几句话,尽管有时周素梅对她并没有好脸色。

"我用你们的话给你们唱一首我们家乡的民歌。"真子清了清

嗓子,用不是很标准的中文开始唱起来:

> 樱花啊
>
> 樱花啊
>
> 阳春三月晴空下
>
> 一望无际樱花哟
>
> 花如云海似彩霞
>
> 芬芳无比美如画
>
> 快来吧
>
> 快来吧
>
> 快来看樱花……

　　真子在唱的时候,铁锁不时回头看着她的脸,发觉此时真子的脸上浮现出一种快乐和向往的笑容。这首歌铁锁觉得有点熟悉,好像在哪里听过。他仔细地回想着,原来是在几个月前,周国才俘虏了一个小鬼子,那天的战斗铁锁也在,他记得那天那个小鬼子唱的歌就是这首。

　　真子唱完,对大家笑笑,又向大家介绍了这首民歌的来源和意思。翠莲走在最后面,看着真子的背影,她突然发现,这个日本姑娘其实也有可爱的一面。如果不是这场战争,她愿意这个姑娘做自己的干妹妹。

　　"我在家乡时,我的老师对我说过中国安徽的黄梅戏非常好听,只是我不会唱。有一次我在东京一个中国人开的饭馆里,听人唱过,很好听。"真子说。

"唱得真好。"翠莲的嘴里不介意地冒出这四个字。

"好听什么啊？小鬼子不就会唱首歌吗?"周素梅的语气里明显表现出一些不满,她提高了嗓音,也是有意说给铁锁听的。

"我们还是赶紧赶路吧,这天快要下雨了。"铁锁一看周素梅有些不高兴了,不再和真子说话,催着大家赶快走。

铁锁记得周国才和他说过,从这条路往前走这个方向,可以到达乌龙山,他们约定天黑之前在乌龙山会合。天变得有些昏暗了,也起了风,一场暴风雨看似即将到来。

真子的脚还没有完全好,她走路时还有些费劲。铁锁几次要背她走,都被她拒绝了。因为她不想让喜欢铁锁的女人误解,尽管脚上还有些酸痛的感觉,她也要坚持着。

离开父母有些日子了,也不知道母亲有没有回到长崎。如果回到长崎了,她一定是搭乘运兵船回去的。可惜这次她没能跟随母亲一道回去,她也没有机会陪同母亲一起坐在船头的甲板上欣赏海上日出的美景了。真子在想一个问题,如果父亲非要以引爆毒气弹来残害这些受害的中国人,她将会留在这里为中国人做点事,哪怕她会被父亲的炮弹炸死也愿意这样去做。

"我要为你们做事。"真子对铁锁说。

"就你? 省省吧。"铁锁苦笑地说。

"我可以的。我会包扎伤口,会发报,我不怕死。"真子很认真地说。

"我不想这份地图落在我父亲的手里,不想再死更多的人。"真子停下脚步,一脸真诚地看着铁锁,又看了看翠莲和周素梅。从她的脸上和话语里,大家知道她说的是心里话。

"我知道这几天,这里有很多人都不喜欢我,也想杀了我。如果我死了能够救更多无辜的人,我愿意去死。我希望和平,我希望和你们一样,过着普通人的生活。"真子向大家吐露了自己的心声。

"我可告诉你,你要好好活着,你也是一个无辜的人。再说,你还要替我们好好保管地图呢!"

"是啊!铁锁说得对,你要好好活着。"翠莲接过铁锁的话。一时间,她心里对真子也有了一些同情。

突然,狂风大作,乌云遮住了天空,瞬间,黑压压的乌云似乎要压过来一样,天空显得触手可及,一场暴风雨就要来了。走在这片前不着村后不着店的荒野里,这样的天气额外增加了几分恐惧的感觉,大家急需找个躲雨的地方。

周国才和张林山甩掉了西村,带着小分队一路向铁锁的方向追去。一路上,大伙谁都不愿意先开口说话,每个人的心里都有一分悲痛。就在刚才一战中,七名队员牺牲了,还有四名队员身受重伤。本来不会有这么大伤亡的,没想到在作战途中,西村调集来几门迫击炮,这让弹药紧张的周国才小分队和张林山小分队一度陷入了围困之中,周国才只好命令所有人后撤。

四名身受重伤的队员由其他队员背着撤退。在经过一片竹林时,大伙砍下竹子做了简易的担架抬着伤员前进。为了不影响小分队的撤退速度,一名重伤员趁大伙不注意时,朝自己的脑袋开了一枪。

所有人停下了脚步,周国才和张林山迅速赶过来。

"怎么回事?还开枪!"周国才扯着嗓子大喊。

"他自杀了。"抬担架的一名新四军战士说。

"你就不能看着点?"周国才说着就要一拳打过去,却被张林山及时拦下。

"连长,上坡的路不好走,刚才我只顾看着脚下,没注意……"后面抬担架的队员哭丧着脸说。

"你还狡辩!他说不定还可以活下来的。"周国才似乎咆哮起来,他的眼睛里有一团火在燃烧,脖子胀得筋脉高高凸起,他蹲在地上,号啕大哭起来。

"他说不定还可以活下来的。"周国才一边哭一边说。

"周连长,别难过了,我们还得赶紧出发,这里不宜久留。"张林山拉着周国才的胳膊,在劝着。

"给大熊起坟。"周国才站起来,对小梁说。

"去几个人,到后面负责警戒,带上一挺机枪,快点。"张林山向他的小分队发出了命令。

在一处偏僻的草丛里,剩下的所有人把大熊草草地下葬了,在大熊的坟头,放三块石头、埋一根木桩作为记号。

"大熊,我们一定会回来接你。"周国才面对着大熊的坟,沉痛地说。

"连长,小鬼子上来了。"负责警戒的一名队员火速跑过来报告。

"通知警戒的弟兄,立即撤退,快。"张林山刻不容缓地说。

"所有人,检查装备,准备出发。"周国才说。

等负责警戒的几名队员到了,张林山清点了所有队员的人数,然后,他向他的小分队宣布了一条命令:

"所有人听着,从现在起,两队并一队,由周连长担任全队的连长,我担任临时指导员。"

　　张林山宣布完这条命令后,两队合并为一队前进,总共只有二十一人。所有人此刻都化悲痛为力量,每个人的心里都在发誓,为了能把小鬼子赶出中国,哪怕付出生命的代价也值得。

　　天气越来越糟糕,行军的步伐没有办法再加快,这里的山路不太好走,又有重伤员,所有人都是轻装前进,只留有枪支弹药和食物,其他的东西一律扔掉。

　　从山上下来,经过一个无人村,又经过一片荒废的庄稼地,再走上一个半山腰,暴风雨终于来了。一瞬间,狂风中硕大的雨点击打在每个人的身上,不到一会儿工夫,全身都被雨水湿透,狂风让人寸步难行,再这样走下去,这三个重伤员就有生命危险。

　　"连长,前面有一座破庙。"一个侦察员返回来向周国才报告。

　　"所有人,进破庙休整。"周国才下达了命令。

　　"老周,小鬼子会不会追上咱们?"张林山有些担心地问。

　　"放心吧! 这么大的暴风雨,小鬼子指不定钻到什么地方躲雨去了。"周国才的话让张林山不再顾虑什么,他带着小分队开始进破庙。

　　"周连长,张连长,你们终于到了。"一进破庙,只见铁锁从里面伸出了脑袋。由于外面风雨太大,天空又是黑压压的一片,铁锁隐隐约约看见有一些人向这边走来,他迅速藏好真子、周素梅和翠莲,等人进来才发现原来是周国才和张林山他们,他一颗悬着的心这才放下。

　　"铁锁,你们都没事吧?"周国才一见到铁锁,就急切地问。

　　"我们都安全。出来吧。"铁锁朝里面喊着,真子、周素梅和翠莲三人从屏风后面一堆稻草里钻出来。

"老张,负责警戒的事就交给你了。"周国才说完就安排人把伤员抬到里面。

"放心吧! 我们这位受伤的弟兄就拜托你了。"张林山说完就带着四个队员奔向暴风雨之中。

"铁锁,生火,他们的子弹要取出来,否则恐怕挨不过今晚。"周国才看着三个伤员说。

铁锁懂周国才的意思,他立即在破庙里边找来一堆干柴生火。周国才从腰间取出一把匕首,在火上烧得通红。

"我们现在没有医生,没有麻药,你们只得忍忍了。"周国才有些心疼地说。

"周连长,我不怕疼。"受伤的国民党兵强忍着疼痛对周国才说。

"好兄弟。"

看着被烧得通红的刀尖割开队友们伤口处的皮肉,受伤的队友并没有发出一点疼痛的叫喊时,在场的所有人都默默地注视着那些从死人堆里爬出来的战友,他们的心紧紧地联系在一起。

"我认得止血的草药。"真子把铁锁拉到一旁,小声地对他说。

"就你?"铁锁有些疑惑地问。

"是的。我舅舅学过中医,他教过我一些。"真子的认真让铁锁相信她说的是真的。

"你陪我出去。"见铁锁还在犹豫中,真子拉着铁锁的手,从破庙的后门出去了。

正在周国才发愁给伤员止血的时候,铁锁和真子冒着大雨从外面回来,真子走到周国才的身边,把抱在怀里的一个布包放在周国才的面前打开。

"这是真子冒着大雨在后山采的草药,管止血。"铁锁赶紧说。

所有人都震惊了,没想到这个日本姑娘为了救三个受伤的中国士兵,不顾生命危险在暴风雨中上山采草药,她的脸上和手上还有划伤。

"快,止血。"周国才急切地说。

"这个我会,让我来。"真子很自信地对周国才说。

经过真子对伤口的处理,三个伤员的伤势基本得到控制。这让一旁的周素梅从内心对她有了新的认识,周素梅相信了铁锁说的,她并不是一个坏人,只是这心里有时候就是不痛快。

"老周,我们得赶紧出发,小鬼子离这里不足二里地了。"张林山急促地跑回来对周国才说。

"所有人,准备出发,铁锁带路。"周国才下达了出发的命令。

小分队火速沿着一条非常隐蔽的小道向山下前进。这条小道半年前铁锁走过,那时是给新四军的一支作战部队送后勤给养用的,只是现在是在夜间,风雨交加,前面几乎什么也看不见,他完全是凭着印象带路。

"没想到下这么大的雨,这小鬼子也不闲着。"周国才一路前进,对张林山说。

"看来西村知道他女儿在我们手里。"张林山说。

小分队下山后,面前是一条河,黑暗中无法看见河的对岸,只听见河水流淌的声音,还有面前被破坏的木桥的残骸,所有人无法再前进。

"完了,二位连长,没想到这座桥被小鬼子炸了。"铁锁非常沮丧。

第二十五章

　　暴雨一直下个不停,几乎让人很难睁开眼睛。小分队所有人全都浸泡在雨水中,后面的小鬼子又是步步紧逼,前面的河也过不去,一时间,真是前无去路,后无退路,小分队顿时陷入了危急之中。

　　"铁锁,还有哪条路可以走?"周国才站在河边,任凭雨水冲洗着他的身体,大声地喊着铁锁。

　　"周连长,河是过不了了,从这里穿过去,经过一个灌木丛,是到牛家庄的方向,这里几乎没有人走过。"铁锁迈着艰难的步子来到周国才身边,指着他身后的方向。他光着两只脚,鞋也不知道什么时候跑掉了。

　　"就走这条路。"周国才下达了命令。

　　小分队在铁锁的带领下,进入了一片从来没有人走过的灌木丛,又因为是暴风雨夜,走在这里,不知不觉中有一股阴气透过雨水袭来,让人浑身的汗毛都竖立起来。

　　全队只有四件雨衣,这还是上次从小鬼子的身上扒下来的,三名受伤的队员每人穿一件,剩下的一件雨衣铁锁给了真子,否则就这个鬼天气,真子可能早就生病了,尽管穿着雨衣,这雨水还是直往脖子里钻,还好天气不冷。

到下半夜时,雨终于停了,风也慢慢地变弱了。小分队决定就地休整,便生了火,队员们开始烘烤被雨水淋湿的衣服。真子和翠莲、周素梅三人负责给大伙分发干粮。

连续昼夜的行军和作战,队员们显得非常疲惫,张林山安排了轮流岗哨,其他的队员便倒地睡着了。周国才躺在一块草地上,眼睛直直地看着头顶风吹动的枝头,想起了大虎。

这几次和小鬼子的遭遇战,损失很惨重,尤其是在大虎和邱茂林防守新桥村时,牺牲了那么多同志。周国才一想到这里,胸口就隐隐作痛。大虎牺牲了,周国才就感觉好像自己失去了一只手臂那样疼痛,感到肩膀似乎已经失去知觉了。

周国才记得他带小分队从驻地出发的前一晚,大虎和他说起自己在老家有一个未过门的媳妇。他媳妇曾告诉他,等他杀够了十个小鬼子,她就同意过门做他真正的媳妇。其实,大虎早就杀够了十个小鬼子,没想到,他的媳妇再也等不到他了。

"老周,也不睡一会?"张林山走过来,躺在周国才的身边,身体下面的草还是湿湿的,不过这样倒也凉快些。

"这是二十六个扣子,大虎每杀死一个小鬼子,就从小鬼子身上取下一粒扣子。他媳妇说,等他杀够十个小鬼子就过门。"周国才从腰间取下一个小布袋,布袋还在滴水。

"大虎是好样的。"

"是好样的,我要亲手把这扣子交给他媳妇。"

"老周,有一件事我要和你商量。"张林山很严肃地说。

"说吧！别磨叽。"

"我们小分队唯一能发报的冬子牺牲了，好不容易修好的电台也被炸烂了，我们得尽快搞到一部电台，否则没法和上级取得联系。"张林山说。

"怎么搞？你说说看。"

"据我的人前期侦察，小鬼子大部队从黄姑闸撤离时，西村让几个伪军秘密隐藏了一批军用物资在黄姑镇上的一家药店里，虽然这批军用物资不多，但说不定会有电台。"

"怎么不早说？连同这批物资一起收了。"周国才一听有这好事，顿时来了精神，坐起身来。

"本来我是想回头让我的弟兄们收了，想来想去，不够仗义，这不告诉你了嘛！"张林山笑着说。

"黄姑镇上有两家药店，知道是哪家吗？"

"有两个人知道，一个是三福……"

"铁锁说他死了。还有一个呢？"

"现在的伪军班长赵有亮。这个赵有亮原来是刘子清手下的一个班长，现在只有他一个人知道东西在哪家药店。据我的人说，他就在镇上。"

"你够仗义。我也告诉你一件事，你们也在找小鬼子埋藏在下泊山毒气弹的地图吧？我告诉你，地图就刻在这个日本姑娘的后背上。"

"什么？地图……"

"小声点。"

周国才给张林山的这个消息让后者做梦也没有想到，他张大了嘴巴,半天没有反应过来。

临时会议由周国才和张林山组织召开,铁锁、周素梅、翠莲等十来个人参加了会议,会议只讨论一件事:谁去黄姑镇上窃取一部电台?并由张林山将具体情况向参会人员做了个通报。

"周连长,我去,镇上我最熟悉。"铁锁毫不犹豫地说。

"你一个人去不行,要有帮手。"周国才摇摇头说。

"我和铁锁哥一起去。我听我爹说起过,我家和赵有亮还沾点亲呢,只是我一直没见过他。"周素梅说。

"我让我们小分队的老七和你们一起去,他之前一直在暗中侦察这件事,他比较了解。"张林山说。

"都机灵点,给老子听好了,都给我活着回来,我们在这里等你们。"周国才想了想,还是同意了。

执行此项任务的三个人很快就要出发了,大伙把所有的希望都寄托在他们身上。临行前,铁锁把真子托付给翠莲。

"他们这是去哪里?"真子看着铁锁和周素梅打扮成夫妻的模样,看样子要出远门,随口问翠莲。

"去镇上搞一部电台,听说有一批军用物资在镇上,有个伪军知道在哪里。"翠莲看着铁锁和周素梅的背影对真子说。

对于镇上的情况真子之前听父亲说过一些,当时父亲告诉过她,为了长期控制这里,他要在镇上设置几个秘密联络点,联络点的负责人也是死心塌地效忠天皇的中国人。真子曾经和父亲去过两家药店,那时真子总觉得父亲对那两家药店里的情况非常熟悉,现在想想,也许那两家药店就是父亲所说的联络点。如果真是这样,翠莲所说的军用物资一定就在那两家药店的其中一家里。

"我要和你一起去。"真子对铁锁说。

"什么？你也去？还是老实待着吧！"真子的请求立即遭到铁锁拒绝,他赶紧把真子拉到翠莲身旁。

"姑奶奶,你好好看着她吧！"铁锁有些讨好地对翠莲说。

"我会帮你们拿到电台。"真子的这句话让铁锁感到意外,他仔细地看着真子朦胧的脸,想起了真子之前说过,她懂发报。

"我可以的。如果我说我父亲让我来收缴物资,一定可以的。"真子很严肃地说,她第一次这么坚决地和铁锁进行对话。

对于真子说的话,铁锁不再当儿戏了,他感觉到真子是有备而来的。面对这个日本军官的女儿,铁锁深深地理解到她内心的某种渴望,是对两国和平的渴望,也是对中日两国劳苦大众不再受伤害的渴望。铁锁找到了周国才和张林山,把真子的情况向他们做了汇报。

"不行,太危险了,我们冒这么大的危险不就是保护地图吗？万一她有什么意外,地图都没有了。"张林山一口否定了真子的请求。

铁锁又看了看周国才,他希望周国才能够出出主意。周国才一声不吭地蹲在地上抽着闷烟。这时,真子和周素梅走了过来。

"这件事,我可以帮到你们的,现在就把我身上的地图画下来。"真子说。

真子这句话倒是引起了周国才的注意,真子说得也有道理。她身份特殊,如果不出意外,对这次任务的成功当然会有帮助。再说,这几天通过观察,大伙都发现真子和那些小鬼子不一样。

"我觉得可以试试。"周国才不紧不慢地说。

"老周……"

"这个你在行吧?"张林山刚想再说什么,被周国才打断了。

"什么我在行?"

"就是再画一个她身上的地图。"周国才用一种似乎有些肯定的语气对张林山说。

"什么叫我在行? 我一个大男人,盯着一个姑娘家的身体看,你还让我怎么带兵?"张林山连忙摇手拒绝。

"这电台到底还要不要了?"周国才故意激将张林山。

"你真行! 那就试试吧!"

在一个火堆旁,只有真子、铁锁、张林山三个人,真子向周国才提出一个要求,就是必须让铁锁在她身边陪着她。尽管周素梅是一万个不情愿,可是为了完成任务,她只好同意了。映着一闪一闪的火光,真子闭上眼睛,背对着张林山和铁锁,她轻轻地解开上衣的扣子,衣服从她的肩膀轻轻地滑落至她的臀部,火光映在她洁白滑嫩的肌肤上。

真子长这么大,从来没有恋爱过,更别说在陌生人面前裸过身体。她的心里一直很不安,因为父亲的手上沾满了中国人的鲜血而让她感到不安,她也很清楚身边的这些中国兵和他们国家的士兵不一样,他们为了保护老百姓甚至连命都不要。真子觉得她帮助这些中国兵,算是为父亲赎罪的一种方式。

在这个陌生的中国兵面前,真子上身裸露不害怕的原因主要是铁锁也在这里。自从铁锁救了她,在这段时间里,她发觉铁锁给她一种说不出的感觉,反正很踏实很安全。尤其是那次铁锁背她的时候,她觉得他的后背特别坚实,特别温暖。这让真子有时候有意无意地多看了几眼铁锁。

"连长,不好了,打起来了。"张林山刚开始动笔,一个队员急匆匆地跑过来报告。

"谁和谁打起来了?"张林山忙放下笔起身,抓住报告的队员就问。

"他们的人和我们的人,就在那边。"

等张林山赶到的时候,周国才已经制止了打架,原来是他的一个队员躲在暗处偷看真子的裸体。这让张林山气得暴跳如雷,对偷看的那个队员,他毫不留情地举起枪顶着他的脑袋。

"这个时候你还有这闲工夫?"

"算了,还是正事要紧。我想啊,来不及了,要不让他们先出发吧,从这里到黄姑镇还有一段路程呢!就看他们的造化了。"周国才拉着张林山说。

"也只能这样了。"

临行时,周国才对他们四个人只说了一句话:

"如果出现危险,宁愿不要电台,你们也得全部活着回来。"

从临时驻地出发,到达黄姑镇时,天刚蒙蒙亮。自从小鬼子大部队走了,镇上又恢复了往日的繁荣,镇头镇尾的护镇大门也按时打开,众多的小商小贩和附近的百姓都拥入了镇上,从东西方向驶来的商船也正在往岸上卸运货物,放眼望去,一派生机勃勃的景象。

要想找到那批物资,首先要找到赵有亮。根据老七之前得到的情报,有一家药店的掌柜有可能就是赵有亮。一行四人混在人群中,朝镇中的三岔口走去。所说的镇中的三岔口,由镇中心街道一直往里走,到前面拐弯处向北有一条青石板巷子,从巷子往前走十来米过桥便是。镇中心的街道是黄姑闸每天最繁华最热闹的地方,也是鱼龙混杂,各方势力汇聚的地方。老七所侦察的那两家药店,一家在桥那边的桥头,一家在桥这边的桥头,两家药店各占镇上河北河南的半边天地。

这次出行有个便利之处,就是目前黄姑镇上留守的伪军并不认识铁锁、老七和周素梅,这方便暗中侦察。唯一有些担心的是这次任务中有真子,因为她毕竟是西村的女儿。周素梅一直紧跟着真子,防止她在行动中出现什么意外,这也是临行前周国才暗地里特地交给周素梅的一项任务。

小鬼子的大部队虽然撤退了,黄姑镇上表面看似祥和平静,但从内线得到情报,目前在黄姑闸还有日军的间谍和军统的人在活动。从进入镇子那一刻,老七的眼睛就在人群中不断地搜索。凭他多年的侦察经验,他发现日军的间谍和军统的人已经混在了人群中,看样子,他们也在找这份地图。

由于任务紧迫,铁锁带着大家从镇头一个非常偏僻的巷子进去,从这里可以绕到后面的河边,再从河边直接到达河南和河北的那座桥上。此时已是早饭时间,这座桥的两端也有几家老茶馆,每天这个时候,茶馆里聚集了南来北往的各路闲杂人等,要想打探和黄姑闸有关的各路消息,只要往茶馆里一坐,十有八九都能从伙计的口中得到想要的消息。

"走,进去。"来到盛德茶馆门口,铁锁看了看周围来来往往的行人,对大家说。

"伙计,来两盘油焖大饼。"铁锁朝里面的伙计喊着。

"客官,马上到。"

"伙计,我这婆娘身体弱得很,生不了孩子,想抓点药回去给她补补身子,这镇上可有高人?"铁锁问来送大饼的伙计。

"客官,找河南药店的赵掌柜就行,他配的药那可是特效药,能把死人治活了。"伙计凑近了,有些神秘地说。

"有这么神吗?"铁锁故意有些不相信地问,他猜想,这赵掌柜有可能就是赵有亮。

"那还有假? 这在镇上好多人都知道。"那伙计扬着眉说。

"你刚才说谁生不了孩子? 是不是想找抽?"从茶馆里出来,周素梅揪着铁锁的衣领要算账。

"没说你,我就是为了打探消息,你还当真啊?"铁锁一边躲着一边解释。

从盛德茶馆里打探到的消息非常重要,铁锁决定和周素梅先行到河南药店走一趟,看能不能发现赵有亮的线索。当铁锁和周素梅进到药店的时候,他们只发现有一个伙计在柜台。

"伙计,我们找赵掌柜,麻烦他给我婆娘配服药。"铁锁对伙计说。

"掌柜外出了,改天再来。"伙计忙着记账,都没空看铁锁一眼,就随口回了一句。

铁锁和周素梅只好从药店里出来,在河边一个破旧的仓库里找到了老七和真子,四人商议,决定让铁锁和真子再去走一趟,因为真子有一次和父亲去下泊山时见过赵有亮。

在河南药店里,依然是头次来时见的那个伙计。铁锁的眼睛偷偷地瞄了一下店内的情况,走进了柜台。

"伙计,配服药,赵掌柜在不在?"

"哪个赵掌柜?"那伙计头也不抬,在敲着算盘。

"赵有亮掌柜。"铁锁笑着问。

"不在,改天再来吧!"

"赵掌柜。"真子很严肃地喊了一声。

这时,只见那个伙计突然停下正在敲算盘的手指,慢慢地抬起头,怔了怔。

"这位姑娘是?"伙计问。

"赵掌柜,不记得我了吗? 有一次视察下泊山的防区,我和我父亲西村少佐在下泊山见过你,赵掌柜没忘记吧?"真子的视线直逼向对方,其实他就是这个药店的掌柜赵有亮。

"搞了半天,你就是赵有亮,真子小姐来了,还不快出来。"铁锁站在真子的身后,对赵有亮说。

"原来是真子小姐,有失远迎,请坐。"赵有亮一看是西村的千金,这可把他吓坏了,他为刚才的怠慢给了自己一个重重的耳光算是赔罪。

"不知这次真子小姐来是……"赵有亮站在真子的面前,弯着腰,不敢看她。

"我父亲让我来接收那批军用物资,带我去查验。"

"真子小姐,这……没接到西村太君的命令……"

"浑蛋,还要西村少佐亲自来吗? 这是秘密任务。"铁锁给了赵有亮一个耳光。

"是,是,马上就去。"赵有亮被吓得魂差点都丢了,赶紧关上大门,带着铁锁和真子去了后院的一个地下仓库里。

"真子小姐,这是清单,您过目。"赵有亮老老实实地递上物资清单。

在这个仓库里,藏的原来是一些弹药和一部军用电台,看来小鬼子在黄姑闸还要搞小动作。铁锁最恨给小鬼子做事的汉奸,他趁赵有亮不注意,用一把明晃晃的匕首刺进了赵有亮的喉咙。

"啊!"真子一声尖叫。

"这就怕了? 我最恨汉奸,他死有余辜。"铁锁用一个小木箱子装上电台背起来就要走。刚走出门,他又回头看了看屋里的这些弹药。既然带不走,也不能给小鬼子留着,他朝仓库里扔进去两颗手榴弹。

本来已经很平静的黄姑闸,突然有两声爆炸声,这让热闹非凡的街道上一时间乱成一团,所有人都四处逃窜。铁锁带着真子在河边的破旧仓库里与老七和周素梅会合了。他们跟在混乱的人群中,朝镇出口跑去。这时,铁锁的身后传来枪声,有几名黑衣人持枪在追击。

铁锁带着真子和周素梅与小分队会合时,已过中午,他们顺利带回了电台,可老七为了保护真子中了黑衣人的子弹。

"我不是说了要一起回来吗? 人呢?"周国才朝铁锁吼起来。

"老周,上战场哪有不死人的? 这也不怪铁锁,毕竟这次他们完成了任务。"张林山冷静地劝着周国才。

"本来全队只剩下二十一人了,现在又少一个,你说我这心里不难过吗?"周国才抹了一把眼泪说。

"都是因为我,他为了保护我才中枪的。"真子怯怯地说。

"什么都别说了,眼前最紧要的就是和上级取得联系。"张林山说。

"我们可不会使用这家伙。"周国才的情绪稳定下来,看着电台说。

　　"对了,我忘记告诉你们,真子懂发报。"铁锁刚挨训完,说话也变得小声了。

　　"我帮你们发报。"

　　在场所有人听完铁锁和真子说的话,一片沉默。

第二十六章

接近秋收,本是百姓一年中收获的大好时光,可一路走来,路两边的庄稼地里到处都是一片荒芜、杂草丛生的景象,还有被炮弹轰炸过的痕迹,这里的土地几乎寸草不生。看着眼前这一派荒废的景象,铁锁的心痛得慌,他祖祖辈辈都是农民,他深知土地是农民的根,是农民的命脉,没有了耕种的土地,简直就是要了农民的命。而这都是小鬼子糟蹋的结果。

铁锁和周素梅走在小分队的后面,一路行军,一路看着被小鬼子破坏的种种迹象,他们无心去欣赏远处天边那一抹宛如花朵的云彩。周素梅感觉到铁锁有很沉重的心事,她静静地陪在铁锁的身边。

小分队走上一条河岸,再往前走三里地,就是牛家庄,是小分队今夜临时宿营的驻地。

说是一条河,倒不如说这是一个池塘沟渠更为贴切,塘中是一大片高大的芦苇集成群,秋风吹来,大片的芦苇随风形成彼此起伏的波浪,甚是好看。再有路人一声吼,惊起芦苇枝头几只不知名的鸟扑腾一声钻进了芦苇丛中,接着,便是一幅美好的画面,漫天的芦苇絮随风四处起舞。

"江头落日照平沙,潮退渔船阁岸斜。白鸟一双临水立,见人惊起入芦花。"周素梅一时兴起,放声朗诵一首诗,逗得大伙都乐呵呵地笑起来。

"就你有学问,你说得真好。"铁锁很羡慕地看着周素梅的脸,他的脸上顿时是一副孩子般的笑容。

"这不是我说的,是南宋时的大诗人戴复古的《江村晚眺》,小时候先生教我的,说的就是这大片的芦苇。"周素梅蹦蹦跳跳地向前跑着,铁锁紧跟在她的身后。

这一幕都被真子看在眼里,她很喜欢这样的画面,觉得这一男一女在这样的情形中,正是她喜欢的那种感觉。一路上,翠莲在她身边也没少说起他们的故事。真子微笑着,她的笑容正如天上的云彩一样美丽,在这个下午飘荡着、绽放着。

"我来帮你背一会吧!"翠莲对真子说。

"保护电台也是我的任务,他说的。"真子指了指铁锁说。

这时,翠莲的脚步渐渐地慢了下来,她看着前面的一个芦苇荡,神情很木然,表情严肃得非常可怕,继而似乎很痛苦。虽然这种痛苦显现得不是很明显,但还是被真子细心地发现了。这时,张林山、铁锁和周素梅也走过来。

"走得这么慢。"铁锁嚷嚷着。

"说起这片芦苇荡啊,我给你们讲一段战斗故事:

"一九四〇年九月份的一天,我和邱排长,还有两个弟兄去猪头山执行一项紧急任务,当时走的就是这条路。那天,走到这里时已是半夜,我们突然听到下面的芦苇中有异常的声音,我们几个就趴在岸上端着枪隐蔽着,只听见芦苇中有几个人叽里呱啦的说话声和笑声,我们才知道有小鬼子。当时,太黑,不清楚下面的情况,我们也不能轻易动手。有任务在身,正打算要走,可接着便是一个女人的呼救声,这下我们明白了,又是小鬼子在糟蹋我们的姐妹,我们怕开枪伤着那个老乡,就偷偷地摸下去,一人手里拿着一把短刀,打算和小鬼子进行肉搏。可下去了才知道,小鬼子比我们人多,小鬼子好像有六七个人。可我们也不是好惹的,搏斗了有十来分钟,小鬼子才被我们全部歼灭,我们死了一个弟兄,邱排长的后背上也被小鬼子的刺刀捅了一个洞。"张林山说道。

"那黑漆漆的,不怕伤错了人?"铁锁问。

"没想到你们反动派还救了那老乡。"铁锁脱口而出。

"张口不离反动派了是吧?"张林山笑着在铁锁的肩膀上狠狠的一拳。

"后来,那个女人……怎么样了?"真子对张林山讲的如何战斗毫无兴趣,她关心的是那个女人后来的命运。她看了看张林山的脸,希望尽快从他这里得到答案。

"那个女人就是我。"翠莲站住了,对大伙说。

"那天,我是从家里逃出来的,梅山一个土匪带着一帮人要来抢亲,让我去做他的压寨夫人,我当然不能答应。我提前得到消息,就在头天夜里跑出来了,没想到路上遇到几个小鬼子,我就一路跑到这芦苇荡里躲着,最后还是被小鬼子找到了。当时我都吓傻了,只看见小鬼子一个个被人捅死在我眼前,现在我终于知道是被你们救了。那晚,要不是你们,我恐怕就被那几个畜生糟蹋了。"翠莲真没想到张林山就是她的救命恩人，一时激动得都说不出话来。

"聊什么呢？还不快走，很快就要到牛家庄了，都精神点。"周国才在前面喊着。

真子这才明白为什么在翠莲的脸上总会看见隐隐的忧伤，现在基本都清楚了。其实翠莲的内心很苦，受过伤害，这种伤害正是他们的士兵给她带来的。真子的心里感到深深的愧疚。

已经能看到牛家庄了，是个很小的村子。牛家庄是早期这一带无为游击队秘密活动的重要联络点，群众基础非常牢固。周国才之所以选在这里临时宿营，主要是想着给真子暂时找个安全的落脚点，等和上级联系上之后，再作转移。

"太安静了。"周国才说。

"怎么一个老乡都没有看到？"张林山卧在周国才身边，提高了警惕。

小分队其他人都蹲守在后面等待着进村的命令，真子紧紧地跟在铁锁的身边，她和大伙一样紧张。

此时真子也觉得自己的肩膀上有了一份责任，这份责任是从她背起这部电台时才感觉到的。也许，作为一个日本人在战场上为中国人做事会遭到国人的嘲讽和吐骂，但他们绝对不懂得这样做的真正意义是什么。这种意义，只有真子才明白。尽管，她还只有十六岁。

"呼呼呼，突突突……"西边的乱坟岗突然出现了小鬼子，向这边连续开火。

"注意隐蔽，打。"周国才举枪还击。

"连长，东边也有小鬼子，我们中埋伏了，咋办？"有战士喊着。

"老周,小鬼子火力太猛,不能硬拼。"张林山一边还击,一边对周国才说。

"撤,原路撤退。"面对小鬼子东西两路夹击,周国才立即下达了撤退的命令。

可是后路立即被小鬼子堵住,东西两个方向的小鬼子越来越近,如果再纠缠下去,后果将不堪设想。周国才命令张林山带着铁锁和真子撤退,他来做掩护。

"老周,我来掩护,你带着他们撤。"张林山被小鬼子的子弹压得抬不起头,他朝周国才大声地喊着。

"你他妈的别磨叽,现在你得听我的,我掩护你们突围,要是地图没有了,老子饶不了你。"周国才一脚把张林山踹到了铁锁身边,他带着几个战士猛烈地朝西边的小鬼子开枪射击,试图吸引住小鬼子给张林山打开一条突围通道,只有这边小鬼子的火力稍微薄弱点。

趁着西边的小鬼子和周国才交火的间隙,张林山带着其他人从乱坟岗下面的一个淌水沟里向西南方向撤离。这个淌水沟并不深,弯下腰去还可以看见人的后背,所有人在撤离的过程中,还不时有子弹从后背上嗖嗖地飞过。他们身后的枪声越来越激烈。

"快,这边,快。"张林山指挥着大家撤退,他又当即命令几个队员进行第二道阻击掩护。

"张连长,周连长说在蟹子洼会合。"一个新四军战士火急火燎地跑过来告诉张林山。

张林山带着大伙一路向蟹子洼的方向撤退,身后的枪声越来越远,直到听不见了,所有人的心才稍微放松下来。

"也不知道老周他们怎么样了。"张林山停住了脚步,向身后望去,自言自语。

"张连长,怎么了?"铁锁问。

"没事,走吧!"

在蟹子洼洼口一个草棚里,所有人都在等待着周国才他们,时间一分一秒地过去,还不见人影。周素梅依靠着铁锁的肩膀静静地睡去,翠莲坐在草棚的门口看着前方飞过的一只鸟,她顺着鸟飞去的方向看,看见前方的天空中似乎有一团火正在燃烧。

"一定是她报的信。"

突然一声大喊惊醒了所有人,惊醒了周素梅的美梦,打破了翠莲美好的想象,只见一个国民党兵站起来,气势汹汹地指着真子说。

"一定是她用电台给小鬼子报的信,要不我们怎么会被包围?"

"你要干什么? 坐下。"张林山对这个怀疑真子的队员说。

"连长……"

"现在还没有确切的证据,等周连长回来再说。"其实这一路上,张林山的心里就一直在犯嘀咕,被小鬼子两面夹击实施包围,这不是偶然,一定是事先有计划的。他也在怀疑真子是不是用电台给小鬼子通风报信,只是还不确定。

在场所有人都把目光聚向真子,都没有说话,只是用一种奇怪的眼光看着她。真子正在摆弄着电台,被这突如其来的一幕吓了一跳,她没有争辩,静静地坐在一旁。

还是沉默着,每个人的呼吸越来越急促。

"张连长,这不是明摆着的吗?"又有一个队员站起来走到张林山面前。

"看老子怎么收拾你,小鬼子。"黑洞洞的枪口顶住了真子的脑袋。

"干什么? 我相信不是她干的。"铁锁挺身而出,用身体挡在真子面前,他相信真子是清白的。

"你想当汉奸吗?"这时,又有一个国民党兵站起来,指着铁锁问。

"谁动,我就先打死谁。"一个新四军战士举枪对着站在铁锁面前的国民党兵吼起来。

"你们都开枪啊? 怎么不开枪? 都他妈的没出息,把她先给我绑起来。"张林山慢悠悠地走过来说。

张林山一说完,翠莲和周素梅就一把把真子摁倒在地,把她的双手反绑在身后。所有人都消停了,他们在等待着周国才和队员们回来。

"不会真是你通风报信的吧?"铁锁坐在真子身边,随口问了一句。

"不是。"真子摇摇头说。

在这个小草屋里,此刻最难熬的就是时间。外面的天空又有些阴暗了,刚才还是阳光明媚,一转眼的工夫,就变了天,这天气就像人的心情一样,时好时坏。

张林山站在门口,一会走回到屋里,一会又走出去,就这样反反复复好几回,心神不宁,他是在为周国才和那些掩护的弟兄担忧。

自从他和周国才遇上之后,他真正发现,在打小鬼子这件事上,新四军是个个不含糊、个顶个的好汉,如果不是生在战时,他们一定会成为好兄弟。张林山也明白一件事,打完小鬼子呢,恐怕又是国共内战的时候,那时,再在战场遇见,周国才就会是他的敌人。这样的矛盾和现实让他很不舒服,很烦躁,他感觉这样的天气也压得让人喘不过气来。

直到天快要黑下来,周国才才带着战士们抄小路赶到蟹子洼与张林山会合。一进小草屋,他便感到气氛有些不正常,看大伙一个个憋着一肚子气。

"你总算回来了,出事了。"铁锁说。

"就你们几个?还有其他弟兄呢?"张林山一看回来的人少了,急切地问周国才。

"有四个弟兄牺牲了……"

"你们回来就好。"

"这是怎么回事?"周国才看见真子被绑起来,问张林山。

"我们怀疑这次遭到小鬼子的埋伏是她报的信。"

"放了他。"周国才对铁锁说。

"在我们撤退时,抓住了一个伪军,从他口中得知,这是小鬼子另一小股部队,他们得到情报说今天会有你们一个运输队经过牛家庄,错遇到我们。"周国才对大伙说。

"搞了半天,是这么回事。"张林山心中的疑虑也消除了。

接下来,有两件事要讨论,一是小分队的去向问题,二是是否让真子担任发报员。在这个小草屋里,由周国才和张林山组织了讨论小组。根据目前的战斗力,加上铁锁,总共只有十七人可以作战,和小鬼子的战斗力悬殊,不能正面对敌。最后周国才和张林山共同提议,小分队返回下泊山。

下泊山的小鬼子和伪军撤离时,虽然对原有的防御工事和碉堡进行了破坏,但也是很好的隐蔽点,西村当然想不到这两支中国的小分队又回到了下泊山。

但对于是否让真子担任发报员一事基本上大部分人都是反对的,就一个原因,她是敌人的女儿。可小分队里除了她,没有任何一个人会使用电台,如果不让她临时担任发报员,就没有办法与上级取得联系。周国才和张林山在达成一致意见后,决定暂时由真子负责发报,张林山把密码本交到真子手里。

"我们这些人的命都交给你了,尽快与我们的上级取得联系。"张林山对真子说。

真子接过密码本的那一刻,她的双手感到微微的颤抖,她突然觉得自己要好好地活着,好好地为身边这些人活着。

第二十七章

经过和对手的这两次交战,西村基本可以肯定在这一带活动的是两支不同的中国小分队,而且真子也在他们的手上,这让西村的心绷得紧紧的。

他深感他的对手是多么可怕和狡猾。他加强了双重警戒,生怕遭到中国兵的突袭。

在来黄姑闸之前,西村特地研究过这里的地形,本以为他很了解这里,现在才发现,当初所做的研究还远远不够。虽然对战区地形做了了解,但他还不能够全面了解中国人。他已经预感到,依靠武器是不可能战胜中国人的。这让西村的心里多了一份担忧,但他依然为了效忠天皇和挽救真子紧跟在中国兵后面,他想亲手消灭掉这支中国小分队。

有一件事西村一直隐藏在心底,当初埋藏毒气弹的七人小组失踪前,并没有把确切的位置告诉他,他只有一张大概方位的地图,仅凭这一张地图也很难找到埋藏毒气弹的具体位置,所以,早日救回真子,他才有更多的时间找到埋藏在下泊山的毒气弹。

　　西村向小分队下达了继续跟踪中国兵的命令,他得到前方侦察兵传来的消息,中国小分队已经向下泊山转移。西村紧急命令小分队跟随其后,他以为中国兵找到了埋藏毒气弹的具体位置。

　　西村刚到蟹子洼上面的山口时,前面的中国小分队突然没有了踪影,他不敢贸然行动,防止中了埋伏,命令小分队隐蔽在山口旁边的竹林中。

　　"你们两个,换上中国老百姓的衣服,前去侦察。"西村对小林青木和元山一郎说。

　　小林青木和元山一郎打扮成普通的采药山民从竹林中间的小道向幸福村的方向走去,在距离幸福村几百米的一个山体后面,他们看见前面隐蔽着四个穿着军装的中国兵,这就是他们要找的人。

　　"看看再说。"小林青木趴在一块大石头后面。

　　"要是这些中国兵发现我们,我们会不会没命?"元山一郎有些担心地说。

　　"小心点。"

　　"小林,我想我妈妈。上个月收到妈妈从家乡寄来的信,等我回去了就让我见一个姑娘。"

　　"要是能早点回去就好了。"

　　"我感觉出来你喜欢真子。"元山一郎笑着说。

　　小林青木没有说话,只是微微地笑了笑,然后继续盯着眼前的中国兵。自从那次和真子分别后,他已经感觉真子的离去似乎已将他的心也带走了,常常不能让自己安宁下来。上回在和中国兵交战时,中国兵的手榴弹眼看就要落在他的身边,他的脑子里却还是真子美丽的笑容,幸亏元山一郎及时推开了他,他才捡回这条命。

可最近他和队里其他的士兵一样有情绪,很烦躁,他后悔当初参军来中国作战,离开家乡登上运兵船的那一天,在码头上的广播里不断播放着天皇的声音,广播里说帝国的士兵去中国战场将会受到帝国军官的爱戴和关心。现在事实证明,那些都是骗人的话。最让小林青木绝望的是,西村根本没有把这些士兵当人看,竟然还亲手杀死了一个受伤的同胞。小林青木对帝国的军官和天皇说的话有些失望,他担心自己会死在这里。他发现自己这几日神志有时候不是很清醒,很多时候都会从噩梦中惊醒。

"小林,小林。"看着小林青木在发呆,元山一郎轻声地喊他。

"我没事,回去向少佐报告。"

元山一郎看出了小林内心的那份焦虑和不安,他没有再问什么,他不想刺到小林内心的痛处。他跟在小林的身后,沿着原路返回。

据小林青木报告,中国兵就在前面,西村立即集合小分队向前秘密前进,在刚才小林青木蹲守的那个地方,四个中国兵依然一动不动隐蔽在那里,西村命令抓活的。

西村的小分队快要靠近的时候,才发现前面四个中国兵只不过是穿着军装的草人,原来是中国兵的诱饵,西村才知道上当了,他正慌忙向后撤退时,身边瞬间响起了爆炸声。

"撤退,巴嘎。"西村气急败坏地喊着。

这一次失利让西村十分恼火,主要原因是小林青木和元山一郎的侦察情报有误,才导致差一点进入了中国兵的圈套,还白白地被炸死了几名士兵。在全队面前,小林青木和元山一郎就像罪人一样,低着头接受着西村的责骂。

西村的情绪极度反常,他暴跳如雷,甚至还要小林青木和远山一郎用剖腹自杀来给刚刚被炸死的几名士兵赔罪,这让全队的队员感到非常不可思议,非常愤怒。作为一个指挥官,应该懂得战场上的情况瞬息万变,情况错综复杂,西村之所以这样做,是因为一直没能救回真子。

小分队作暂时休整,不能再贸然前进,这中国兵诡计多端,一定在前面设下了圈套,西村想等天色暗点时再去摸摸情况,他让所有的士兵随时待命。

在等待中,所有人都沉默着,西村一个人坐在旁边的一棵大树旁,他从口袋里掏出一块洁白的布擦着枪,他要用这支枪亲手杀死炸死惠子的中国兵,还有他的对手周国才和张林山。

自从他得知自己的对手叫周国才和张林山后,他就好好地研究过这两个人,虽然他们只是连长,却不是等闲之辈。他怎么也想不到在中国,共产党和国民党还能联手作战。也许,这样的事情会给日本在中国建立共荣共和带来很大的麻烦。

西村总是对自己说,惠子的死和真子的失踪都与这两个人有关系,只有亲手杀死这两个人才能为惠子报仇。西村一边擦枪,一边在想着下一步的行动计划。

小林青木和元山一郎坐在离西村较远的土坡后面,他们不再靠近西村,觉得这个人的内心比较阴险和毒辣,这种毒辣甚至都包括不放过自己的同胞,还是远离他比较安全。

"在写什么?"元山一郎问。

"写日记。"小林青木轻描淡写地说。

"这个习惯真好,我就不能坚持。"

"要是能活着回家,这个日记本将来给我的孩子。"

小林青木说完,继续在日记本中写道:

> 又有消息传来,很多同胞都为国捐躯了,他们的骨灰正在船上被运回国内。也有很多的战友却被抛尸在荒野之外,他们的魂魄将永远流浪在异国他乡。所有人都在紧张地待命,很快又要出发了,不知道下一刻将会发生怎样的战争,不知道下一刻中国兵的子弹会不会击中我的胸膛,一切都在痛苦中煎熬着。

"集合。"西村站起来,向全队下达着命令,"准备出发,检查装备。"

所有人都站好队,检查着各自的武器装备,在西村的命令下,小分队再一次向幸福村的方向前进。

西村小分队的行踪,早已被铁锁和小梁掌握得一清二楚,刚才四个草人和炸弹都是他俩精心为西村准备的,看着小鬼子吓得像老鼠一样向后逃窜,真叫人兴奋。

"铁锁哥,小鬼子又行动了。"

"这帮小鬼子,早晚送你们回老家。"

铁锁和小梁隐蔽在半山腰上,他们一路监视着小鬼子的行踪。

"走,找周连长去。"铁锁带着小梁向一条小路走去。

"周连长,来了。"铁锁急促地向周国才汇报。

"老张,你的人准备好了吗?打他个措手不及,我们就赶紧撤。"周国才瞄着下面即将走进圈套的小鬼子。

"放心吧!"

"铁锁,真子的安全就交给你了。"张林山又转过头对铁锁说。

"没问题。"

小鬼子越来越近,周国才和张林山各自带一部分人分别隐蔽在两个制高点,这里是打伏击的好地方。如果不是依靠这个有利地形,目前的情况是不宜和小鬼子正面交火的。

"全体都有,听我命令,手榴弹招呼。"周国才一挥手,瞬间,手榴弹像雨点一样朝小鬼子飞过去。一时间,山中的爆炸声就像鞭炮一样噼里啪啦齐声响起。

西村没料到又遭到中国兵的伏击,气得哇哇直叫,看着士兵们像没头的苍蝇一样在乱窜,他紧急下达了还击的命令。西村看着又有几个士兵被手榴弹炸得面目全非,死的死,伤的伤,只能不停地说"巴嘎"。

手榴弹的响声之后,中国兵没有了动静,西村断定中国兵人数不多,可能正在逃跑,他命令全体士兵全力追击。

在追击的过程中,小林青木和元山一郎负责后卫,他们意外地发现有一个女人怀里抱着一个孩子正躲在一个石崖下面,他们悄悄地摸过去,各自拿枪指向了这个女人和孩子。

"是个女人和孩子。"小林青木说。

"还是个婴儿。"元山一郎补充了一句。

这个女人吓得全身发抖,她蜷缩在石崖下面,紧紧地抱着她的孩子,面如白纸。面对这两个小鬼子,面对这两支黑洞洞的枪口,这个女人的眼睛直直地望着小林青木。

这个女人的眼睛看得小林青木的心里直发慌,尤其是他的枪口正在对准一个婴儿的时候，他的双手突然在颤抖。他瞬间感受到，这个女人的眼神比他的枪更有杀伤力，又似乎内含一种母爱的温暖，正在融化他这颗野兽般的心。

"还是个婴儿。"小林青木又说。

"是的，小林君，我的手在发抖。"元山一郎的双脚很不自在地向后面退了一步，他看了看小林青木。

"中国人，你们走。"小林青木端着枪很小心地看了看周围，然后，对他眼前的女人说。

"我很讨厌手里的这支枪。"在追赶小分队的途中，小林青木对元山一郎说。

面对小鬼子如此疯狂的追击，周国才和张林山商议，不能和小鬼子硬拼，目前最主要的任务还是尽快和上级取得联系。可是一连给上级发去了三封电报都没有得到回复，一定是上级还没有确认这三封电报的真伪。

"老张，你们的上级到底靠不靠谱？"周国才着急地问。

"一定是上级还不能确定电报的真伪，我了解他们的做事风格。"张林山无奈地说。

"我们的人回来了，也没有找到大部队，听说向东北方向转移了。"周国才说。

"那现在怎么办？"

"怎么办？只能等。咱们可得小心点，西村那孙子就在附近。"

此时，天色快要暗下来，山中的空气略有一些凉意，周围又异常安静。铁锁和周素梅坐在真子身边，看着电台，一切都是在等待中。

翠莲给大伙分发了一些食物，铁锁把仅有的两块干面饼分别给了周素梅和真子,他没有食欲。这几天下来,看着小分队里失去的一个个年轻的生命,他又想到了曾经和自己一起给新四军送弹药的途中被小鬼子炸死的两个村民,那也是年轻的、鲜活的生命啊! 在他的身边一转眼就不见了,这是多么可怕的事情。有很多次,铁锁都在孤独的夜里自我反省,他觉得对不起父老乡亲,没能保证他们的安全。铁锁的脑子里又闪出一个念头,村里的自卫队还得重新组建起来,要和周连长一起打鬼子,要为死去的同胞报仇。

　　由于目前的战斗力有些薄弱,小分队里又有重要的保护对象,保存实力是最主要的任务。周国才命令小分队所有人原地待命,不得擅自离队。张林山将所有的子弹和手榴弹集中清点后,重新分发到每个人手中,这意味着每个人的子弹和手榴弹都是有限的。在这样的条件下,如果西村再次趁机追击,全队的危险性会非常大,所以,全队人只有一个期望,就是能够尽快与上级取得联系。

　　不光是弹药所剩无几,吃的东西也已经没有了,有好几个战士一天没有进食了,体能消耗很大。山中这一片区域已经找不到任何可以吃的东西,山下附近的村庄也被小鬼子一扫而光。铁锁决定,趁着天色还没有黑下来,他要下山去寻找食物。

　　根据侦察员传来的消息,西村的小分队已经增兵了,驻扎在下泊山北边的山沟里,随时都有可能向这边发起攻击。为了避开小鬼子,铁锁打算摸着一条小路从西南方向翻过前面的山头,然后再下山去那边一个村子。

　　据说那个村子没有去过小鬼子,是因为那个村子只有六户人家,其中一家的男人是小鬼子的翻译,另外三家都有人在伪军中谋差事,还有两个是伪军的亲戚,那里有铁锁的熟人。

铁锁这次下山没有带枪,即使遇到小鬼子或伪军,他也只是个普通的老百姓,这样比带枪更安全。翻过前面的山头,再下山到那个村子,至少要一个小时。铁锁来不及多想,安顿好真子后,即刻出发了。

一路上很安静,没有遇到任何人,看来这条路平常普通老百姓是不常走的。铁锁背着一个布袋,加快了步伐。

铁锁走进村子时,天已经黑了下来,他很小心地顺着村边的一条小河沟摸过去,到一个院墙边,见四下无人,他迅速爬上墙头翻进去,来到窗户边小声地喊着。

"二胖子,二胖子。"喊了两声见无人应着,铁锁慢慢地推开门。

"别动,动就打死你,老实点。"两个黑影从门后面闪出来,两支黑洞洞的枪口顶住了铁锁的腰。

"什么人?"一个粗壮的男人问铁锁。

"别开枪,我是这家的亲戚。"铁锁举起来双手,小心地回答。

"过去,别和老子耍花样。"有一个声音说。

屋里黑漆漆的,没有一点光,看不清拿枪人的脸,又是一阵安静。铁锁被推到一堵墙边,立刻有人过来将他的双手绑住,还有一双手开始搜他的全身。

"排长,就他一个人,没人跟着。"门口一个人小声地说。

铁锁一听这人的口音不像是本地人,叫"排长"说明也不是土匪,那应该是当兵的。铁锁注意着身边的动静,他没有说话,这个时候,稍微一不小心就会丢掉性命。

屋里又恢复了死一样的安静,没有一点动静,窗外没有月光。这个夜晚,黑暗笼罩着整个大地,让人觉得有些可怕。这种安静有些诡异。好久没有人说话,铁锁坐在地上,感觉有一支冰冷的枪顶住他的腰,一个黑影就在他的身边,可以听到对方粗重的呼吸声。

这时,有脚步声在屋里响起,接着,油灯被点燃了,屋里顿时亮堂起来。铁锁这才发现,这间小小的屋内,靠墙四周的地上坐着十来个国民党兵,门口的两个兵拿着枪不时从门缝里朝外面瞅,看样子他们是从前线逃出来的溃兵。

铁锁一动不动、老老实实地坐在地上,等待着合适的时机再想办法逃出去。

那个被称为排长的似乎很不安,在屋里不停地来回走动,又走到窗户边朝外面看了看,然后回头对一个兵说:

"丁保,我们得离开这儿。"

"大哥,这小子咋办?"

"累赘,刀把儿上的。"

这时,叫丁保的兵从小腿的绑带上抽出一把雪亮的尖刀在铁锁的眼前晃了晃,又从他的脸部轻轻地向下划去,直到下巴,再到胸口,刀尖在铁锁的胸部慢慢地向身体上使劲。铁锁咬着牙瞪着这个满脸疙瘩的丁保,他强忍着刀尖接近肉体的痛苦。

突然,门被撞开,一个兵从外面急匆匆地进来。

"大哥……不好了,有人来了……"

"慌什么? 多少人?"

"太黑,没看清。"

屋里立即紧张起来,所有人拿起枪憋着气,大气不敢出,灯也被灭了,屋里又一次恢复了平静。铁锁不知道发生了什么事,往墙角挪了挪身子,身旁一个兵立即用手摁住了他的肩膀,他的腰间又被那个兵的枪口紧紧抵住。

"排长,来了,就两个人。"

"你们几个,出去,抓活的。"

门被轻轻地打开一道缝,有几个兵蹑手蹑脚地走出去,不到几分钟,他们又回来了。

"绑起来。"排长小声地说。

"排长,他们身上有家伙。"黑暗中,一个兵说。

油灯再一次亮起来,有几个兵手忙脚乱地绑着刚抓的人。铁锁这才发现,被带进来的人是周国才和梁子。铁锁想起来了,他临下山时,告诉过周国才他要来这里,一定是周国才见他迟迟没有回去,找到这里来了,没想到,碰到这帮正在逃窜的国民党兵。

原来是铁锁走后,周国才等人一直在等着铁锁回去,按照往返的时间来说,正常情况下铁锁应该早就回去了,可迟迟不见他的影子,小分队又要准备转移,周国才担心铁锁会遇到意外,就带着梁子一路追赶过来。

一进入这个村子,周国才就发现情况有异常,原本他以为是村里有小鬼子来过,本来打算再摸摸情况,可刚走到这里,就被几个国民党兵抓住了。周国才转念一想,被国民党兵抓住倒还好,应该不会有什么大危险;要是被小鬼子抓住,想回去可就难了。进入了这间屋子,周国才知道,铁锁果真出事了。

周国才仔细打量着这些国民党兵,他们衣衫不整,满身臭味,个个都是一副焦急不安的神态,身上的子弹袋里都是空空的,看样子枪膛里也没有几发子弹。这样的情况让周国才基本可以判定,这些国民党兵就是刚从部队里逃出来的,他向梁子和铁锁使了一个眼色,然后眯着眼睛靠着梁子坐在地上,同样,他的左边有一个兵拿着枪抵住他的腰。

时间在一分一秒地过去,油灯再一次被吹灭,屋里的空气越来越紧张,黑暗也似乎在无限期地蔓延着,不知道黎明何时才会到来,屋里的所有人都在等待,周国才在等待着一个脱离危险的机会,这些国民党兵在等待着一条活着的出路。没过多久,屋内不再安静。有几个兵沉不住气了,骚动起来。

"慌什么?老子正在想办法。"又是那个排长的声音。

"排长,散了算了,反正兄弟们逃出来就是为了活命,这样熬下去,会死人的。"一个兵在黑暗中发起了牢骚。

"你他妈的别扰乱军心,老子还想去杀小鬼子呢!"

刚才的那个兵不再说话了,屋里又是死一样的沉默,只听到所有人的呼吸声。

这样的简短对话让周国才听出来了,这些逃兵里的这个排长还是个有骨气的汉子,那么这些兵也不会坏到哪里去,只是他们现在没有一条出路,才如此不安和散乱。这样一想,周国才的心里有底了,他的脸在黑暗中露出人们不会察觉的一丝微笑。

"排长。"

"又他妈的谁在喊?"那个排长有些不耐烦,压低了嗓子在问。

"我是新四军七师独立团的,你们是哪部分的?"周国才问。

刚才说话的排长突然没声了,接着,油灯被点亮了,那个排长拿着油灯走近了周国才、梁子和铁锁,在他们面前照了照,眼睛里发射出一种恶狠狠的光。

"刚才是谁在说话?"他问。

"是我。"周国才说。

"你们仨是一伙的吧?"

"刚才我听出来了,你是这里的排长,也是有血性的中国人。我给你们指一条路,有种的话,就跟着我打小鬼子。"

"死到临头了,还敢在爷面前逞英雄,我看你们就不是什么好人。"

这个排长话音刚落,周国才突然伸手夺下他手里的手枪顶住他的脑袋,这个意外让屋里所有的国民党兵都慌张起来,他们都举起枪对准周国才、梁子和铁锁,也有几个兵举着枪往后边退了退。

"好汉,别冲动,有话慢慢说,这附近有小鬼子,一开枪,咱们都得完蛋。"

原来周国才和梁子是背对背坐着的,趁着黑暗,梁子身后的手解开了周国才手腕上的绳子。这时,见周国才控制了这个排长,梁子和铁锁也解开了绳子,他们一拳把身边拿枪的国民党兵击倒,然后拿起了枪。

这些国民党兵都乱了阵脚,被这突如其来的变故击碎了心理防线,都在恐慌之中等待着这个排长的指令。周国才觉得时机成熟,他命令梁子和铁锁把枪还给刚才的兵,他也把枪还给了这个排长,然后对所有人说:

"我周国才从来不愿意中国人打中国人,我们都是兄弟,都有老小。我们的敌人是谁? 是小鬼子,有种的就跟着我打小鬼。想回家的,我也不勉强。"

见这三个人都把枪还给了他们,赤手空拳地站在他们面前,看来是不怕死的主,有几个国民党兵动摇了,在小声地议论着。经过周国才这么一说,又还了枪,这个排长已经看出来了,这三个人不是等闲之辈。他让手下放下了枪,又仔细打量着这三个人,有些怀疑地问:

"你们,真是新四军?"

"这还能骗你们?我们这次来,就是为了搞点吃的,我们在下泊山和西村周旋,就想彻底消灭这帮小鬼子,帮我们的兄弟姐妹报仇。"周国才说。

"是的,我们都是中国人,难道还让小鬼子在我们的土地上横行霸道吗?"铁锁也激动地说。

"不让,不让。"有几个国民党兵不自觉地跟着说。

"我们是一七六师的。前些日子,攻占关河新四军第七师根据地时,我们几个就是不想中国人打中国人,才一起逃出来的。我是排长肖大栓,这是麻脸和山鸡。"

"原来是桂军,我们是七师独立团的,我是连长周国才,这是梁子和铁锁。"

"兄弟们,我们跟着周连长一起打小鬼子。"肖大栓转身对这些国民党兵说,"把小鬼子赶出中国,打小鬼子。"

就这样,一个有惊无险的意外让周国才也白白地捡了一个大便宜,趁着天还没有亮,由铁锁带队,一行人朝下泊山走去。

肖大栓向周国才、铁锁所说的事件发生在七月二十五日。当时,国民党桂军第一七六师进占皖中白湖以东魏家坝、关河新四军第七师根据地,肖大栓所在的连队于二十五日凌晨开始领命到达关河南部埋伏,做好一切进攻的准备,为大部队的进攻做好接应准备。

肖大栓是二排排长,在连队里有十来个出生入死的兄弟,他天生具有一副疾恶如仇的秉性。当得知大部队开始谋划要和新四军作战时,他就和弟兄们密谋,要逃出来拉杆子和小鬼子干,中国人打中国人,他肖大栓不干这个事。

二十五日凌晨,连队先前到达关河外围埋伏,肖大栓主动请示对附近的情况做侦察。在执行任务途中,他和事先计划好的十来个弟兄一起向南跑,就跑到了这个村里。进村后才发现,这里已经空无一人,连吃的东西都找不到。

肖大栓本想着在这个村子里过上一晚,然后找个山头立杆为王,再召集一些人马壮大队伍,真刀真枪地和小鬼子干一场,没想到,遇到了新四军的人。肖大栓心想,只要打小鬼子,管他是不是新四军。

第二十九章

铁锁一直没有回来,周国才也带着梁子下山去寻找铁锁了,依然杳无音讯。在这样的夜色里,人稍微动一动身子,都会发出身体与枝草摩擦的响声,这响声让人不觉地汗毛竖起。所有人都在焦急中等待着。

在这难熬的时刻,真子的心里莫名多了一份担心,她觉得这种感觉很奇怪,又说不清楚。她几次向张林山和翠莲打听铁锁的情况,都是一无所获,这种异常的举动让翠莲似乎觉察到什么。

"放心吧!铁锁命大,死不了。"翠莲对真子安慰地说。

"不知道周连长有没有找到他。"真子坐在翠莲身边,担心地问。

翠莲轻轻地握住真子的手,第一次传达出她对真子的一种同情和友善之情,她又对真子说:

"今年春节那会儿,你们日本兵在我们巢无地区的大扫荡被粉碎后,我军军工厂从一个叫李家山洼的地方连人带设备全部搬到了无为县东乡。由于军工厂人员和设备很多,还有很多造炮的钢管和钢材,为了一路上不出什么意外,我们群众自发组织了一支特别支前队参加护送任务。在转移的途中,我们遇到了一大批日本兵的围剿,当时死了很多人,铁锁在保护军工厂的设备时,不幸胸口中了两枪,你猜结果怎么样?他都没死,你说他命大不大?"

翠莲的一番话让真子的心情很沉重,此刻她相信了命是上天安排的,上天让谁死谁就必须死,上天让谁活着谁就会命不该绝。也许,上天就是不想让铁锁死。

那自己的命呢?又该是怎样的呢?真子陷入了沉思。

真子怎么也没有想到,她此次和母亲来中国见父亲,却和这帮中国人走到了一起,竟然还和他们一起走在行军打仗的路上。难道这也是上天的安排吗?真子想了一会,依然觉得很烦躁,只好继续和中国兵的上级联系,可连续发出几次信号,都是石沉大海。

一只夜鸟从头顶的树梢突然飞起,翅膀扑打树枝的声音在夜空里发出巨大的声响,划破了夜空带有恐怖的宁静。夜鸟发出一声哀痛的长叫,似乎在预警着黎明到来之前的危险。

天应该很快就要亮了,天亮之后的前方又会是怎样一条路?所有人都无法预测。

"什么?到底看清楚没有?"

"张连长,天黑,只看见人不少,看不清是什么人。"

根据一个队员的前方侦察,情况比较紧急,有一队人马朝这边过来。张林山安排两个人在原地负责真子、翠莲和周素梅的安全,他带着其他人隐蔽在小路两边的草丛中,做好战斗准备。前方的黑影越来越近,走走停停,看不清具体是什么人。正在这时,前方有暗号传来,张林山这才知道原来是周国才和铁锁回来了,他带着其他人赶紧出来迎接。

"再不回来,我们都得找你们去了。"一见面,张林山就对周国才说。

"这不是安全回来了嘛! 和上级联系上了吗?"周国才急切地问。

"还没有消息,估计原来的密码失效了。"

"这次虽然没有弄到吃的,但收获不小,你看看。"周国才指着身后的十几个国民党兵,笑呵呵地对张林山说。

"老肖?"张林山走到周国才的身后,凑近一看,果真是肖大栓。

"张连长,巧了,是你们?"肖大栓也看清了站在他眼前的是张林山,他激动地说。

"搞了半天,你们认识?"周国才有些莫名其妙。

"都是一七六师五二八团的,这下好了,我们的力量又强大了。"张林山兴奋地说。

这无疑是一件让所有人都高兴的事,小分队里突然增加了十几条枪,这下子又可以和西村好好干一场了。在临时驻地,周国才、张林山、铁锁、肖大栓等几个人坐在一起,商量着下一步的计划。

铁锁的平安回来,让真子整个人一下子精神了很多。她的视线朝那边望去,不知道他们几个人在谈论些什么。只要再一次见到这个熟悉的中国男人的背影,她的心里就快乐起来。昏暗的夜色里,她的脸上露出了只有她自己才知道的一种让人快乐的笑容。她相信了翠莲说的话——铁锁命大。

小分队正在紧张地集合,周国才下达了向西转移的命令,要在天亮之前到达下泊山西边的鹰嘴沟,那里隐蔽性比较好,小分队又能作暂时的休整,周国才和张林山在前面带路。

"翠莲姐姐说你命大，我信了。"真子一边前进，一边对铁锁说。

"你以为我回不来？"铁锁笑了笑说。

"我们家铁锁哥就是命大，枪子遇见他都要拐着弯走。"周素梅在一旁赶紧接上话，还故意把"我们家铁锁哥"这几个字说得很重。

"我告诉你们，我有个经验。打仗的时候，可不能怕死，越怕死就会死得快，不想死就要动脑子。小鬼子的大炮打出一枚炮弹后，炮座就会因为惯性在原来的地方稍微移动了一点，一般同一门大炮不会把两枚炮弹打到同一个弹坑，所以，小鬼子的炮弹落下后，你就跳进这个弹坑，就可以避免被打中。"

"还是我们家铁锁哥厉害，这就是战斗经验，你要听好了。"周素梅在真子面前炫耀着。

真子不再说话，她很喜欢听这个中国男人说话，一路走着，她在心里唱着家乡的《樱花》。

真子走在铁锁的前面，看着身后周素梅和铁锁一路说着悄悄话，她很羡慕这两个人，虽然她不懂得这是一种什么样的感觉，但一定是世上最美好的。真子曾听母亲说过有一种感觉就是爱情，也许就是像周素梅和铁锁这样的，她突然很希望自己快些长大，她要尝试一下爱情的感觉到底是怎样的，她不想整日里在硝烟中呼吸。

正当她胡思乱想的时候，有两个国民党兵放慢了脚步，和她并肩走着，还有一句没一句地和她搭话。对于这两个中国兵，真子不熟悉，她只管跟着队伍向前走，没有任何回应。

这两个国民党兵就是肖大栓手下的麻脸和木头，他俩一边走着一边窃窃私语，很神秘，还总想往真子身边靠近。真子觉得有些异常，她很讨厌这两个中国兵，便有意躲避着他们，她稍微放慢了脚步,和铁锁同行。

　　小分队到达鹰嘴沟时,天边刚露出一天之中第一轮曙光。周国才命令所有人原地休息,张林山带着肖大栓和梁子去周边布置警戒,翠莲和周素梅也忙着给大伙找点吃的,这是这几日以来难得放松的时光。真子也习惯了和这些中国人在一起生活的方式,她坐在一块高高的平地上,看着远处天空的颜色逐渐由灰暗变得通红,再由通红渐渐变成锅底灰的颜色,就像这几日她的心情一样,从恐惧到焦虑不安,再到绝望,现在是万里晴空。

　　"铁锁。"真子向旁边躺着的铁锁招手。

　　"找我啊?"铁锁爬起来,来到真子面前。

　　真子也没有说话,起身拉着铁锁的手就往一处林子走去。在一片一人多高的杂草丛中,真子见四周无人,她便要铁锁转过身去,铁锁这才懂得真子的意思,她要解手。

　　此时铁锁的心跳得厉害,要是被其他人发现,他有一百张嘴也说不清楚,要是让周素梅看见,他这辈子也就完了。铁锁往前走几步,尽量与真子离得远点。

　　"能不能快点? 你们日本人撒泡尿还要半天啊?"铁锁开玩笑地问着。

　　又过了一会,见还没有任何反应,铁锁又喊了真子几声,这时听见身后有一些异样的声响,他心里一惊。当他转过身时,看见麻脸和湖北佬木头正拿着枪对着真子。

　　"你们要干什么? 想造反?"铁锁举起枪指着麻脸和木头,一边厉声地问,一边向真子走去。

　　"别过来,她是小鬼子,就得杀。"麻脸一双凶恶的眼神直逼向真子。

"放下枪！要不然，你们谁也别想活着离开这里。"铁锁淡定地说。

"你走，别管我。"真子一边挣扎，一对铁锁说。

"铁锁，你也是条汉子，我们也是堂堂正正的中国人，杀小鬼为家人报仇，天经地义。"木头操着一口湖北话说。

"放下枪。"铁锁一字一字地说出这三个字，他的手指轻轻地扣住扳机，他在寻找时机解救真子。

这时麻脸和木头用真子的身体做掩护，把子弹推上了枪膛，威胁铁锁放下手中的枪，再后退五步。铁锁看着近乎失去理智的麻脸，他怕麻脸的枪会走火伤害真子，只好小心翼翼地把枪放下，再向身后退了五步。这时，木头走过来，拿着枪绕到铁锁的身后，突然用枪托狠狠地击打着铁锁的头部，铁锁晕了过去。

真子看到铁锁被一个中国兵袭击晕倒，不顾生命危险拼命地挣扎，麻脸担心会被其他人发现，他一只手捂住真子的嘴一边往林子里拖，还让木头赶快处理掉铁锁。木头看了看疯狂挣扎的真子，那一双漂亮却又像把利剑的眼睛正看着他，看得他有些心虚。面对这个新四军的人，他手里举着的尖刀停在了半空中，他犹豫了，他下不了手去杀死一个正在抗日的同胞。

"快点，被发现了，你我都得死。"麻脸喊着。

"麻脸哥，好像有人来了。"

"谁？"

麻脸和木头还没有反应过来，周国才和张林山带着几个人就出现在他们面前，肖大栓直奔到麻脸跟前，给他肚子就是狠狠的一脚，这一脚让麻脸疼得直不起腰。

"都不要命了？这个时候还搞窝里斗?"张林山气愤地说。

"铁锁,你醒醒。"真子本来以为这次活不了了,没想到关键时刻有人来救她,她忍着刚才被那个中国兵勒住脖子的疼痛,来到铁锁身边,轻声喊着他。

铁锁冷不丁被木头的枪托袭击,感到眼冒金星,站立不住倒了下去,他觉得好像有人在他身后重重地推了他一把。他倒地的时候,头朝下,直接埋进了杂草里。接着,他模模糊糊地看到眼前都是水,发现自己躺在江中心的一条竹筏上,竹筏一直从油坊嘴漂到了无为白茆洲,他又在模糊中看见前面不远处有一条小船向这边划来,小船上坐满了人,有一个人在向他招手,招手的人好像是他父亲。那条小船越来越近,靠近了铁锁的身边,铁锁努力地将自己的眼睛睁开,他这才清醒了,在他身边的有真子、周素梅、周国才、张林山等人。

"刚才看到了我的父亲。"铁锁自言自语地说。

"吓死我了,还以为你醒不过来了,醒来就好。"周素梅泪一把鼻涕一把的,看着铁锁醒来,她破涕为笑,把铁锁的头紧紧地抱在她的怀里。

麻脸和木头被肖大栓绑在大树上,肖大栓说要执行军纪,他拿着枪对准麻脸的大腿,还大声地对麻脸和木头说,今天他们得罪了新四军,与其被新四军记恨在心,还不如由自己来给他们一个痛快。肖大栓其实都是做给铁锁和周国才看的,明白人都看出来了,周国才和张林山当然也知道肖大栓这葫芦里装的是什么药。张林山站在一旁观察着铁锁和周国才的反应,如果周国才再不说话,这事就不好收场了。

"周连长,算了吧!他们也是痛恨小鬼子,才一时冲动。"铁锁在替麻脸和木头求情。

周国才没有理会铁锁说的话,坐在一旁只管擦枪。

"周连长,你咋不说话呢? 到底要咋样嘛!"肖大栓忍不住了,急得提高了嗓门问周国才。

"好,那我就和你们说说。"周国才站起来,走到大伙中间,把枪往腰间一插,又拍拍屁股上粘住的乱草。

"一九四〇年三月那会,我想这个日子你们都还记得吧? 那时,我们刚刚成立的新四军江北游击纵队独立大队三连才四十多人,我记得当时的连长是高潮选同志。这支连队当时主要活动在老洲头、六百丈、徽河、青山、水圩一带。不久,就以陈瑶湖内许家排、王家排为基地,在陈瑶湖周围开展游击战。由于当时处于非常时期,这支连队人又少,我奉命临时带一个排前去支援。

"但是湖区周围日伪和你们国民党军的势力相当强大,前面长江是小鬼子的主要交通线,小鬼子在土桥、大通镇、老洲湾、汤家沟等地设立大小据点十多个,经常出来清乡、骚扰。你们一七六师就驻在桐城、庐江一带,不到长江边上打鬼子,而是经常出动对我们搞突然袭击,我想那时你们也都在吧?"周国才看了看这些国民党兵,又继续说,"你们再看看我们这些同志的脸,你们都要记住他们,他们哪一个没有中过你们的子弹? 但是,我们这些同志为什么依然会包容你们、接受你们,因为今天,我们要抗日,要为我们的同胞打小鬼子,而不是整天想着内讧。"

周国才的这一番话真正说到了每个人的心坎上,他走到麻脸和木头的身后,给他们解开了绳子。

　　一场风波终于平息了,但为了不再出什么意外,铁锁和周素梅形影不离地跟在真子身边。现在小分队里国民党兵成分比较复杂,铁锁担心再出什么乱子。因为,他对国民党兵其实没什么好印象。

　　真子也从刚才的惊吓中慢慢地平静下来,她继续按照张林山给她的指令给上级发报。

第三十章

天上出太阳了,阳光有些温暖,在这秋凉的空气里散发着一丝诱人的味道,但这是让人多么紧张的一天。小分队所有人都在这个秘密据点待命,西村收到电报,山本联队长要在午后秘密到达下泊山,具体有什么任务或指令,电报里没有明确说明,这让西村的心里忐忑不安。

西村深知山本的厉害。在一一六师团没有人不知道山本的背景和他有着光环的历程,他也是受到天皇特殊接见的一位帝国军官。

山本和满洲事变的主要策划者石原莞尔都是日本陆军士官学校一九〇九届的毕业生。山本在进入陆军士官学校前曾和石原莞尔一起在朝鲜服役过一段时间。他以全班第三的成绩毕业于陆军士官学校,只不过,全班成绩第二的石原莞尔成为满洲事变的主要策划者,而山本只是一个普通的陆军军官。随后,他在中国服役了大半年,又去德国待了三年。在德国期间,他主要秘密从事毒气弹研究工作。一九二五年夏天,山本回到了日本,并以一名少校的身份在士官学校主讲战争史。

　　作为一名堂吉诃德式的试图打破因循守旧传统的思想家，山本在他的授课中对未来进行了一番具有"圣经启示录"意味的描述。学习的过程是很简单的，他解释道，战争比以往任何时候都更加充满了血腥，规模也更大。那些致命的毒气和不可战胜的坦克的发明，意味着未来的战争将会把所有人都卷入恐怖的旋涡，不管是平民还是士兵，成人还是儿童。山本使用德国军界很流行的观念来警告人们，如果下一场战争到来的话，它将是一场全面的战争，它的破坏程度将会超出人们的想象，一个国家只有具备了全面动员它的物资、人员和精神资源的能力，才有希望在这场大浩劫中生存下来。

　　山本所有的这些经历、荣誉和思想观念几乎征服了一一六师团所有的官兵。当然，西村也把山本视为自己的偶像，他也很想成为山本那样有成就的军官，他也想有一天能够受到天皇的接见。

　　西村进入中国前，经常能够听到天皇在广播里赞扬一一六师团在中国战场立下的功劳，还特别提起过山本联队长。当时，西村就对自己说，如果参军，就要进入像一一六师团这样的部队。后来，西村果然如愿参了军，也如愿进入了一一六师团。从长崎登上运兵船那天起，他就暗暗给自己立下一个志愿，要用自己手中的武器控制中国的土地和中国人。

　　可一想到山本联队长很快要秘密来黄姑闸，西村的心里就不安得很。他了解山本联队长对部下的严格要求，他是容不得下属出半点差错，尤其是在和中国军队作战这件事上。

　　趁着现在还有时间，西村召集了小分队所有人开了个临时会议，他对所有人的精神状态和战斗意志进行了一番思想教育，然后他又命令小林青木和元山一郎去捉了两只兔子炖了一大锅兔子汤犒劳大家,这也是他和士兵们拉进关系的一种方式。因为,近期西村也感觉到,有些士兵和他疏远了很多。

"在写什么?"西村用一个罐头盒子装些兔子汤给小林青木端过来,见小林青木一个人在写什么,他远远地问道。

"给妈妈写信。"小林青木头也没抬,他对西村说。

"都说些什么?"

"告诉妈妈,我心里有喜欢的姑娘了。"小林青木说这话时有些淡淡的忧伤。

"来,很美味的兔子汤。"西村懂得小林青木说的心上人就是真子,但他非常不喜欢眼前这个男孩,他打算将来给真子找个有成就的帝国军官作为丈夫。他把兔子汤放在小林青木旁边的一块石头上,然后转身走了。

"他对你很好。"元山一郎坐到小林青木的身旁,看着西村的背影,有些羡慕地对小林青木说。

"是表面上的,他的内心依然凶残和没有同情心,他还指望着我们这些人帮助他找到真子。"小林青木轻描淡写地说,把兔子汤递给了元山一郎。

"有兔子汤,就是很幸运的事。你也帮我写一封信邮寄给我妈妈,昨晚我梦见我的心脏被一个中国兵击中,是我妈妈救的我。"元山一郎说。

"做梦而已。"小林青木转过头看了看元山一郎,很怕有一天他真的如梦中一样会中中国兵的子弹,元山一郎的话让小林青木的心一惊,自己也做过好几回类似这样的梦。

西村又在对两个士兵训话,说是训话,其实是在对部下的指责和对内心焦躁不安的发泄,这样的事在这几天里,是常有的,搞得人心惶惶,很多士兵一见到西村向他们走去,都有一种大祸临头的反应。

"他又在表现自己的威风。"元山一郎说。

"今天山本联队长要来,是秘密来的,看来少佐要倒霉了。"小林青木贴着元山一郎的耳朵对他说。

"你没有睡好? 你的状态很差。"元山一郎说。

"不瞒你说,这两天,只要我拿起枪准备射击的时候,我的脑子里都会出现一个中国小女孩在看着我,那个中国小女孩是被我开枪打死的,是在芜湖的江边。那次是我犯了一个小错误,山本联队长就让我杀死那个中国小女孩作为对我的惩罚,她才七八岁的样子。"小林青木深深地低下头,他的身子有些颤抖,很痛苦的样子。

"你怎么了,小林君?"元山一郎这才发现,小林青木的神志有些恍惚。

"不要过来,不要过来,不要过来……"突然,小林青木扔掉手中的本子和笔,又很害怕地推开靠在身旁的枪,喃喃自语。

小林青木突然反常是在一瞬间出现的,这个"突然"吓坏了元山一郎,他赶紧跑过去把西村找来,也围过来好几个士兵,大家看见小林青木的眼睛里似乎有一种惊慌失措和恐惧。西村看着小林青木这个样子,站在一旁只是皱皱眉头,接着就走开了。

西村的冷漠让这些士兵感到有些寒心和厌恶,元山一郎陪在小林青木身边开导他,这才让小林青木的神志清醒了些,其他的士兵也都被西村安排去警戒和侦察了,看样子,山本联队长很快就要到了。

　　山本联队长只带了一个日本武士化装成中国老百姓的模样从一条非常隐蔽的山路来到西村小分队所在的临时据点,西村早早就集合了队伍在等待着联队长的到来。山本看着小分队的士气如此低落,开始训斥起西村来。山本这次来,就是要亲眼看看这支正在执行秘密任务的小分队的战斗士气。

　　两天前,山本就已经听到很多有关士兵投诉西村和一些抱怨的事情,这在小分队里是非常危险的信号,一旦严重影响小分队的战斗士气,这次秘密任务就会失败。没想到真如他听到的一样,小分队的战斗士气如此之差,竟然还有一个士兵萎靡不振,这让山本很生气,他给了西村一个耳光,嘴里不断地骂着"巴嘎"。

　　山本看到的这个萎靡不振的士兵就是小林青木,他不敢看山本的眼睛,他的两条腿好像不听他的使唤,总是站不直。他的心已经不在这片山林中了,至于山本刚才说的一大堆话他一句也没有听进去,他的思绪随着他的心向上飞,越飞越高,飞过了头顶高高的树梢,又飞到了云端,一直向东南方向飞去,飞到了江边,自己仿佛又看到了那个活蹦乱跳的中国小女孩。

　　"小心点。"身旁的元山一郎轻轻地踩了一下小林青木的脚,提醒他。

　　山本联队长很快就走了。西村的脸色很难看,明显这次山本联队长对他近期的任务执行情况非常不满意。西村把小林青木叫到他跟前,二话没说,就是左右狠狠的两个耳光,然后一句"巴嘎"。

　　小林青木被西村的这两个耳光打得眼睛直冒金星,眼前一黑,脚下顿时失去了重心,差点摔倒。他努力让自己站稳,低着头对西村说:"抱歉,少佐。"

小分队又开始向前走,小林青木扛着枪跟在队伍的后面,枪压在他的肩膀上,似乎比之前扛枪时的感觉重很多,他很艰难地迈着步子,紧紧地跟在元山一郎的后面。

这里的地形非常险要,听说不远处就是鹰嘴沟,一个易守难攻、适合打伏击的地方,也是新四军常常出没的地方。听小分队里的同乡说过,两个月前在鹰嘴沟发生了一场战斗,当时是山本亲自带着一支部队在那里攻打鹰嘴沟,结果不但没有攻下来,还被新四军打死了三十多名士兵,后来小分队里都在传,鹰嘴沟里有魔鬼。

可是小林青木所看到的情形并不是那么可怕,相反他是满心欢喜。他看见远处的高山上有许多在家乡没有见过的树木、竹子、蘑菇和小草,苍天大树的枝头在随风飘动,几片落叶在临空飞舞,像一只只美丽的蝴蝶翩翩起舞。山前挂着细长的瀑布,这让他不由得想起了中国一句古诗"飞流直下三千尺,疑是银河落九天"。这是多么美丽的景象啊!小林青木在心底惊叹。

可如此美好的景象很快就被甩在身后,来不及细细品味,小分队就到了鹰嘴沟,西村命令三名士兵前去侦察,其他人继续前进。

"注意警戒。"西村在前面一边低声地喊着,一边指挥小分队从两侧的丛林小路分头前进。

前去侦察的士兵回来报告,鹰嘴沟并没有发现中国兵,在鹰嘴沟的西侧发现一条非常隐蔽的下山的路。根据侦察,中国兵离开鹰嘴沟并不久。

小分队结集在鹰嘴沟西边一条下山的路口,西村让所有人再一次检查装备,吃饱了肚子,做好下山前的准备。他要尽快找到前面的中国小分队,时间已经很紧迫了,他不想再一次受到山本联队长的辱骂。这次山本联队长到来,在他部下面前对他进行责骂已经让他丢尽了脸面。他只有尽快消灭掉这支中国小分队,才能在师团争得属于他的荣誉。

"集合部队,准备出发。"西村发出了号令。

"少佐,小林吃坏了肚子,在那边。"元山一郎指了指旁边一个草丛,对西村说。

"你和他一起,快快跟上。"西村说完,带着小分队出发了,留下元山一郎等着小林青木。

就在西村带着小分队快要到达半山腰时,后面响起了一声清脆的枪声,枪声惊飞了丛林中的飞鸟。飞鸟在飞上天空的一刹那,发出了一阵阵哀伤的言叫,然后飞过了西村的头顶,仿佛是在警告所有人,这一声枪声其中的悲伤。

小分队所有人都停住了脚步,他们看着飞鸟飞去的方向,那里的天空已经被染成了血红色,淡淡的血红色。西村和两名士兵快速跑上一个山坡,发现从他们刚才下来的路口,有人向这边走来,确切地说,是一个人背着另外一个人。西村在望远镜里看得很清楚,是元山一郎背着小林青木向这边走来。

"小林,他自杀了。"元山一郎把小林青木放在一处平坦的草地上,眼里含着泪水说。

"他临死时,手里拿着这本日记本。"元山一郎把小林青木留下的日记本交给西村。

所有人都震惊了,这在这支小分队里还是第一次发生这样的事。看着小林青木的喉咙被子弹穿过的洞还在流着血,他的眼睛还睁着的,所有人都感到毛骨悚然,不知道究竟发生了怎样的事让小林青木会走这一步。小林青木的自杀让小分队里所有人多了一分恐惧和不安。

西村看着小林青木留下的日记本,一页一页地翻着,他的表情越来越难看,越来越凝重,好久,他才说:"为帝国的勇士小林青木火化,骨灰和这本日记本交给联队转运回国。"西村长长地叹了口气,眼神里充满了孤独和无助。

第三十一章

"你们可不知道周连长的厉害。"铁锁站在人群中间,劲头十足地说,他身边围坐着十几个国民党兵,真子和周素梅、翠莲也坐在其中。

"给我们讲讲。"麻脸举着手喊道。

"对,给我们讲讲。"周素梅也跟着嚷起来。

"非要我给你们讲一讲?"铁锁故意卖个关子,朝大伙笑了笑。

"当然要讲。"大伙吵嚷起来。

"好,那我就给你们说一段。周连长曾在五十五团待过一段时间。五十五团,知道吧?那可是我们新四军第七师的主力团。一九四一年一月那会儿,桐城第二游击大队组建了江北游击纵队独立营,在皖南事变后,又改编为新四军七师十九旅五十五团,五十五团有个主力连,连长就是周国才。有一次周连长带着三个人在凤凰山执行任务,遇到三十多个小鬼子,小鬼子还有炮,你们猜结果怎么样?周连长他们一口气干了十多个小鬼子,还收了小鬼子两门迫击炮,你们说厉害不厉害?连当时五十五团副团长黄彬同志和政委黄火星同志都向周连长伸出了大拇指。"铁锁一边说,眼珠一边直溜溜地转着。

"真神了。"肖大栓点点头。

"后来,上级要成立新四军第七师独立团,熊应堂团长指定要从五十五团把周连长的主力连调过来。当时熊团长为这事还和上级首长吵了起来,说是如果不把周连长调过来,他就不干独立团的团长。"说完,铁锁嘿嘿地笑起来。

看着铁锁说得这么起劲,真子的脸上也跟着笑开了花,她第一次见铁锁在这么多人面前说得这么好,她觉得很亲切,很舒服,自然也更加佩服铁锁了。

真子的这个反应,被坐在一旁的周素梅看在眼里,她很不喜欢真子在铁锁面前表现出这种温柔可爱的一面,她故意用胳膊捅了捅真子的腰,然后,对她说:"你知道吗?我们家铁锁哥也很厉害,等我们胜利了,铁锁哥就会娶我。"这是周素梅故意说给真子听的,没想到真子听后只是不在意地哦了一声,就继续听铁锁讲话,全然不知身旁的周素梅脸上是如何不满。

"又在瞎说什么呢?铁锁,过来。"周国才远远地喊着铁锁。

根据小分队目前的情况,队里严重缺少吃的,又有好几个队员莫名其妙地发烧了,周国才和张林山紧急商议,决定让小分队往新桥村转移,一是回到村里可以解决吃的问题,二是生病的队员要马上治疗。铁锁接到的任务是在小分队回村前,他要和周素梅先回到村子里侦察一下目前的情况。

命令就是时间,铁锁立即将真子托付给翠莲,他和周素梅沿着一条小路,匆匆出发了。

从下泊山到新桥村最常走的有三条路,一条是从黄姑街道上街头,也就是镇子的西门经过周村到达新桥村,这条路近期常有日本间谍和重庆的人在活动,很不安全;一条是从坝后经过老坟茔到达新桥村,走这条路很有可能会碰上西村的小分队,也是不安全的;另外一条路就是绕过四甲村,从北边绕道回新桥村,这条路相对比较安全,铁锁决定,带着周素梅从这条路秘密回村。

周素梅这次能够和铁锁回村,有一个原因她是知道的,周国才让她跟着铁锁回村了解情况,也顺便回去看看她的父亲是否回来了。自从那天父亲护送邱茂林回他们的部队,已经有一阵子了。这阵子对于周素梅来说,简直是度日如年。

这条路上人很少,一路上也都是蒿草丛生,隐蔽性很好,铁锁和周素梅回到村后的林子时,已是傍晚时分,他们在林子里一直等到天黑才才偷偷摸摸进村,他们从村后的巷子摸着黑路来到周素梅家门口,见四下无人,周素梅轻轻地推了推门。

门是虚掩着的,黑漆漆的,一点声音也没有,静得让人有些害怕。铁锁和周素梅摸到堂屋里点着了油灯,油灯一亮却把他俩吓得直往后退,堂屋上方的香台旁坐着一个人,再定睛一看,原来是周金海坐在那里。

"爹,你回来了? 也不说话,吓死人了。"周素梅端着油灯走到父亲身边,她的心还被刚才的惊吓吓得怦怦跳。

"叔,你回来了,怎么也不点灯?"铁锁也凑过去问。

"你爹无能啊! 无能啊! 丢尽了老祖宗的脸面了。"周金海看了看女儿,叹了口气说。

周素梅这才发现父亲的左小腿不见了,看着父亲痛苦的样子,周素梅趴在父亲的膝盖上痛哭起来,她知道父亲深受的苦难。这些年,父亲从来没有过上好日子,到老来,还失去了一条腿,这让周素梅的内心无比疼痛。她哭得很伤心,似乎要把这些年没有哭出来的眼泪在这个时候统统哭出来,任凭铁锁怎么劝她也没用。

看着女儿如此悲伤的样子,周金海忍住了一直在眼中打转的泪水,他轻轻地抚摸着女儿的头,告诉了她和铁锁那夜护送邱茂林的经过。

原来那夜周金海用马车护送邱茂林悄悄出村时,不料被两个日本间谍一直跟踪过了桃湾村。在一个小河口,那两个日本间谍突然持枪出现在周金海面前,二话不说就朝他左小腿上连续开了三枪,邱茂林带着伤从马车上稻草里爬起来,手里握着两颗手榴弹扑向那两个日本间谍。两声爆炸声后,周金海也被炸晕了过去,等他醒来时,发现自己躺在一个郎中家里,左小腿没有了。

"老祖宗啊!我周金海欠了邱排长一条命啊!"周金海狠狠地捶打着自己的胸口。

"叔,你回来就好。"铁锁安慰着。

周金海躺在椅子上,渐渐地睡去,好像他是在等女儿回来了才能如此安然睡去。周素梅坐在地上,把头轻轻地依靠在父亲身上,她第一次感受到父亲在她的生命中比她的命都重要。

铁锁关好门,向村子里走去,他还要完成周国才交给他的任务。

整个村子一切如旧,没有特别不对劲的地方。铁锁又去了几个信得过的村民家里,从他们口中了解到村里也没有发生过什么异常情况,他这才放心地回到周素梅家,交代几句便匆匆要出门去找周国才。

"梁子,你们怎么来了?连长他们呢?真子呢?"铁锁刚一出门,就在门口遇见梁子带几个人马不停蹄地跑过来。

"他们还在后面,情况紧急,村民们要马上转移,小鬼子正向这边过来,这次小鬼子人数众多。"梁子说。

梁子带来的消息,让铁锁和周金海意识到,情况已经很糟糕,看来一场恶战是无法避免了。周金海拄着拐杖,在周素梅的搀扶下,和铁锁一起向老井走去。

所有的村民被聚集在老井旁,周金海作为村长,动员村民们必须马上紧急转移,铁锁也趁机留下几个身强力壮的村民重组自卫队,一切都在紧张中进行,村民也感觉到要打仗了。

梁子带上几个队员组织村民向西边转移,铁锁召集留下的村民来到周金海家,把周金海捐出来的枪支弹药分给每个人,并组织自卫队队员到村里的各个路口设置哨岗。

"你们过来。"周金海把铁锁和周素梅叫到身边。

"看来这场仗是躲不过了。这些东西都是你母亲在世时留下的,现在交给你,还有家里这些东西一个都不能留给小鬼子。"周金海拿出一个铁盒子放到周素梅手里。

"女儿就交给你了,你必须好好地保护她,她是我的命。"周金海又转过头对铁锁说,好像在交代后事一样。

"爹……"周素梅跪在父亲的面前,满眼泪水。

"去吧!"周金海躺在椅子上,朝铁锁和周素梅挥挥手。

按照铁锁的安排,周素梅去配合梁子负责村民们转移,他去村子周边各个出入口检查哨岗。渐渐地,从村子东边传来一阵一阵的枪声。铁锁站在村后的林子里,朝枪声的方向望去。他知道,这是周连长他们与小鬼子交上火了。枪声越来越近,不断有炮弹炸过之后的火光伴着一团一团蘑菇云似的黑烟卷向天空,听着这样的声音,铁锁、周金海以及村里每个人的心都悬着,不知道这一场仗会打成什么样子。

枪炮声终于暂时停止了,就好像人的呼吸突然停止一样,充满了死亡的气息,几乎连同这个世界都沉默了。小分队回来了,被临时安排在周金海家驻扎下来,他们在回村的路上甩掉了小鬼子的围追堵截。短时间的遭遇战让小分队伤亡很惨重,麻脸、木头、小北都没有回来,有几个队员受了重伤,还有四五个队员高烧一直不退,危险正笼罩在每个人的头上。

真子一边哭着一边给上级发报,这是她在这里第一次放声哭出来。这次真子在回村的路上,要不是木头替她挡住了子弹,此刻横尸野外的就是她。她不能原谅自己的父亲和所有侵占中国领土的日本士兵,她不能原谅自己因为她而剥夺了一个活生生的生命,她宁愿死去的是自己。悲伤让真子的身体有些颤抖,她不停地发报,泪水不断地从她的脸颊上流淌下来,任凭铁锁怎样安慰她,都无济于事。

情况已经不容再等待一分钟,现在急需医生和药品,否则这几个伤员有可能撑不了多久。铁锁想起来真子懂点医术,他让真子想办法医治这些伤员。真子抹了抹眼泪,她无法让自己平静下来,跪在地上检查着每个伤病员。

周国才、张林山、铁锁、周金海、周素梅……所有人,都站在真子的身后,所有的目光都聚集在真子身上,他们希望会有奇迹出现。

"给我纸和笔。"真子突然慌忙喊起来。

"快,拿纸和笔。"铁锁也跟着紧张地喊起来。

张林山快步跑过去,从口袋里拿出笔,又从本子上撕下一张纸一起递到真子手上。

"我要这些药,越快越好。"真子眼巴巴地望着张林山的脸。

张林山看着真子开的药方,他犹豫了,脸色异常难看,这些药品都是小鬼子严格封锁的军用药品,黄姑闸早就断货了。一时间,去哪里能够弄到这些药品呢?

就在所有人都心急如焚的时候,周金海把药方拿过去看了看。沉默片刻后,他说他有办法能够通过黑市搞到这些药品。接着,他立刻写了一封短信交给周素梅,又在周素梅的耳边叮嘱几句,周素梅便背起布袋急匆匆地出门了。

在周金海屋内,周金海向大伙讲述了邱茂林牺牲和他失去一条腿的过程,张林山愤怒的眼里似乎要喷射出火焰,他紧紧地握住手里的枪,说道:"小鬼子,我要将你碎尸万段。"

院子里只留下两个队员照顾伤病员,张林山和真子继续在等待着上级的回复,其他所有人员都由周国才带队布置在村里村外各个重要位置,只有周金海安详地坐在堂屋中央的椅子上,似乎在等待着一个时刻的到来。

张林山在村东边找到了周国才,他急切地拉着周国才说:

"老周,上级确认了我们的位置和情报,有回复了。"

"咋说?"周国才惊喜万分。

"我们的情报已得到上级的确认,我们的上级已经和新四军总部取得联系,要我们两支小分队紧密配合,彻底消灭西村小分队。"

"就这?"周国才半信半疑地瞪着眼睛看着张林山。

"没了,就这。"

"没说我们要去哪?"周国才再一次问。

"下一步具体行动待命,就这些。"

"有件事我要告诉你。"张林山又说。

"怎么了?"

"真子向我们道歉,她说这两天,她有过想给她父亲发电报的念头。可是当她打开电台时,她最终还是放弃了。刚才她亲口对我说的。"

"既然她亲口对你说这些,说明她还有良心。"周国才说。

"虽然甩掉了小鬼子,但是我们也要小心点,防止小鬼子偷袭村子。"张林山很谨慎地说。

铁锁跟在周国才和张林山的身后,他很佩服周国才,因为每次和他执行任务时,在紧要关头,周国才都能够化险为夷。听着他们的谈话,铁锁心里很清楚,很快,将会有一场恶仗。他不禁担心起周素梅和真子,周素梅是他这一生的女人,和自己在一起,周素梅受了太多的委屈。他曾经发过誓言,要给她最好的生活,可是一直没有实现她想要的那种生活。真子的出现,让铁锁的内心曾有过那么一点小小的波动,可这样的波动没有持续多久就消失了。铁锁不敢再去想象这样的感觉,他觉得这是一件不可思议的事情。

"连长,连长,素梅回来了,药搞到了。"肖大栓大老远地朝这边跑过来,一边跑,一边激动地喊着。

"走,去看看。"周国才说着,大步向周金海家走去。

第
三
十
二
章

　　枪炮声停了,安静了,被转移的村民们又从半路上回到了村里,他们没有听从梁子的劝阻,觉得这场仗打完了,打完了就该回到他们祖祖辈辈生活的土地上。他们来到周金海家门口,这次他们不是来闹事的,而是看望打小鬼子的英雄们。

　　周金海家的院子里挤满了很多人,村民们都没有说话,他们望着屋里屋外来来回回忙碌的人。听说这回日本姑娘要给伤员治疗,大家都很好奇,都想看个究竟。谁都不会相信,这小鬼子还能给咱中国人看病。又过了一会,人群中有人七嘴八舌地议论起来。奇迹就是这样出现了,谁都不知道周金海和周素梅是用什么方法弄到这些药品的,真子竟然真的控制了伤员的伤势和病情,这让所有人都感到非常惊讶。他们这次相信了铁锁的话,这个日本姑娘和那些小鬼子真的不一样。

　　村民们对真子态度的转变是让铁锁最高兴的一件事,他觉得真子在村里的安全基本可以得到保障了。从真子的脸上,铁锁第一次看到了本属于她这个年龄的可爱的笑容,他心里的一块石头终于落下了,拿着枪和周素梅一起走到院子中央。

"你们又回村做什么? 小鬼子还埋伏在村外头呢! 危险呢! 都得赶紧走。"铁锁提高了嗓门朝村民们嚷嚷着。

"我们不走,这是我爹给我留下的地,又不是小鬼子的,干吗要走?"一个村民在说。

"命都没有了,要地有什么用?"铁锁说。

"是啊! 保命要紧。"周素梅也在劝着大家。

"老子不走,宁愿死,也守在这块地上。"前村的轱辘叔说。

"驴,都是倔驴。"周金海坐在屋里,气得把拐杖扔了出来。

村民们都回来了,即使小鬼子还埋伏在村外的某个地方,他们依然守在这片土地上,各自从家里拿来一些吃的。有的村民说,打小鬼子也算他们一份。

一时间,整个院子里热血沸腾,抵抗日寇的情绪非常高昂,连村里几个走路都困难的老长辈都来了。有了村民的支持,这让周国才和张林山更有信心打赢这场仗。

真子从屋里出来,她的头上满是汗珠,显得略微疲惫。经过检查,这几个伤员应该很快就会康复。她终于觉得,这是她为中国人做的一件有意义的事情。她拖着有些虚弱的身体,倚靠着门框,看着院子里大部分都熟悉的面孔,她不再觉得害怕了,她第一次感觉到眼前的这些中国人的淳朴和善良。

"小心点,谢谢你救了他们。"周素梅扶着真子,对她说。

"应该感谢你们让我做了件有意义的事。"真子微笑着说。然后,她又给院子里的村民们深深地鞠了一躬。

"谢谢你们宽恕我。"真子又说。

这是这段日子以来,村里难得的一次团结和和谐。所有人都能感受到,村民们的思想有变化了,周金海也不再胆小怕事了,真子也不再那么让人痛恨了。如果没有这场战争,这是多么好的一种生活啊!

村民们也都陆续回去了,院子里清静了很多。铁锁和周国才、张林山等人在屋里开了好久的会,好像在研究什么作战计划。真子坐在门口的石凳上,向屋里张望着,她对这些都毫无兴趣。今天,她认真地梳了头发,还学周素梅的样子,也给自己扎了两个马尾辫,绑上红头绳,就像一个即将出嫁的中国小媳妇一样。她还换了一身周素梅给她的新衣服,听说这件衣服是周素梅母亲当初给她做的,真子穿在身上,满心欢喜。她给伤员做了今天最后一次检查后,从周素梅家走出来,她想一个人好好看一看这个村子,这是她第一次一个人这样安心地走在中国人的土地上。

村子并不大,村中间两条主巷横竖交叉东西南北走向,其他几条小巷子分别穿插在村里的各个路口,一般陌生人第一次进来是很难独自走出去的。可真子现在对这个村子有了一份特殊的感情,就像走在家乡的土地上一样,很亲切,很温暖。这个村子给了她太深的印象。当初,她第一次被铁锁带来的时候,她感觉到处都很恐惧,充满了杀机,隐藏了危险,那时她觉得自己每分每秒都在死亡的边缘。她记得有一天下午,在家属团的聚会上,她从一个士兵家属的口中听说过中国的女人是如何被士兵奸杀的,有些士兵的家属还把那样的奸杀过程说得有声有色,这些都在真子小小的心里印有深深的烙印。当有一天她被关押在这里的时候,她很多次都在想,自己也许会遭到那样的奸杀,就像日本士兵奸杀中国女人一样。

真子现在想一想,对当时有那种恐惧感到很可笑,因为她已经看到中国人和他们的士兵完全不一样。在这里,中国人讨厌杀戮,讨厌残暴,讨厌血腥,这是一个多么和谐的民族!可是日本的士兵呢?离开自己的土地,漂洋过海,来到他人的土地上到处制造杀戮,制造残暴,制造血腥,他们是那么让人痛恨。

这里的村子和家乡的村子区别很大,这里的房子都是土墙的,有一人多高,上面盖了厚厚的稻草,屋里黑漆漆的,什么也看不清楚。真子走在巷子里,不时有几个村民从黑漆漆的屋里探出头来看她一眼,然后又赶紧缩回了脑袋。真子继续往前走,看到一户人家的烟囱里冒出了缕缕青烟,门口还有两个光着上身的孩童在玩着泥巴,这两个孩童也就四五岁的样子,黑黝黝的肚子上满是泥巴,很可爱。看着他们嬉闹的情形、搞笑的模样,真子咯咯地笑起来,她走过去,也蹲下身子陪他们一起玩耍。

“回去,没看见小鬼子来了吗?”一个妇女急匆匆地从屋里走出来,把两个孩童拽回了屋里,然后砰的一声关上了门。

真子急忙回头看了看,身后一个人也没有,并没有这个妇女所说的“小鬼子”,她这才知道这个妇女所说的“小鬼子”就是自己。她站起身来,很严肃地对着这户人家的门口深深地鞠了一躬。然后,转身往回走。

真子走到老井时,迎面碰上铁锁和周素梅,他们好像是专门在这里等她。

“我就是随便看看,这就回去。”真子有些紧张地说,她出来时也没有和铁锁、周素梅打招呼。

“我们不是这个意思。我和素梅商量过了,带你去翠莲姐家看看,她不在了,这个家还在。"铁锁说。

三个人来到翠莲家,一切都是那么熟悉,这里给真子的印象最深,这里有过害怕,有过恐惧,也有过温暖。她又想起了那晚一个中国男人爬上翠莲床上的情形,还有木板床发出咯吱咯吱的声音。如今,那个中国男人和翠莲都死了,那晚的事现在只有她一个人知道,她知道那晚翠莲是为了保护她。真子打开柴房的门,她闻到了一股刺鼻的臭味,在墙角处,死了两只老鼠,应该是饿死的。

"这仗如果再打下去,接下来,饿死的就是这些村民了。"周素梅说。

"放心吧!这仗很快就要结束了。"铁锁说完,把周素梅和真子拉出了柴房。

"快走,老实点。"声音从院外传来。

"出去看看。"铁锁快步跑了出去。

"怎么回事?"铁锁一出院门,就看见梁子和一个队员从村西边过来,还押着一个人。

"铁锁哥,在村口抓住一个可疑人。"梁子说。

"我就是一个磨刀匠,从南边来的。"一个挑着磨刀挑子的陌生男人点头哈腰地对铁锁说。

"带回去。"

这个陌生人从真子的身边经过时,他的目光有意识地从真子脸上扫过,这让真子心头一惊,她感到后背在冒汗。这人她认识,是她父亲身边的一个侦察兵,也是一个中国通,父亲能让他混进村子里,看来这里不会太平了。此刻,真子的心里极度矛盾,她很想把这个情况告诉铁锁,又不能下这个决心,她只好跟在铁锁身边一路向周素梅家走去。

"你不舒服?"周素梅看见真子的脸色不太好,关心地问。

"哦!没事。"真子稍微有些失措,然后低着头继续走。

在周金海家的堂屋里,周国才、张林山、铁锁等人在对这个陌生人进行审讯,审讯一直持续了约半个小时,也没有审出什么异常情况,铁锁根据周国才的指示,只好把这个磨刀匠放了。

张林山和周国才一前一后去检查村里岗哨,等他们走远了,真子找到铁锁,对他说:

"这把剪刀不好用了。"真子从一个木箱子里拿出平时剪纱布的剪刀。

"刚才怎么不说?磨刀匠走了。"

"也许还没走远。"

"走。"铁锁拉着真子就追出去了。

快到村口,铁锁和真子追上刚才的磨刀匠,真子把剪刀递给他,也没有说话,只是低着头站在那里,她尽量避开他的视线。因为她来,就已经足够说明了一切。磨刀匠拿着剪刀在磨刀石上很熟练地前后不到两分钟就把刀刃磨得雪亮,然后钱也不收就挑起挑子匆匆离去了。这让铁锁感到有些奇怪,他嘴里咕噜一句:做生意还有不要钱的。

在回去的路上,铁锁对真子讲起了他从周国才那里听来的目前中国人民抗战形势,讲了新四军第七师独立团在北边又打了大胜仗的消息,还说了一些关于这个村子的一些往事和他小时候的故事。可是,铁锁发现,一路走着,一路说着,真子对他说的这些都毫无反应。铁锁也就沉默了,他总觉得今天真子有些怪怪的,但又说不出来哪里出了问题。

真子的脚步放慢了很多,她似乎有些莫名地紧张,走着走着,她就突然站住了,以有些慌乱的眼神望着铁锁,样子很焦虑不安,又显得不知所措,她想说什么又把嘴里的话咽进了肚子里。

"怎么了?没事吧?"铁锁疑惑地问她。

"我……那个……"

"什么?"铁锁皱了皱眉头。

"磨刀匠……"

"你到底要说什么?"铁锁听不懂真子到底要说什么,他的直觉告诉他,真子有话要说。

"刚才的磨刀匠……是我父亲身边的侦察兵……"

"什么?现在才说。"铁锁被真子的这个消息惊呆了,他没等真子再说什么,拉着她就往村口跑。

"刚才的磨刀匠往哪儿去了?"一到村口,铁锁还没站稳,就问负责警戒的自卫队队员二顺子。

"那边。怎么了,铁锁哥?"二顺子指着去往镇子方向的一条小路。

"顺子,立即带真子回去找周连长报告,磨刀匠是小鬼子。"铁锁一边朝东边跑去追着化装成磨刀匠的小鬼子,一边朝身后的二顺子喊道。

此时,天已经黑了下来,天空中有几处忽明忽暗的星光在黑暗中飘浮着。

二顺子和真子刚跑到周金海家门口时,周国才和张林山恰巧从外面回来,二顺子一边大口地喘着气,一边把磨刀匠是小鬼子这件事断断续续地说了一遍。

"梁子,通知所有人,紧急集合,准备战斗。"还没等二顺子继续往下说,周国才立马冲进了院子里开始召集小分队人员。一场即将到来的硝烟味瞬间在村子里弥散开来。

所有人都紧张起来,村子里不再平静。周国才集合队伍给每个小组下达作战命令,他开始做战前动员,坚决不让小鬼子靠近新桥村。张林山在给每个战士分发枪支弹药,他把身上仅有的两颗手榴弹也给了梁子。真子和周素梅得到的任务是将伤员往地窖转移,同时周国才叮嘱周素梅,一旦战斗打响,要全力保护好真子。保护真子就等于保护地图,哪怕用生命去保护。周金海也拄着拐杖向村里走去,他一边走着,嘴里一边骂着小鬼子,他要去动员村民们再一次向村外转移。此刻,整个村子,被一片恐惧紧紧地包围着。

"呼,呼,呼。"突然,村子东边的方向连续传来三声枪声,枪声有些微弱,但划破了沉寂的夜空,微弱的枪声在黑暗里回荡着。

铁锁回来的时候,已接近凌晨,他的左胳膊上还在流着血,一见着张林山,他就嚷嚷着:"这小鬼子窜得比兔子还快,老子两枪也不知道有没有打中。"

第三十三章

　　所有士兵都远远地躲着西村,除了按照西村的命令前进、搜索、射击、阻击等,几乎没有人愿意和他多说一句话,虽然在这个小分队里也有他的同乡,但他依然是一个孤独者。小分队在休整期间,开始有人在私底下议论,听说师团长对西村非常不满意,有可能要追查上次他暗地里杀死一个伤兵和小林青木自杀的事情,也不知道是谁把这两件事捅上去的。

　　西村有些不安,他甚至经常显得非常急躁和焦虑,他觉得这次在黄姑闸非但没有争得想要的荣誉,反而丢尽了自己和家人的颜面,这让他在整个师团内部都感到耻辱。所以,他对自己说,只有尽快消灭掉眼前这支中国部队,才能够在师团所有士兵面前重新挽回尊严。

　　他把一切希望都寄托在秘密去执行任务的侦察兵身上,也许这是在黄姑闸的最后一战,他已经预感到自己应该很快就会被调回国内接受审查,他看着身边这些年轻的士兵,又看了看手中的这支枪,叹了一口气。

西村派出去的侦察员在天亮时终于回来了,他满身泥水,肩膀上还中了一枪。他为了甩掉中国人的追击,在一个水沟里的水草丛中躲了大半夜,那个中国人从他面前经过时,他把头深深地埋在水草里,几乎都不敢喘气,直到天快亮时他觉得安全了才摸着一条小路跑了回来,把他遇见真子的情况和新桥村的布防情况汇报给西村。

西村气急败坏的同时,心里又暗暗高兴,毕竟真子还活着,看来她很安全,应该受到了中国人的友好款待。如果不是战争,他也许会好好地感谢中国人对真子的照顾。西村的心里突然有了这样的想法,他觉得很荒唐、莫名其妙。刚才还在谋划着接下来的进攻计划,现在一想到真子,他的思想竟然有些变味了。西村一边看着前方的地形,一边不可思议地摇了摇头。

从望远镜里看去,前方的这个村子显得很安静,好像什么事也没有发生过一样,西村在这方面很有经验。这个村子越是这样平静,越是很危险,一定是那些中国兵发现他的侦察兵后,已经做好了充分的防卫准备。

所有士兵都吃饱了肚子,重新检查了武器装备,静静地坐在那里等待着西村的进攻命令。在这样的等待中,谁都没有说话,大部分人心里都明白,这场仗打下来,自己还能不能活着,是个未知数。元山一郎从西村的身后走过来,递给他一沓信纸。

"少佐,这也许是这些勇敢的帝国士兵给家里的最后一封信,请少佐保管。"

西村接过这些沉甸甸的家信,双手有些不自然,表情很凝重。他从上衣的口袋里也掏出来一封信和这些士兵的信放在一起,这是他在昨天晚上趁小分队原地待命时抽空给家里写的,信里还有一张他和惠子、真子在长崎上运兵船分别时的合影照。

联队派来增援的一支小队已经过了凤凰山,不到一个时辰即可到达这里。这支前来增援的小队是西村三天前开始向山本请求的。由于师团长对西村近期在黄姑闸战场上的表现很不满意,山本联队长本来是不想派兵来增援,可毕竟西村的老师是山本的老同学,看在这个情分上,山本才答应了西村的请求。

西村在向山本请求派兵增援的时候,他已经用剖腹自尽的承诺向山本保证,这次一战,必将隐藏在黄姑闸的这支中国小分队全部消灭。西村已将进攻计划传达至每个士兵,午饭过后,便会实施全力出击,包围新桥村。

再过两天就是中国人的中秋节了,西村在中国这几年,每年都记得这个日子,每年一到这个时候,他就像中国人一样坐在月下,一边吃月饼,一边欣赏美丽的月亮。在日本,每年农历八月十五被称为"十五夜"或"中秋名月"。日本人在这一天同样有赏月的习俗。西村在研究日本"十五夜"的来源时,发现在一千多年前,中国的中秋之夜赏月习俗传到了日本,日本当地开始出现了边赏月边举行宴会的风俗习惯,被称为"观月宴"。与中国人不同的是,日本人在赏月的时候吃江米团子,称为"月见团子"。一些寺院和神灶还在"十五夜"专门举办赏月会。西村突然觉得很遗憾,今年又不能在"十五夜"这天和家人一起去神灶吃江米团子了,还有"观月宴"后的拜神祭奠也看不到了。

前来增援的小队于午饭前到达指定地点与西村会合了,山本联队长还让一个士兵给西村捎来了他妻子亲手做的江米团子,这让西村感到很意外,也很亲切。他从中明白山本联队长的意思,是让他们都要活着回去。西村手里捧着江米团子,突然发现眼睛里,竟然含有泪水。

小分队按照西村指定的时间从南北两线向新桥村开始逼近,东线由前来增援的小队在老坟茔架炮待命,与此同时,留守在黄姑闸和凤凰山一带的伪军也正在向这边快速靠近。到晚饭前,小鬼子的围攻部队距离新桥村只有三里,围攻态势基本合成。

根据周国才的作战计划,梁子和周金海负责村民从村西一条隐蔽的小巷往小湖口方向紧急撤离。周国才和张林山分别带队于村北口和南口设伏,以阻击南北方向来犯的小鬼子。铁锁带着村自卫队和肖大栓负责村东口,准备伺机端掉小鬼架在老坟茔上的火炮,部分强壮的村民也参与修筑工事中。谁都知道,这一仗不好打。

在周金海屋内的地窖里,周素梅和真子安顿好了伤病员,周素梅回到了院子里,她准备了几个木桶,做了一些米菜粥和馒头,她要在战斗打响之前,把这些吃的都送到战士们的手中。院子里只剩下她一人,空荡荡的院内似乎可以闻到一股硝烟的味道,看着目前的态势,情况并不是很好。周素梅特地翻出来一件大红的上衣穿上,这是今年三月二十八日去黄姑镇赶集时,铁锁给她买的,她一直舍不得穿,这次她再不穿上,怕以后没有机会穿了。然后,她找来一根扁担挑起木桶就朝村北口走去,两只满装米菜粥的木桶压得她的身子似乎有些扭曲,左边的肩膀上还背着一个装了馒头的大布袋,她尽可能让自己的脚步快些,送完村北口,还有村南口和村东口。

一路走着,周素梅的心里越来越不踏实,她担心小鬼子的炮弹会落在铁锁的身边。铁锁之所以主动请战到村东口,主要是他不想有更多的人再遭到小鬼子炮弹的轰炸。其实他很清楚守村东口的危险很大,但为了摧毁小鬼子的火炮计划能够顺利进行,这里也只有他最合适。周素梅一边走着,一边心悬着。

"铁锁哥。"周素梅从肩膀上卸下木桶,蹲在地上小声地喊着。

"你怎么来了?"铁锁从前面的壕沟里探出头来。

"送吃的来了。你要机灵点,小鬼子的炮弹来了,要躲远点。"周素梅担心地说。

"放心吧!你快回去,我们还要往前挖,得挖到手榴弹够得着的地方,才能炸掉小鬼子的炮。"

周素梅把木桶放在隐蔽的地方,给铁锁交代几句后,回到了家里。铁锁交给她唯一的任务是保护好真子和这几名伤病员。其实她是多么想和铁锁一起并肩作战,只要和铁锁在一起,她就什么也不怕。她用一个铁盆装了半盆馒头,下到了地窖里。

"外面怎么样了?"真子见周素梅回来了,问她。

"很糟糕,很快就要打起来了,村里还有一些村民没有撤出去。"

"他们为什么不走?"真子又问。

"他们舍不得自己的家,都想和我们一起来保护这个村子。"周素梅说着,给大家每人发两个馒头。

"我要出去。"真子对周素梅说。

"不行。"

周素梅话音刚落,村东口的方向响起了连续的炮弹轰炸声,炮弹震得这房子都好像在晃动。这场仗开始了,地窖里的空气瞬间也凝固起来,所有人都在安静地听着外面的声音。

"我要出去。"真子背上电台,直接往洞口走。

"你想干什么?"周素梅一把拉住真子的胳膊,阻止了她。

"我不想更多的人失去生命。"真子很坚定地说。

周素梅看着真子的眼睛,从她的眼睛里看到了这个姑娘的勇敢和决心,她慢慢地松开了手,和真子一起离开了地窖。

真子和周素梅向村北口跑去,炮弹落在她们身边不远处的房顶上,紧接着,整个屋顶被炮弹炸开了花,房子燃烧起来,浓浓的黑烟一卷一卷地往天上飘。真子和周素梅没有停下来,弯着腰冲过到处都是浓烟的巷子。在村口,她们见到了周国才。

"你们来干什么? 快隐蔽。"周国才从掩体后面折回来,把真子和周素梅拉到一个墙角蹲下。

"她非要来,我拦不住。"周素梅说。

"我去和他们谈撤兵。"真子对周国才说。

"有病吧?"周国才给真子丢下一句话。

"小鬼子开始进攻了,看好这姑娘。"周国才对周素梅说,然后他一个转身迅速回到掩体后面。

炮声停止了,真子看见他们的士兵开始向这边进攻,似乎有些不安。很快,这里又是血流成河。这时,很多村民也都从村子另一个方向向这边走来。在一个巷口,他们停住了。他们的手里有的拿着锄头,有的拿着砍柴刀。真子被这个场面镇住了,她懂得,这些村民是誓死与村共存亡。

真子把电台放在周素梅面前,又握着她的手,看着她的眼睛,虽然没有语言交流,但对于真子的这种方式,周素梅已完全明白了她的意思,她轻轻地朝真子点点头。

"不要命了?"真子突然站起来跳到一个土包上,周国才想拉住她都来不及。真子的举动让所有人的目光都聚集在她身上。

真子没有理会周国才,她用日语朝已经快要靠近的小鬼子大声地喊起来,她说什么谁也听不懂。只见这时,正在进攻的小鬼子原地不动了。真子继续说着,好像在进行一场战地演讲。

小鬼子撤兵了,这让周国才万万没有想到,他只在望远镜里看见西村在那里和真子进行了长达十分钟的对话。他虽然听不懂他们在说什么,但他从这场对话中能够猜测到西村的撤兵一定是因为真子。即使现在撤兵,也是暂时的,一场更猛烈的战斗也会即将到来。

"刚才和你父亲说什么呢?还能让他们撤兵?"真子从土包上下来时,周国才赶紧拉着她问。

"我说军人杀老百姓,毁坏老百姓的房子是军人最大的耻辱,我要他们撤兵。"真子说。

"你说得对。到后面去,这里危险,子弹可不长眼。"周国才示意真子往后面撤。

"我父亲刚才说,他要和你们在老坟茔决战。"

"只要别伤害老百姓,怎么打都可以。"

真子回到周素梅身边,她第一次看见这个中国女人对她笑得那样灿烂。她从周素梅手里接过电台时,对她说:

"保护电台是我的责任。"

"也不知道这场仗会打成什么样,过两天就是中秋节了。"周素梅对真子说。

"我们日本也有这个节日,但我不吃月饼,吃江米团子,用糯米做成的白色团子。"

这是周素梅和真子第一次非常友好地相互交谈,她们彼此的心里都充满了对和平的向往,有着对生活的共同的目标。她们谈到了未来的生活,谈到了黄姑闸最美味的小吃,谈到了铁锁有时傻傻的样子。然后,她们又一起准备了担架,组织了几个村民临时组建一支战地救护队,随时准备进入战火中救护伤员。

真子又回到周金海屋内的地窖里,她放心不下这几个伤病员,她希望他们能够平安地躲过这场战斗。有两个伤病员试图要从地窖里出来参加战斗,被真子阻止了,她用身体挡在地窖口。此时,她的肩上好像担负着一种使命。

小鬼子撤兵了,暂时不会有什么危险。张林山和铁锁回到了周金海家,他们不放心留守在村里的部分村民。趁现在战斗的空隙,他们还想劝离这些村民。可他们看到的是这些村民已经做好了参加战斗的准备,虽然他们的手上没有枪,张林山看出来,他们打算和小鬼子进行肉搏战。张林山和铁锁又来到周金海屋内的地窖里,把外面的形式和伤病员说了一遍,正打算离开,真子拉住了铁锁。

"给我一支枪。"

"你要枪干什么?"铁锁疑惑地问。

"我要和你们一起去。"真子用一种祈求的眼神看着铁锁。

"你还是看好电台吧!对了,等这场仗打完,让张连长把你身上的地图画下来,然后我们派人送你去我们团部。"铁锁说。

"我不走,我要和你们在一起。"

"电台比命还重要,看好它。"

铁锁说完和张林山离开了地窖,真子趴在地窖口仔细听着外面的动静,突然从院子里传来"把小鬼子赶出中国"的喊叫声,接着,地窖里的几个伤病员也跟着小声地喊着"把小鬼子赶出中国"。这些喊叫声,声声都刺激着真子弱小的心灵,让她懂得了这个民族背后不可战胜的力量。

　　西村的退兵让村里的村民暂时避免了灾难,但这并不意味着危险已经过去。周国才和张林山紧急调整了战斗布局,将主要兵力迅速转移到村东口老坟茔一带,这两支不同信仰的小分队在此时此刻已经完全融为一体,个个摩拳擦掌,随时准备应战。

　　连续多日与小鬼子作战,小分队伤亡较大,经过这两日临时休整和人员补充,小分队基本恢复了应战能力。在老坟茔,除了周国才和张林山在第二道防线设置了不同的射击位置外,还由铁锁和肖大栓组织的突击队埋伏在已经挖好的壕沟里,准备随时炸掉小鬼子的炮兵阵地。

　　一切准备就绪,就等着周国才一声令下,所有人都在预定的位置隐蔽起来,将子弹推上膛,枪口对着眼前小鬼子即将进攻的方向,只要手指一动,这样的平静将会不复存在。

　　今天是中秋前的第二天,黄姑闸此时的天气已显得有些冷,一股凉飕飕的空气从老坟茔的方向袭来,天空中也纷纷扬扬飘着七零八落的乱叶,空气中夹杂着炮弹刚炸后硫黄的味道,半小时前还是晴空万里,转眼间,已是灰蒙蒙的一片,这在黄姑闸是十分罕见的。

所有人的晚饭都是在阵地上吃的,每人一碗菜叶粥和两个馒头,大部分人都预感到这可能是最后一顿饭,看着这馒头很难下咽,舍不得吃。

"大伙不用舍不得,该吃吃,吃饱了才有力气打小鬼子。"张林山说。

"张连长,我娘一辈子都没吃过这么白的馒头。"一个队员说。

说这话的队员是四川人,他跟随部队一直打过来,有两年没有回家了,他看着白馒头,就想到了家中独守空房的老母亲,他把白馒头揣在怀里,对张林山说:

"打完这一仗再吃。"

这时,也有好几个队员都把馒头揣在怀里。张林山看着这情形,心里酸酸的,走过去拍拍队员们的肩膀,又给他们整理着衣领,他很清楚目前小鬼子占优势,这一仗下来,还不知道队员们能活几个人。

"老张,小鬼子很快就要进攻了。"周国才跑过来说。

"准备战斗。"张林山立即指挥着大家进入各自战斗位置。

"这一仗不好打,我俩换换。"周国才对张林山说。

"你当我傻啊,你明知道小鬼子的重火力全在我这边,还和我换,你省省吧!"张林山懂得周国才的意思。

"连长,连长。"周素梅和真子从另一个壕沟里跑过来。

"你们怎么过来了?"周国才问周素梅。

"上级有指示。"周素梅人还没到跟前,她就急忙喊起来。

张林山迎上去,从真子手里接过电报。这时,周国才也跟过来。

"说什么来着?"周国才问。

"这是我们师部和你们七师联合发来的电报,命令我们务必在明日凌晨之前消灭眼前的小鬼子,以确保黄姑闸的安全。"张林山语气很重地说。

紧张时刻已经到来,小鬼子开始进攻。铁锁接到周国才的命令要立即护送真子和周素梅回到地窖里。他们刚到周素梅家的院子里,东边就开始响起枪声,紧接着就是一连串的炮弹轰炸声。十来分钟的轰炸之后,机枪声、手榴弹声连续不断。

"素梅,你看好真子和伤员,我得回去。"铁锁话音刚落,就急匆匆地向村东口跑去。

"回来……"周素梅和真子同时喊着,转眼间就不见了铁锁的踪影。

周素梅和真子又返回家里的地窖里,所有的伤员也都聚集在地窖口贴着耳朵听着外面的声音。

"我们要出去打小鬼子,不能再待在这里了。"一个伤员拿着枪要出去。

"对,我们要去打小鬼子。"

"你们不能出去……"真子试图拦住他们。

"你再拦住我们,老子首先毙了你这个小鬼子。"一个国民党伤员拿枪指着真子。

"你们要干什么? 把枪放下,都好好待着。"周素梅站在真子面前。

"我们在这里等,可能会死在这里,出去最起码还能干掉几个小鬼子,都这个时候了,我们还能在这里等死吗?"

　　周素梅看着这一个个年轻的面孔,都是有爹有娘的。可是为了打小鬼子,他们千里迢迢来到这里,就是为了把小鬼子赶出中国。周素梅懂得大家的心思,她沉默了一会,终于朝真子点了点头。这几个伤员从口袋里掏出早已经写好的遗书交给周素梅,又朝她笑了笑,然后从地上拿起枪正要离开地窖时,被周素梅叫住。

　　"你们这是干什么?啊?"周素梅大声地吼着。

　　"万一我们牺牲了……"

　　"谁管你们这破事,我不会帮你们送信的,有本事就别死在战场上,自己送回家去。"周素梅控制不住自己,流着眼泪对他们再一次吼起来。

　　"拜托了。"几个伤员说完就离开了地窖。

　　"活着回来。"周素梅趴在地窖口上喊着。

　　伤员离开地窖不久,周素梅和真子带着担架队也跟着出去了,她们一路朝老坟茔的方向奔过去,在村东口,有好多村民在修筑第三道防线,再往前面,正在进行激烈的战斗,子弹在到处飞,炮弹一颗接着一颗朝这边飞过来,担架队忙着把路边战士的尸体抬回去。

　　所有人都在奋力抵抗,地上的尘土被炮弹炸得飞起来遮住了天空,周国才大声地喊着"打",瞬间,子弹和手榴弹又都像雨点一样朝小鬼子飞过去。铁锁和肖大栓带着敢死队由机枪和手榴弹掩护,从壕沟里摸到小鬼子炮兵阵地最前沿,把事先捆绑好的一捆捆手榴弹扔过去。顿时,小鬼子的炮兵阵地被炸毁。小鬼子的进攻又一次被击退。

　　"来一个,怎么样?"周国才看小鬼子退兵了,站在战士们中间,挥着手说。

"好,来一个。"战士们跟着喊着。

接下来,由周国才带着大家一起唱起了新四军军歌。

光荣北伐武昌城下

血染着我们的姓名

孤军奋斗罗霄山上

继承了先烈的殊勋

千百次抗战,风雪饥寒

千万里转战,穷山野营

获得丰富的斗争经验

锻炼艰苦的牺牲精神

为了社会幸福

为了民族生存

一贯坚持我们的斗争……

"这是我见到的最震撼的场面。"真子说。

"是啊! 他们都是英雄。"周素梅也被眼前的场面震撼到了,"这是一首多么振奋人心的歌曲啊!"

"谁叫你们上来的?"铁锁看见了周素梅和真子,朝她们奔过来。

"铁锁哥,我们也不能闲着……"

周素梅话音刚落,小鬼子再一次发起了进攻,只听见子弹从头顶嗖嗖地飞过去,大批小鬼子朝这边压过来,小分队所有人都奋不顾身地射击,战斗一直打到天黑。小分队的伤亡很惨重,张林山也不幸胸口中弹,他被铁锁从阵地上背下来。

"这是……我们两支小分队……所有人员名单,发给上级……"张林山从怀中吃力地掏出一个小本子交给真子。

"老张,你得给老子活着。"周国才鼻涕一把泪一把地喊着,紧紧地握着张林山的手。

"老周……我不行了,替我多杀几个小鬼子……"

这一仗,张林山、肖大栓,还有很多队员都牺牲了,趁着小鬼子休整期间,周国才和铁锁带着村民们在村口加固工事。这时,梁子护送的那些村民都回来了,他们都要参与这场战斗,周金海也让人把家中偷偷藏起来的炸药都给周国才送来了。周素梅和真子带着担架队把队员的尸体一个个抬回家中的院子里,小分队和自卫队的所有人都做好了最后一搏的准备。当弹尽粮绝时,他们将会和小鬼子进行肉搏战。

小鬼子没有给周国才更多的时间,趁着夜色,小鬼子从两边向老坟茔发起进攻。天太黑,看不清小鬼子的人数,也看不清离小鬼子的距离,周国才带着队员们趴在壕沟里。小鬼子刚一靠近,所有的手榴弹一瞬间全部飞出去。顿时,天空像开了花一样,通红通红的,周国才一声令下,所有人冲出阵地,与小鬼子展开了肉搏战。嘶喊声、枪声、爆炸声交织在一起,只见黑暗中一个个身影倒了下去。

此时,在周素梅的家中,真子按照张林山的指示,正在给上级发电报,发报内容都是人员名单:周国才、张林山、管亮、乔大虎、赵小梁……

直到后半夜,村东边安静了,战斗结束了。守在周素梅家中的村民们打着风灯朝老坟茔的方向走去,后面跟着担架队,他们到达老坟茔,用风灯微弱的灯光辨认着尸体,然后担架队又一个个抬回去。在周素梅家的院子里，地上放满了战死的队员的尸体。全村的村民都站在门口守着，周金海安排几个村民给牺牲的英雄们清洗着身上的血迹。周素梅抱着铁锁坐在堂屋门口的石阶上撕心裂肺地哭着，她不相信铁锁会死。

这个夜里，周金海和村民们都在院子里守夜。如果没有这些英雄，这个村子早就被小鬼子毁灭了，大家谁也没有说话，都沉浸在悲痛之中。在周素梅的屋内，真子陪在周素梅身边，铁锁的心脏还在微弱地跳动。周素梅确信铁锁还活着，她把一直昏迷的铁锁平放在床上，一边哭着一边擦着铁锁头上淤积的血块。

天刚亮时，村民们开始埋葬这些英雄，地点就选择在老坟茔坟包旁边的一块空地，这里就是昨夜与小鬼子同归于尽的战场，周金海之所以选择在这里埋葬英雄们，是因为他想让后人永远记得他们。

村民们给英雄们添完最后一锹土的时候，真子没有跟着回去，她一个人站在老坟茔的一个高坡上，看着到处都是日本士兵的尸体，她的眼眶里满含泪水。整个老坟茔的土地都被染成了红色，直到现在还弥散着炸弹爆炸后硝烟的味道。真子终于控制不住，她哭着喊着从众多的尸体中找到了她的父亲。可西村的身体已经僵硬，脖子上有被刀划过的痕迹，刀口处已结了厚厚的血块。真子把她父亲背到离老坟茔约一公里外的一个池塘边，坐在池塘岸上，搂着西村，嘴里不停地喊着"爸爸"，真子想在这最后时刻，陪父亲多说说话。

真子在池塘边火葬了父亲，然后，她脱下外衣包了一包火烧尽的灰，就回村了。

真子回到周素梅家时,村民们也都各自回家了。周金海一个人躺在院子里晒太阳,连真子回来他也没有察觉。真子来到周素梅屋里,见周素梅还是神情呆滞地坐在铁锁身边,嘴里喃喃自语也不知道在说什么,铁锁还处于昏迷中。

这一天,新桥村所有人都一直沉浸在悲愤之中。不管大人小孩,都挤在周金海的屋内,商讨着如何处理老坟茔小鬼子尸体一事,有人提出来就这样喂野狗,也有人提出来放一把火都烧了,还有村民说浇上粪然后再烧。真子躲在屋外偷听着屋内的谈话,她听到村民们要这样对待这些日本士兵的尸体,心里有些惊颤,但又无能为力。这时,周金海说话了:

"都是爹娘养的,挖个坑,埋了吧!"

午饭都没有吃,村里一些力壮的男人和女人在老坟茔开始挖坑埋小鬼子的尸体。

"铁锁哥,你终于醒了。"

真子坐在门口门槛上,听见屋里周素梅喊着铁锁的声音,她跑过去,见铁锁微弱地睁开眼睛,试图要坐起来。

"慢点。"周素梅和真子把铁锁扶起来,靠在床头。

"小鬼子都撤了吗?"铁锁的表情有些痛苦,咬着牙问。

"你头都受伤了,先好好养伤。"周素梅避开铁锁问的话题。

"头还疼。周连长他们呢?"

周素梅和真子都没有说话,低着头坐在床边,周素梅的眼泪开始在眼眶里打转,接着就从脸颊上流下来。真子知道周素梅心里难过,轻轻地握着周素梅的手。

"还哭上了,我不是还活着吗?"铁锁看着周素梅说。

"他们都死了。"突然之间,周素梅控制不住了,撕心裂肺地蹲在地上号啕大哭起来。

铁锁顿时整个人都失去了知觉,一动也不动地坐着。突然,他也跟着周素梅号啕大哭起来。真子见状,也在一旁不断地擦着眼泪。整个屋内,哭声一片。

周金海拄着拐杖一瘸一拐地走到女儿的屋门口,伸出头朝屋里望了望,不禁叹口气又摇摇头,然后抬起手抹了一把脸上的眼泪,转身回到院子里的椅子上躺下。

第二天凌晨,周金海家来了两个人,一个是新四军第七师独立团党代表肖建邦,另一个是国民党一七六师五二八团的联络员陈超,他们这次来到周金海家,一是代表师部看望阵亡的战士们,核对真子发送的阵亡人员名单,给他们申报烈士;二是要将真子带回师部,从她身上的地图中找到下泊山埋藏毒气弹的具体位置。在周素梅的屋里,真子坐在铁锁身边,任凭这两位同志如何做思想工作,她总是摇头,不肯跟他们走。思想工作一直做到下午,眼看太阳快要落山了,真子还是坚持留下来照顾铁锁,死活不走,最后由肖建邦决定,将真子后背上的地图画下来。

太阳落山的时候,上级派来的两位同志已秘密离开了新桥村。真子和周素梅、铁锁、周金海四人坐在院子里沉默着。今日是中秋节,却不曾有丝毫的快乐,每个人的心里,都有着一份难以掩藏的疼痛。铁锁站起来,拖着沉重的身体走到院外的池塘边,看着太阳落山的方向,夕阳一片血红。那飘零的秋叶、池塘里摇曳的芦苇、清凉的晚风、南飞的归雁,都在告诉人们寒秋已经来临。池塘边的老树下满地枯叶,一片金黄,晃晃之中,又是这般柔和、恬静,没有一丝涟漪。此刻的天空彩霞片片,映着茫茫远山,这一切都渲染出了一种祥和的凄美,一直淋漓到远山之外。

　　"看,那天边,就像刚从身体里喷出的血一样红。"真子和周素梅从院子里走出来,陪在铁锁的身边,真子有些伤感地说。

一九四五年,外面发生了很多大事情:三月九日至十日,美军轰炸日本东京,死亡人数达到十万人;四月一日,美军登陆冲绳岛;四月三十日,苏军占领柏林,希特勒自杀身亡;七月十七日至八月二日波茨坦会议召开;八月六日,美军在日本广岛投下一颗原子弹;八月十五日,日本宣布无条件投降;九月九日,南京举行了第二次世界大战中国战区受降仪式,冈村宁次在投降书上签字。所有的这些大事对于铁锁和真子来说,只有八月十五日这一天的情形让他们记忆特别深刻,其他的所谓大事情也都是在镇上从别人的口中听来的,他们也听不懂。

真子记得八月十五日那天,镇上大街小巷里聚集了上千人,都是从四面八方赶过来的村民。在镇西口的大桥上,竖起了一根高七八米的竹竿,上面绑着一个喇叭,所有人都兴奋地往前挤着,喇叭里大声地在播着日本天皇宣布无条件投降的消息。那个场面浩浩荡荡,振奋人心,铁锁和真子也在人群中,真子第一次真切感受到了只有和平才能给老百姓带来幸福。那一天的情形,真子永远都不会忘记,尤其是喇叭里播着这条万人期待的消息时,铁锁蹲在地上像个孩子一样,哭得很伤心,一边哭,嘴里一边念叨着在老坟茔一战死去的兄弟们的名字。

昨夜,铁锁和真子又在油灯下谈论着八月十五日那天的事情,两个人越说越激动,越说越起劲,直到三更过后才昏昏沉沉地睡去。铁锁每次说的时候,真子都很认真地聆听,她懂得铁锁的心思,他是忘不了老坟茔那次血战,忘不了那一个个活在他心中的兄弟。

真子一觉醒来,发现对面的床上空空的,才想起昨夜铁锁还对她说了一早要去镇上换米的事情。真子轻轻地推开门走到屋外,昨夜下了一整夜的雪,厚厚的一层雪把整个村庄严严实实地裹住,只有洁白一片,似乎不愿意留下一点缝隙。风还在吹着,丝毫没有减弱的意思,刮起了地上的雪在天空中漫天飞舞,就像一个不愿意停下来的美丽舞者。这风大得简直快要把真子吹倒,她差点连站都站不住,虽然她穿了厚厚一层棉袄,但是风还是一股劲地往她的身子里面钻。寒风呼呼地咆哮着,野蛮地乱抓真子的头发,针一般地刺着她的肌肤。真子受不了这刺骨的寒风,只得把手揣在衣兜里,缩着脖子,赶紧回到屋里关上了门,她坐在火炉旁,等着铁锁回来。

真子本来以为,仗打完了,她也就可以回家了。可她这两年跟随铁锁,在这里住习惯了,她都觉得自己已经完全融入了这样的生活。还有一件事一直牵着她的心,就是她的父亲欠这里村民的一份血债无法偿还,这让真子在这里时间越久,心里越不安,尽管抗日战争已经结束。

真子拿起火钳,拨动着火炉里的柴火,又转过头去望着窗外,窗外又下雪了,雪花落在窗台上,积了厚厚的一层。这样美的雪景,在长崎是见不到的。

今天是年三十,是中国的除夕,这是抗日战争结束后的第一个春节,在新桥村,各家各户都在忙着过年,这也是这么多年第一个安稳的年。天还没亮,铁锁就从猪圈里抓一个小猪崽去镇上了,他要去镇上换回一些米,今天他要给真子、周素梅和周金海一起过年。

"冻死了,这鬼天气,真想要人命。"早饭时,铁锁回来了,一进屋就直跺脚,又拍拍身上的雪,然后坐在火炉旁烤火。

"大雪快要封路了。"真子搓搓手,微笑着看着铁锁,她的脸被火炉里的火烤得通红。

"再这么下雪,不到下午,就出不去了,脚都冻麻了。"

真子不再说话,用一个铁罐子装满水放在火炉上烧,她要烧些热水给铁锁洗脸暖和暖和。

"一会你素梅姐要过来,我们一起去老坟茔给他们送点吃的。"铁锁一边说着,一边开始淘米。

铁锁所说的"他们"就是躺在老坟茔的英雄们,这两年的清明节和年三十,铁锁都会带着周素梅和真子去给他们烧纸钱、送吃的。铁锁说,要和他们一起过年。

看着铁锁忙碌的身影,真子的脸上有一种很自然的满足感,这两年的岁月磨炼已经让她变成了一个成熟的大姑娘。尽管她只是一个普通农村姑娘的装扮,又是一个来自不同地域,拥有不同文化背景的异国人,但她雪白的肌肤和水灵的眼睛里会毫不掩饰地透出少女般特有的香气,这让铁锁在无数个夜里辗转反侧,无法入眠。

自从抗日战争结束后,为了生活,铁锁在自家的屋后搭了一个猪圈养了几头猪,并在黄姑镇上扛麻袋挣几个小钱养活自己和真子。虽然周素梅和周金海一再对他说给他几亩田地,但都被他拒绝了,他想用他自己的双手争得幸福。

雪大了起来,伴着风呼呼地吹着,仿佛这个鬼天气与老天爷结了仇一样,风雪凶狠地拍打着门窗,发出哐当的撞击声,好久都不愿意消停。周素梅冒着大雪过来了,她抱着一床被子和几件冬天穿的厚衣服,放到真子睡觉的地方。

"给你添加点暖和的,你这身子骨经不起这天气。"周素梅一边给真子铺着被子,一边关心地说。这两年与真子相处,周素梅显然从心底把她当作了妹妹。

"我也冷。"铁锁走过来嬉皮笑脸地说。

"给你准备了,晚上再给你拿过来。"周素梅抬起头看着铁锁说,一副很甜蜜的样子。

真子很羡慕这两个人,这两年她和周素梅、铁锁在一起相处,从他们身上,她懂得了人间的真情和一份男女之间的情感。有时候,她的心里不知不觉也有一种莫名的渴望。

一直到下午,外面的雪才停了,风也停了,铁锁和周素梅、真子三个人朝老坟茔走去,铁锁的手里提着一个篮子,里面是他和周素梅给老坟茔这些英雄做的年夜饭。路不好走,雪深到膝盖,远远望去,一片白茫茫,这个雪白的世界里好像只有他们三个人。雪映射出的光很刺眼,让人有些眼晕,周素梅搀扶着真子一步一个脚印跟在铁锁的身后。

"素梅姐,我可以这样叫你吗?"真子停住了脚步,有点喘着气。她看着周素梅,她本来红嫩的小脸在这一刻被寒风吹得通红,她抬起胳膊用袖子擦去鼻子里流淌下来的鼻涕。

"这个我得考虑一下,要是我同意了,到时候村里人都知道我做了小鬼子的姐姐,我怕他们戳我脊梁骨。"周素梅笑着对真子说。

"素梅姐,战争都结束了,我也不是他们眼中的小鬼子。"真子微笑着,她突然觉得周素梅很亲切,就好像已经认识多年的好姐妹。

"你们俩在磨蹭什么呢?快点,天很快又要下雪了。"铁锁在前面喊着。

"来了。"周素梅应着。

真子是第一次看见雪中的壮丽景色,天地之间已浑然一体,只能看见一片银白,好像整个世界都是用银子装饰而成的。那绵绵的白雪装饰着世界,琼枝玉叶,粉装玉砌,皓然一色,真是一派瑞雪丰年的喜人景象。真子兴奋地张开双臂,"啊!啊!啊"地大声呼喊着。

英雄们的坟包被埋藏在厚厚的雪里,铁锁和周素梅、真子三人用手将坟包上的雪扒开,然后铁锁在坟头上插一个帆,又把带来的年夜饭在坟头摆上,这就算英雄们的年夜饭吃上了。

真子跪在坟头,一个劲地磕头。这两年每次来这里,她都会这样磕头。铁锁和周素梅都明白真子的用意,她是在替她父亲和侵华的日本士兵向这场战争的死难者忏悔。

村里响起了鞭炮声,这是有人家开始吃年夜饭了。铁锁和周素梅、真子开始沿着来时的脚印往回走,天上又下起了大雪,大雪快要盖住来时走过的脚印。

"这几日最好别出来,那几个村民不好对付。"周素梅对真子说。

"你素梅姐说得对。"铁锁走在前面,听周素梅这么说,也插上一句。

"嗯。"真子轻轻地应了一声。

"哪有这样的道理？抗日战争都胜利了,还有逼婚的。"周素梅一路走着,一路愤愤不平,她很气愤地说。

"在村里谁都知道,村西边的三爷是个难供的主,他嘴上说给他的侄子来向真子提亲,其实还不是逼婚？三爷怎么想的,你还不知道？他家里有人当年被小鬼子打死了,现在他要让真子去顶债。"铁锁越说越生气,他握紧了拳头。

"你可别做傻事,回头找我爹想想办法。"周素梅一看铁锁气得直咬牙,她赶紧劝他。

真子跟在后面走着,她心里很感激身边这两个人,前两天要不是铁锁和周素梅保护她,她早就被村里几个人抢走了。

年夜饭在周素梅家吃的。这是这么多年以来,铁锁第一次和周金海、周素梅在一起过年,要不是他当年和周国才一起打小鬼子,估计到现在周金海还会看不起他。吃完饭,在堂屋里,周素梅坐在父亲的身边,听父亲给她讲 1937 年小鬼子轰炸南京城时她爷爷如何从小鬼子眼皮底下逃出来的故事。这个故事,每隔一段时间,周金海都要讲一遍。每次,周素梅都这样认真地听着,铁锁也都这样安静地陪在周素梅身边。

"你小子是娶素梅,还是要娶这个日本姑娘？"过了一会,周金海突然这样问铁锁。

"啊？"铁锁一时没有反应过来,他有些惊慌失措。

"爹,看你问的什么话？这还用问吗？"周素梅在一旁羞答答地低下了头。

"我今天就要这小子一句实话,我也活不了多少日子了,希望在我走之前,你有个依靠。"周金海躺在椅子上,表情很沉重,他苍老了很多,头发已经花白了一大半。

"叔,我当然要娶素梅。"铁锁肯定地说。

"没那么容易啊!我看得出,这个日本姑娘对你是有心了。"周金海说完,长长地叹了一口气,然后回屋了。

铁锁和周素梅相视而对,周金海这句话的意思他们都懂,周素梅也早就发现了真子的心里对铁锁微妙的变化。但她一直没有把这件事说出来,她很心疼真子,她也明白这是真子第一次有这样的情感。在周素梅的眼里,真子和许许多多中国老百姓一样是一个命苦的姑娘,她也经历过战争的伤害,失去过亲人,离开过家乡成为一个孤独的异乡人,她需要温暖和关爱。

"她很可怜。"周素梅看着在院子里玩雪的真子,她对铁锁说。

"是啊!但她很坚强,也很善良,这么小不应该经历这些。"铁锁说。

"要不,你娶了她吧!"周素梅小声地说,声音小得几乎都听不清,她也不知道为什么自己会说出这样的话。这句话刚一出口,她就后悔了。

"什么?"铁锁只顾看真子玩雪,周素梅刚才的话他没有听清楚。

"我是说,日本到底是个什么样子?会不会也有这么大的雪?"周素梅赶紧转了话题。

"人家姑娘毕竟也有家,她也该回家了。"周金海在屋里提高了嗓音说,这话是专门说给铁锁听的。

铁锁和周素梅都沉默了,是啊!真子也有自己的家,她是该回家了。

从晚饭前到现在,雪一直没有停过,院里的地上、院墙头、院里的老树枝头,都已是厚厚的一层雪,雪花随风四处飞着,就像一只只蝴蝶在院子里翩翩起舞。真子站在院中央,仰着头,她在享受着雪花给她带来的快乐,同时也在想着,家乡的雪下了没有?雪花落在她的头发上,好像一朵朵刚刚盛开的美丽的白花,好看极了。

"好多年没下过这么大的雪了。"铁锁和周素梅走到真子的身后,周素梅拉着真子的手说。

天刚亮,真子就起床了,她昨夜连续做了两个梦,这两个梦让她筋疲力尽,一整夜没有睡好。第一个梦是她回到了家属团刚从黄姑镇上撤离的那一天,母亲紧紧地拽住她的手往一个方向跑,她看不清母亲的面容。身后的炮弹在不停地轰炸,她们越跑越慢,最后两只腿好像被什么东西紧紧拖住一样,跑着跑着,跑到一条看不见对岸的河边,河水向她们猛烈地袭来。第二个梦她竟然梦到自己出嫁了,新郎就是铁锁,婚礼在老坟茔举行,她和铁锁都穿着大红色的衣服,她的头上还戴着一朵樱花。村里来了好多人,周国才、张林山、翠莲都来了,当她准备和铁锁拜堂时,突然面前出现一个黑洞,她被人从背后推进了这个黑洞里,她一直往下滑落,不见洞底。出现这样的梦,真子在醒来的时候,发现背后湿透了,她昏沉沉地爬起来,走到门口,才发现刚才的自己不是活在现实中。昨夜的雪一直没有停,就像一片片棉絮一样从天而降,飘落在这安详的大地上。真子站在门口,对着外面发呆,她的心里很矛盾,又想回到日本,又想留在这个异乡的土地上守着一个叫老坟茔的地方。

"起这么早?冻死了,赶紧关上门。"铁锁躺在被窝里喊着。

真子没有理会铁锁,她看着漫天飞舞的雪花,眼神里透露出一种淡淡的忧伤。

"傻了吧?"铁锁披着一件棉袄走过来,把真子拉进屋里。

其实,铁锁心里很明白真子的心思,从近段时间真子脸上不介意的变化,他知道真子应该是想家了,只是他一直没有在大家面前提起这件事,他怕一提起这样的事情,心里的某个东西就会跟着失去。没想到,昨天吃完年夜饭,周金海说出了他心里一直不愿意说的事情。就在昨夜,铁锁想通了,真子应该回到她自己的家乡。

"人我找到了,应该差不多。"早饭过后,周素梅来找铁锁,神情凝重地说。

"希望她早日见到她的家人。"

"真子要是走了,我这心里还真空落落的。"

真子在锅灶旁添柴烧水,她站起来转过身看着周素梅和铁锁,好像刚才他们的谈话被她听到了,真子慢慢地走过来,看着铁锁的眼睛。

"你们是要赶我走吗?"真子似乎很无助,也很惊恐,有些惊慌失措。

"真子,不是,只是我们想你应该回一趟家……"

"我不走。"还没等周素梅说完,真子的眼泪瞬间夺眶而出,她跑了出去,一边跑着,一边大声地喊着什么,那声音中,带着一分凄凉,似乎要向这个世界控诉对她的不公。周素梅和铁锁紧跟在真子后面。雪依然在下。

雪积得太深,真子跌倒在雪里,她又爬起来,又跌倒了,她哭得很伤心。周素梅和铁锁赶过来,真子一把抱住周素梅,嘴里不停地说着"我不回去"。

真子的情绪慢慢地平静下来,她跟着铁锁、周素梅回去了,她的状态非常不好,显得很虚弱。她坐在火炉旁,蜷缩着身子,好像一只刚受伤的小鸟。

"不好了,要出事了。"井边的二婶冒着雪跑过来,站在门口冲着屋里喊。

"怎么了,怎么了,二婶?"铁锁紧张地迎出去。

"西边的三爷又找了几个人,好像是冲着真子来的,听说是为了他侄子的婚事。"二婶一边说着,一边警惕地看了看外面。

"快,素梅,带真子去你家躲躲。"

容不得多想,周素梅拉着真子的手就出门了,朝她家的方向跑去,铁锁也跟在后面去了周素梅家。

真子好像受到了惊吓,她总是沉默不语,总是一个人低着头坐在那里。周素梅把房门关好,就去了父亲的屋里。

"村里不能待了,找个地方躲躲吧!"周金海对铁锁和周素梅说。

"知道了,爹。"周素梅坐在铁锁身旁应着。

"你小子怎么不说话?"周金海语气很缓和地问铁锁。

"叔,我在想,走之前,我得去看看周连长他们。"铁锁说。

当村里所有人都安详地过着自己平静的生活时,周金海在家里,正在筹划着一件秘密出逃的计划。

这次是铁锁一个人去老坟茔看望这些英雄,也算是作个告别。临行前,他特地让周素梅煮了一篮子地瓜给他带来,他又把能记得住的名字一个个地喊了一遍,最后他也把这段时间村里发生的大大小小的事和真子的情况又说了一遍,然后才起身提着空篮子往回走。

　　今天是大年初一,本来是周素梅做梦都想能够和铁锁、父亲团圆的日子。没想到,她最心爱的人为了保护一个异国的姑娘不得不离家外逃。周素梅站在院门口,看着铁锁和真子的身影渐渐地消失在茫茫的雪夜之中。

　　周素梅的心事更重了。

第三十六章

1977 年秋天刚过,转眼间又进入了冬天。当人们还沉浸在这一年丰收的喜悦之中时,冬天的寒意已不知不觉弥漫在整个大地上。尽管今年的冬天和往年一样寒冷,但每个人的脸上都充满了往常不常见的笑容,邻里之间的走动也多了,巷子里、老井旁、大塘边都能不时看到孩子们嬉笑玩耍的身影。所有人都知道,这个世界真的变样了。

今年,新桥村发生了两件大事。第一件大事是三队二麻子家的二小子和四队老八家的闺女同时收到了省师范大学的录取通知书,这两个孩子是今年恢复高考后,村里首批大学生,村长周金海特地组织了全村人为他们庆祝。第二件大事是铁锁和周素梅终于结婚了,这也是经过了这么多年的风风雨雨后,他们终于相互有了最好的归宿。在铁锁家里,只是多了几件像样的并不算崭新的家具,还有就是屋后面牛棚里那一头老牛。除此以外,没有任何变化。周素梅也应着铁锁最初的请求,他们今后的幸福要靠自己的双手来争取。因此,有时遇到困难时,周素梅基本都很少向父亲开口。

　　已经年过七旬的周金海躺在堂屋里的躺椅上,看着在门外发呆的铁锁,怎么也高兴不起来,他不知道这到底是怎么了。难道命运总是这么捉弄人吗?周金海一边咳嗽着,一边苦闷地摇摇头,又转过头看看正在包饺子的女儿,他忍不住地说:

　　"这日子以后怎么过?"

　　"爹,我觉得挺好,你就别瞎操心了。"周素梅笑笑,对父亲说。

　　"也不知道铁锁会傻到什么时候。"周金海有些艰难地起身,挂着拐杖一瘸一瘸地走到铁锁身边,给他一把花生。

　　"好吃,好吃,嘿嘿嘿。"铁锁伸手接过花生,抬起头直冲着他的老丈人傻傻地笑着,嘴角边流出的口水从他的下巴滴了下来。

　　"看看,衣领都湿透了,馋了吧?"周素梅拿着一块毛巾过来,擦着铁锁嘴边的口水,心疼地说。

　　周素梅看着眼前自己如此深爱的男人,即使变成这样了,她还是下了很大功夫说服了父亲,终于和铁锁结婚了,哪怕村里人在背后说三道四的,她就是一条心,要照顾铁锁一辈子。

　　"爹,你快去躺会,这里有我呢!"周素梅把父亲扶到躺椅上躺下,然后又去包饺子了。

　　"现在日子变好了,这人心啊,也变散了。"周金海躺下来,嘴里唠叨一句。

　　周素梅看了一眼父亲,心里酸酸的,她知道父亲是在说西边三爷家的大侄子。事情都过去这么多年了,他们每年都要过来闹上两回,总是拿当年铁锁护着真子一事来闹。这样闹来闹去,父亲终于被气病了。铁锁也在前些年村里一次批斗会上,被西边三爷家的大侄子一块砖头砸傻了。这往后的日子到底会怎样,周素梅心里也没底,她只能走一步算一步了。

"来人了,来人了,来人了。"铁锁蹦蹦跳跳地从外面跑回来,嘴里不停地念叨着。

"谁来了,铁锁?"周素梅好奇地问。

"不认识。"铁锁站在周素梅面前,咧着嘴傻傻地笑着,又摇着头。

一个女人站在门口,四十岁的样子,穿着一件灰色的大衣,脖子上还裹着一条蓝色的围巾,她见着周素梅和铁锁,先是一愣,然后微笑着朝他们深深地鞠一躬。

"你找谁?"周素梅半天才反应过来,看着眼前这个女人,小声地问。

"我是真子。"

"你……是谁?"周素梅直盯着她问,又向前走了一步,铁锁跟在周素梅身后,嘴里不知道在念叨着什么。

"我是真子。"她又重复了一遍。

"三十年了,终于又见到你了。三十年了,我们都变了。"周素梅上前去,一把握住真子的手,激动得眼泪在眼眶里直打转。

"铁锁,来,看看这是谁?"周素梅转身把铁锁拉过来。

"不认识,不认识。"铁锁傻笑着摇摇头,嘴里还是这样念叨着。他又低着头很胆怯地回到周素梅的身后站着。

"本来好端端的一个人,前些年就变傻了。"周素梅对真子说。

真子没有说话,看着铁锁时,她的嘴角只是微微地动了动。她又往前走了两步,来到铁锁身边,她从铁锁的眼神里看出了这些年他过得一定很艰难。

"快,进家里来,回来就好。"周素梅接过真子手里的包,把真子让进了屋。

本来看似平静的日子其实是一点也不平静,在别人都享受新时代带来的美好生活时,周素梅和铁锁两人自始至终都在生活的灰暗中艰难地度过每一天。他们找不到最初理想的快乐,享受不了正常人安宁的生活,所有的苦闷和困惑都来自当年铁锁保护真子的那事。这个村里,至今还有人在为当年的仇恨耿耿于怀,不让他们消停,这个人就是西边三爷的大侄子。

没想到,这个时候,真子突然出现在大家面前,这让刚才还高兴的周素梅瞬间有些惶恐起来,她紧张地闩好门,把真子拉到里屋,铁锁跟在真子的身后,也高兴得手舞足蹈,只是他的嘴里一直在自语:"不认识,不认识。"

"这下好了,这日子更没法消停了。"周素梅嘴里喃喃地说道。

"什么?"真子没有听明白周素梅说的什么意思,她坐在周素梅面前问。

"算了,不说这个了。三十多年了,我还能认出你来,只是,铁锁不记得你了。"周素梅有些伤感地对真子说。

堂屋里,传来周金海严重的咳嗽声,接着,又传来他摔东西的声音,周素梅赶紧跑到堂屋里,看见父亲一脸的怒气。

"这还让人活吗? 看来又要闹腾了。"周金海愤怒地说。

"爹,没事,他们再闹,还能比当年闹得凶? 有我呢!"周素梅轻轻地拍着父亲的胸口,安慰着。

真子听见了堂屋里的谈话,她和铁锁也来到周金海身边,真子蹲下来,握住周金海的手,看着眼前这个曾经也救过她的老人,如今老了。虽然真子一句话也没说,但周金海似乎看出了这次真子来这里的心思,他很欣慰地朝真子微微点点头。

此时的铁锁安静了很多,他一个人坐在堂屋香台左边的墙角处,低着头在吃真子给他从长崎带来的糖。铁锁这个样子有些反常,但又说不出哪里不一样,周素梅的视线落在了铁锁的脸上。

这个晚上,谁都没有睡觉。晚饭后,周金海早早回家了,铁锁在床边的地上打个地铺,边趴着边傻傻地看着周素梅和真子,还不时直冲着她们笑。真子和周素梅躺在一个被窝里,一开始说着当年老坟茔一战的往事,说着说着,两个人的眼眶都红红的。接着周素梅又告诉真子前些年铁锁被西边三爷家的侄子一砖头打了之后,生了一场大病的事情。周素梅还说,那一年,铁锁差一点死在那场大病中,人都快不行了,最后在后半夜里,铁锁好像被什么从鬼门关拉回来一样,活过来了。

真子听着周素梅说着铁锁的事情,不禁哭了起来,一边哭,一边对周素梅说"对不起"。

接下来,真子对周素梅说了她回到长崎以后,这些年她的一些情况。

原来,那一年真子被亲戚接回长崎后,一直生活在这个亲戚家,由于她的母亲和父亲在中国双双身亡,她也成了一个无家可归的女人。但为了生活下去,她被亲戚介绍给了东京一个大她三十岁的鞋店老板,那个老男人丑陋无比,嗜酒如命,还喜欢玩女人。当天夜里,真子趁那个老男人上澡堂洗澡时,偷偷地跑了出来。后来,真子在东京的大街上流浪了三天。那天晚上,东京下起了大雨,气温急剧下降,街上已没有了行人。真子孤零零地走在冰冷的大街上,一直走到东京档案馆门口,她蜷缩着身子坐在石阶上。在她快要绝望之时,刚好有个档案馆工作人员从里面出来,他看真子可怜,就把真子领进去在档案馆大厅里的椅子上过了一夜。后来,这个档案馆工作人员就成了真子的丈夫。有一天下午,真子的丈夫把她领进档案馆一个展厅里,真子这才知道,当年父亲的部队进攻中国时,以及在黄姑闸驻扎时所有的大小战争都有详细记录。她还惊讶地发现,档案馆里竟然还有一本小林青木的战地日记本,里面也详细记录了她父亲的种种罪行和战争的残酷场景。那天,真子的丈夫对她说:"如果你想做什么,我不会反对的。"然后,她的丈夫给她一封信,这封信是真子父亲留下来的"战争忏悔信",是当年在清点她父亲的遗物时发现的。真子懂得丈夫的意思,从那天起,在她的心里有了一个愿望。

又在不久,真子从一个退休的老兵口中得知,当年所说的在下泊山埋藏的毒气弹其实并不是真实的,只是一个谎言,目的是为了吸引新四军和国民党军队的注意力,只是在那个谎言中,她的父亲、小林君、元三一郎,还有好多和她一般大的年轻的日本士兵都成了那个肮脏的谎言的牺牲品。这个退休的老兵就是当年七人小组的成员,在当年有消息称他们失踪时,其实他们七人是被山本秘密护送回到了国内。

1971 年夏天,在日本东京一个由中国人开的咖啡馆里,聚集着十几个正在研究日军侵华战争真实历史的年轻人。这十几个年轻人中,有中国留学生,有日本反战青年,也有美国两家报社的记者。结果这些有为青年遭到东京大批警察的围捕,在混乱中,有六个年轻人被东京警察开枪打死,其中就有真子的丈夫。真子的丈夫死后,她一度陷入生活的困境。无奈,她只好独自回到了长崎老家居住了几年。直到几天前,她才从长崎坐船来到中国寻找铁锁和周素梅。

周素梅听完真子这些年的悲惨遭遇,这两个苦命的女人相拥在一起,抱头痛哭。

"欺负人,他们欺负人。"铁锁一见周素梅和真子哭了,也坐起来,似乎很害怕,也跟着哭了。

夜再漫长,终究会过去,聊了一整夜,笑也笑了,哭也哭了。天还没亮,周素梅和真子就醒了,她们再也无法安静地入睡,这个冬天,让她们想起了1943年那一年,好像在窗外,在耳边,有一场战争的声音越来越近。

"铁锁哥,你干吗不睡觉?"周素梅吓了一跳,从窗外射进来的洁白的光中,她发现铁锁就坐在床边看着她们。

"不让你们跑了,我不睡。"铁锁傻傻地笑着说。

"快去睡觉,不会跑的,听话。"周素梅对铁锁说。

"好,那我睡,不许跑。"铁锁乐呵呵地钻进被窝里去了。

这一夜真子是睡着了又醒来,醒了又迷迷糊糊地睡着,就这样反反复复折腾了好几回,她筋疲力尽,总感到有一股力量在拉着她不让她睡。窗外的一束白光直射到铁锁的床头,真子侧身过来刚好对着铁锁的脸,白光照在铁锁的脸上,就像一个刚入睡的孩子一样,睡得很安详。真子此刻睡意全无,曾经她和铁锁在一起的所有画面一幅幅在她的脑海里出现,就好像发生在昨天、前天一样,是那样熟悉。

"啊!啊!啊!"

正在真子快要再一次进入梦乡的时候,她听见铁锁突然似乎很难受地喊叫起来,喊叫声也惊醒了周素梅,她们急忙从床上爬起来,看见铁锁抱着头在地上痛苦地打滚,还不停地胡乱说着什么。这样的情形吓坏了周素梅和真子,她们第一次见铁锁出现这样的状况,周素梅一把将铁锁拥入怀里,紧紧地抱着他,任凭他怎样挣扎,周素梅都死死不放手。就这样过了几分钟,铁锁终于慢慢地安静下来,她躺在周素梅的怀里像一个孩子一样安然地睡去。

天亮了,外面传来嘎吱嘎吱的声音,这是村民在雪地里走路发出的声响。看来,昨夜的雪又下得很厚。紧接着,响起了敲门声,刚才嘎吱嘎吱的脚步声停止了。

铁锁被敲门声惊醒,他兴冲冲地爬起来跑过去打开门,只见门口围了十几个村民,带头的就是西边三爷家的大侄子。

"这老天爷是怎么了? 还让不让人活? 还有没有公理?"铁锁站在门口冲着老天嚷嚷起来。

"铁锁哥,你这话是冲着我来的吧? 这么多年了,你也一直没给大伙一个交代啊!"三爷的大侄子走到铁锁跟前,他身后两个身强力壮的汉子也跟过来。

这么一嚷嚷,一闹腾,屋里的周素梅和真子也跟着出来站在铁锁面前,周素梅横着眼睛直瞪着这些人,她指着大伙说道:"你们都跟着大癫子瞎混,被他蒙了眼睛,瞧没瞧见他在唬你们呢?"

"别来这套,让开,我们是来找这个小鬼子的。"三爷的大侄子说着就要伸手拽真子。

"谁动? 看我不削了他脑袋。"铁锁从旁边找来一把砍柴刀,举在半空中,一手把真子拽到身后。

　　大伙见铁锁这时也不傻了,满身杀气,都纷纷跑了,生怕挨了铁锁的砍柴刀。

　　周素梅和真子愣愣地看着铁锁,铁锁这样子,一点也看不出来他哪里傻了。周素梅这才想起来凌晨时铁锁反常的状况,看来铁锁的傻病不治而愈了。

　　真子弯下腰,双手捧起洁白的雪。今年的雪,和一九四三年冬天的雪一样,淹没了大地和屋顶。

　　刚过早饭时间,铁锁家的门被三爷的大侄子一脚踹开,他又带着那帮村民气势汹汹地来了,他们的手上有的拿着山耙,有的拿着锄头,有的拿着铁锹,在铁锁家的堂屋里,似乎一场战斗即将开始。

　　这个冬天注定要让新桥村在突然间掀起一层无法阻挡的一触即发的巨浪,这层巨浪就像一团熊熊燃烧的大火在瞬间将铁锁和真子、周素梅三人团团围住,他们已经感觉到这个冬天又不会太平了。面对这群似乎穷凶极恶的村民,真子只好强作镇定地站在铁锁身后,和他们保持一定的距离。

　　这些村民中,除了三爷的大侄子,也有几个人的家人在一九四三年死在西村的枪炮下,虽然这么多年过去了,但他们对小鬼子的仇恨却是丝毫未减。这些年中,村里也有人曾多次提出来,当年小鬼子在黄姑闸烧杀抢掠,杀了那么多人,现在和平了,必须要向小鬼子讨回公道。新桥村的这种呼声在四甲村、柳树村、蟹子洼、小湖口都引起了巨大的反响,甚至在有一年附近的几个村子都派出代表商议提出让日本赔偿战争给黄姑闸带来的伤害,这些事情的余温一直没有消退。在这节骨眼上,真子突然回到新桥村,无疑要引来一场灾难。

"保哥,这回你可得给我们讨回公道。"有个村民说。

"这回别让这娘们再跑了,既然来了,就没那么容易出去。"三爷的大侄子恶狠狠地说。

"我看谁不要命了。"铁锁用身体挡在真子和周素梅的面前,他从桌下底下拿出了那把砍柴刀。

"铁锁哥,你这几年是真傻还是装傻啊?我看你也没什么毛病啊。"三爷的大侄子斜着眼说。

"我要是再傻,真子的命恐怕也就毁在你手里了。今天我把话撂这里了,谁敢动她一根汗毛,我这刀可就不认人了,不管你们是谁。"铁锁很淡定地说。

"我们理解你们的心情,但是当年的战争和真子是没有关系的,你们要冷静点。至于我们要讨回公道、要赔偿这件事,即使真的把真子绑起来,真的能如愿解决吗?"周素梅也站到前面说话了。

周素梅的这番话让在场的这些村民顿时陷入了沉思,短时间的沉默让周素梅趁机又说了一些安抚人心的话。沉默着,沉默着,顷刻间,屋里的空气被冻结,三爷的大侄子和铁锁都瞪着眼睛对峙着。

"别听她胡咧咧,把这小鬼子绑起来。"有人在后面一边往前面挤着,一边在喊着。

"这次不能再放过她。"又有人跟着喊起来。

十几个人一拥而上,分别将铁锁和真子、周素梅摁倒在地上,有人开始从后面拿来绳子,将真子的双手绑在身后,然后从铁锁家拖了出去。

真子被带走后，铁锁和周素梅也被摁住他们的村民松开，铁锁二话没说，拿起砍柴刀就冲了出去，任凭周素梅在身后怎样喊他都不管用，周素梅也只好快步跑出去，跟在铁锁的身后。

这样一闹，真子再次来新桥村的事情立刻传遍了全村，所有的村民都从村子各个角落拥向了老井，有看热闹的，也有跟着三爷的大侄子找真子算账的。一时间，老井旁聚集了许多人，将老井围个水泄不通，真子被五花大绑，她被两个村民死死地摁住跪在老井旁的青石板上，膝盖处被磨出了血。

铁锁和周素梅冲进了人群，铁锁一边喊着放人，一边挥着手里的砍柴刀，他还没到真子身边，就早已经被从身旁围过来的几个村民抓住了胳膊，砍柴刀也被夺走。铁锁动弹不得，任凭他怎样挣扎，任凭周素梅怎样抱住铁锁试图解救他，铁锁都被几个村民死死地摁住。

"你们都是孬种，欺负一个女人。"铁锁骂着。

所有的村民都看傻眼了，十里八乡都知道，这几年铁锁傻了。而在这一时刻，铁锁却好端端地出现在大家面前，这让在场所有的村民都感到震惊。

"铁锁哥，我这次回来，就是心甘情愿受这样惩罚的。"真子语气很坚强地对铁锁说。

看着真子被五花大绑，跪在青石板上，再次面对这些气势汹汹的村民的围攻时表现得竟是如此镇定，铁锁突然觉得自己无能为力了，感觉在这个时候，他无法使出劲去帮助真子。铁锁想奋力挣脱摁住他的人，可他的两只胳膊无法动弹，好像有几双大手的手指深深地钻进他的肉体里,痛得他浑身无力。

铁锁想了想这几年,虽然有周素梅一直陪在身边,可自己过得并不轻松。自从当年真子在村里出现,一直到现在,村里还有些人认为他就是汉奸,常常没事找事来刁难他。抗日战争刚胜利那会,铁锁经常在半夜发现,有人从窗户外向他屋里泼大粪。后来几年,村里也给他分了田地,他好不容易下了种子,没过几天,刚下的种子就被人糟蹋了。这些,铁锁从来没有对周素梅讲过,他总是一个人承受着。因为他理解村里人的心情,他懂得失去家人的痛苦,所以,他和村里人一样对小鬼子的仇恨也是丝毫未减。只是,他很清楚这种对小鬼子的仇恨不应该放在真子身上。

铁锁为了躲避村里有些人对他继续打击报复,那一年在三爷的大侄子给他脑袋拍了一砖头后,他趁机假装生了一场大病,然后又装疯卖傻。这一傻,就是好多年。直到这次真子再次出现,铁锁为了保护她,才不得已又一次站出来。

村里人也都知道三爷的大侄子在外面混了一帮地痞流氓,是不好惹的主,都纷纷在劝铁锁,他们生怕铁锁会因此遭到这一帮人的毒手,有的拉住铁锁,有的在一旁向三爷的大侄子说着好话,也有的站在一旁一声不吭看热闹。

开始有人拿着鞭子在真子身上使劲地抽,一边抽还一边骂着"小鬼子"。接着,三爷的大侄子不知道从哪个茅厕里舀了一粪瓢大粪泼向真子头上。顿时,臭味熏天,现场一片沉默。

铁锁不顾一切挣脱抱住他的两个壮汉,冲上前去,刚到真子身边,他的后脑勺就遭到狠狠的袭击,他还没有反应过来,就昏了过去。

铁锁醒来的时候,是躺在周素梅的怀里。周素梅一个劲地哭,见铁锁醒了,她才破涕为笑。铁锁坐起来,看见周金海坐在真子身边,他的一双老手有些吃力地举着拐杖,嘴里不停地骂着刚才还嚣张的那些人。

"你们睁眼看看吧!当年要不是她让小鬼子退了兵,你们的房子早就被小鬼子的炮弹炸平了,你们怎么就不记得这些呢?不要总想着她是个日本人,毕竟她和那些小鬼子不一样,她也帮助过我们。你们就不要再闹了,这么多年,也该消停了。"周金海边说边喘着气。

"要是你们再闹,就先把我这把老骨头拿走吧。"周金海又大声地对所有人说。

"金海叔,其实我们也不是冲着她,这不是心里憋屈得慌嘛,我家里有四口人都死在她父亲的手里。"人群中有人说。

"是啊!金海叔,心里憋屈得慌。"又有几个人说。

"好了,大家回去吧!这姑娘我要带回去,谁还想闹事,那就去我家找我吧!"周金海说完,由铁锁和周素梅扶起,带着真子一起走了。

村民们也都陆陆续续地散去了,也不再像刚开始那样怒气冲冲,三爷家的大侄子眼看着周金海把人领走了,也不敢再有什么粗鲁的举动,只好站在一旁偷偷地吐了一口唾沫,很小声地骂骂咧咧地走了。

这么一闹,真子生了一场病,在铁锁和周素梅的悉心照顾下,真子的身体慢慢地恢复了。几天后的一个早晨,铁锁和周素梅陪着真子向村里走去。

在村东边三鹏家门口,真子跪在地上重重地磕了三个响头。铁锁曾告诉她,三鹏家原来有六口人,一九四三年那会儿,在她父亲进攻村子的那一天,三鹏家里的五口人全死了。真子又来到大塘西头广亮家门口,跪在地上重重地磕了三个响头。她曾听铁锁说过,也在一九四三年,她父亲带兵进村时,杀了广亮家三个儿子和他老母亲。

真子一家一家地磕头,额头都磕出了血,慢慢地,有一些村民都跟了过来,跟在真子后面,对真子这样的举动,很多村民都被她感动了。一直到中午时分,铁锁和周素梅才扶着真子回家,真子两条腿已麻木得无法站立了。

“我早就看出来,你和那些小鬼子不一样。”在周金海家的堂屋里,铁锁、周素梅、真子三人站在周金海身边,周金海用一种非常同情的语气对真子说。

“因为我知道失去家人的痛苦。这些年,我的心里一直很不安,我的心也一直留在了这里。”真子很冷静地说。

“爹,这事还得你来安排。”周素梅急切地说。

“这事只得我来安排。铁锁,这两天,你看紧真子,别出什么岔子。”周金海吩咐着。

“放心吧,叔!”铁锁回应着。

周金海布置完接下来的事情后,被铁锁扶着一拐一拐地回到了里屋,近期他的腿老是疼,郎中请了好几个,都找不出其中的原因,这病根子真的是留下了。铁锁安顿好周金海后,和周素梅就急忙出门了,大约一顿饭的工夫,村民们再一次集中在老井旁。

这是入冬以来天气最温暖的一天,耀眼的太阳高高挂在头顶上,阳光穿透浑浊的空气直射到每个人的身上,让人感觉到这个冬天似乎快要过去了。老井旁青石板上的雪开始一点一点地融化,雪水顺着青石板旁边的小流水沟一直流到大塘里。

真子站在大家面前,这次没有任何人为难她,村民们都要看看这个日本女人到底要干什么,所有人都沉默着,在等待着一个时刻的到来。

"对不起!今天请你们来是想请你们接受我的道歉,是为了我的父亲和他的士兵们。"真子说完,又从口袋里掏出一个信封和一本日记本。

面对这个日本女人的执着,这一次,村里没有人再闹了,异常安静,村西边三爷的大侄子和他的几个兄弟也都远远地站在人群的后面伸着脖子朝这边望着,这样的场面让铁锁和周素梅本来悬着的心终于也放下来了,所有人都在等待着一个开始。

真子开始读她父亲留下的"战争忏悔信",读完"战争忏悔信"后,她深深地向她面前的这些朴实的村民鞠一躬,然后又打开了她手里的日记本。

"这也许是我的最后一天,我感觉快要坚持不下去了,我不想再看到这荒唐的杀戮,我不愿意再看到这些无辜的人倒在我的刺刀下。如果明天我还活着,我就会放下我的枪。如果等到战争结束我还活着,我要来这里向死在我刺刀下的无辜的人赎罪……"

"这是一个日本士兵临死前留下的遗言。今天,我替他向你们说声'对不起'。"真子话音刚落又向村民们深深地鞠上一躬,然后,她默默地跟着铁锁和周素梅回去了。

第二天一早,铁锁陪着真子来到镇上找了一个石匠,真子从怀里掏出一本小册子交给石匠,她要把小册子里的这些名字全部刻到石碑上,这是一九四三年老坟茔那场战斗中阵亡英雄的全部人员名单。